KB104726

II

우노 보쿠토

일러스트 **미유키 루리아**

일곱개의 마검이 지배한다

나나오 히비야
Nanao Hibiya

"목소리는 들리지
않아도 알겠소.
진짜 주인 이외에는
아무도 태울 생각이
없는 것이구려?"

"아… 아무것도 아냐!
가, 가까이 오지 마!"

피트 레스톤
Pete Reston

"무슨 일이야,
피트?!"

올리버 혼
Oliver Horn

미셸라 맥팔렌
Michela McFarlane

"축제에 참가할
녀석들은
지금 당장
이리로
나오드라고!"

툴리오 로시
Tullio Rossi

CONTENTS

Seven Swords Dominate
Presented to Bokuto Uno

일곱 개의 마검이 지배한다

II

Seven Swords
Dominate

우노 보쿠토

illustration 미유키 루리아

제1장

$\S$

브룸 라이드

빗자루 비행술

전에 없이 잠이 오지 않는 밤이었다. 그리고 무엇보다 이상한 꿈을 꿨다.

　미적지근한 진흙에 어깨까지 잠겼다. 팔다리는 무거워서 제대로 움직일 수가 없었다. 아니, 어디까지가 자신의 몸이고 어디부터가 진흙인지, 그 경계조차 애매했다. 그는 자신의 형태를 알 수가 없었다.

　진흙으로 된 늪에 부글부글 기포가 떠오른다. 아래에 불이라도 있는지 진흙은 밑에서부터 서서히 뜨거워지고 있는 듯하다. 그 사실을 알아챈 순간, 초조함이 치밀어 올라서 그는 필사적으로 몸부림을 쳤다. 감각이 애매한 팔다리로 아무리 진흙을 밀어내도 늪에서는 도무지 빠져나갈 수가 없다.

　발치에서 스멀스멀 열기가 솟아오른다. 얄궂게도 그 열기가 그와 진흙 사이에 조금씩 선명한 윤곽이 떠오르게 했고….

　"…우와악!"

　온몸의 열이 견디기 어려울 만큼 높아진 순간, 피트 레스톤은 침대 위에서 벌떡 일어났다.

　"허억, 허억, 허억…. 방금 그 꿈은 뭐지…?!"

　깜깜한 방 안에서 소년은 거친 숨을 내뱉으며 중얼거렸다. 동시에 전력질주를 하고 난 직후처럼 몸이 달아올랐음을 자각했다. 축축한 시트가 피부에 달라붙는 감촉이 불쾌해 눈살을 찌푸렸다.

"제길, 온통 땀범벅이네. 얼른 갈아입어야겠어…."

옷을 넣어 둔 옷장은 침대 옆에 있다. 그곳으로 손을 뻗은 순간, 피트는 문득 위화감을 느끼고 움직임을 멈췄다. …뭔가, 이상하다. 구체적으로 무엇이라고는 말 못 하겠지만, 몸을 움직이는 모든 감각이 묘하게 신선하다. 그리고… 개중에서도 유독 허전하게 느껴지는 부위가 한 곳 있었다.

"……?"

의아해 하며 시선을 떨구고. 한 손으로 천을 들춘 후, 그는 **그 부분**을 들여다보았고.

"…으아아아아아아아아아아아아아아아악?!"

이른 아침의 정적을 가르며 퍼진 절규를 들은 순간, 올리버는 즉시 벌떡 일어났다.

"무슨 일이야, 피트!"

사이드 테이블에 두었던 지팡이검을 쥐고 침대에서 뛰어내림과 동시에 임전태세를 취하고 룸메이트가 있는 방향을 쳐다보았다. 피트가 새빨개진 얼굴로 이불을 목까지 끌어올리고 있었다.

"아… 아무것도 아냐! 아무것도 아니니까…! 가, 가까이 오지 마!"

반사적으로 다가서려 한 올리버를 소년이 날카로운 목소리로 제지했다. 예기치 못한 거절에 그는 당황해서 고개를 갸웃했다.

"……? 아니, 그런 비명을 질렀는데 아무것도 아닐 리가 없잖아. 뭔가 이상한 일이 생겼으면 말을….."

"아무것도 아니라니까! 오지마오지마, 그 이상 가까이 오지 말라고!"

더더욱 목소리를 높이는가 싶더니 끝내는 닥치는 대로 근처에 있던 물건을 던지기 시작했다. 상대가 반쯤 혼란 상태에 빠졌다는 사실을 알아챈 올리버는 두 손을 들고 그를 달래 보려 했지만….

"진정해, 피트! 나는 너한테 아무것도 하지 않아! 그러니까 우선 이야기를… 컥?!"

그 노력이 효과를 거두기 전에 허공을 날아온 자명종이 그의 콧등에 직격했다.

"아, 셋 다 좋은 아침. …어라?"

한발 먼저 등교하여 식당에서 아침 식사를 하고 있던 세 여학생 중, 10분 정도 늦게 온 남학생들의 모습을 보고 가장 먼저 이변을 알아챈 건 캐티였다. 피트가 어딘가 난감한 듯한 표정의 올리버와 가이 옆에 미묘하게 거리를 두고 서 있었던 것이다.

"싸, 싸우기라도 했어? 뭔가 분위기가 이상한데….."

"아니, 나랑 올리버는 평소랑 같은데 말야. 이 녀석이….”

"와악! 거, 건드리지 마!"

친구가 가볍게 어깨를 두드리려고 손을 뻗자 피트는 민감하게 반응해 펄쩍 뛰며 피했다. 가이는 하아, 하고 한숨을 내쉬며 자리에 앉았다.

"…이런 식으로 갑자기 반항기 아들처럼 되어 버렸거든. 이유를 물어도 '아무것도 아냐'라고만 하고. 너희가 보기에는 어떤 것 같냐?"

"흠? 몸 상태가 안 좋은… 것 같지는 않은데요."

"와와왁!"

자리에서 일어나 다가온 셰라에게도 피트는 역시나 과민하게 반응해 뒷걸음질을 쳤다. 롤 헤어 소녀가 힘없이 어깨를 축 늘어뜨렸다.

"제가 가까이 가는 것도 싫은가 보네요…. 섭섭해요, 친구한테 이런 식으로 거절을 당하다니."

"아, 아니, 아니야! 그게 아니고…!"

셰라가 슬픈 듯이 고개를 푹 숙이자 피트가 쩔쩔맸다. 그 모습을 지켜보던 캐티가 식사를 멈추고 말했다.

"가이가 무슨 짓 한 거 아냐? 피트, 이 누나한테만 살짝 말해 봐."

"왜 룸메이트인 올리버가 아니라 나를 용의자 취급하는 건데.

그리고 어딜 봐서 '누나'야? 내 앞자리에는 꼬꼬마 한 명밖에 없는 것 같구만."

가는 말이 고와야 오는 말도 고운 법. 몇 초 동안 눈싸움을 벌인 끝에 두 사람은 각자 오른손에 포크와 스푼을 들고 칼싸움을 시작했다. 셰라가 버릇없다고 그들을 나무라는 것을 곁눈질하며 올리버도 동방(에이지아)의 소녀 옆에 앉았다.

"좋은 아침, 나나오. …피트 말인데, 너는 왜 저러는지 알겠어?"

"좋은 아침이오, 올리버. 안타깝게도 소생 역시 짚이는 바가 없소만… 분명 지금까지와는 뭔가 다른 듯 보이는구려. 오늘의 피트는."

나나오는 자신이 받은 인상을 그대로 입 밖에 내었다. 자신을 뚫어져라 쳐다보는 그 시선이 불편했는지 피트는 식탁에 앉지 않고 몸을 돌렸다.

"머, 먼저 가겠어…! 오늘은 되도록 말 걸지 마!"

"아침을 거르는 건가요? 피트, 그러면 몸에…."

만류하는 롤 헤어 소녀의 말도 듣지 않고 안경을 쓴 소년은 빠른 걸음으로 식당을 떠났다. 그 뒷모습을 바라보며 올리버는 한숨을 내쉬었다.

"…지금은 지켜보는 수밖에 없을 것 같네."

"잘 왔다, 땅바닥을 기는 가엾은 생물들! 오늘이 바로 너희가 진화하는 날이다!"

운동장에 모인 1학년생 40여 명 앞에 나타난 젊은 남자 교사는 한 줌의 악의도 없이 그렇게 소리쳤다. 눈살을 찌푸리는 학생들과 달리, 그는 진심으로 축복한다는 듯한 미소를 띠고 있었다.

"보통 사람이 불쌍하다고 생각하는 부분은 잔뜩 있지만, 그중에서도 가장 불쌍한 것은 '하늘을 날 수 없다'는 거다. 너희도 그렇게 생각하지? 태어나서 죽을 때까지는 땅 위, 그리고 죽고 난 뒤에도 땅 아래 묻히다니, 이토록 비참하고 한심한 일은 없겠지. …아, 참고로 나는 당연히 조장(鳥葬)을 할 예정이다. 흙이 아니라 하늘로 돌아가고 싶거든!"

교사는 자랑스럽다는 듯이 선언했다. 입학하고서부터 온갖 쓴맛을 다 본 덕인지 이제 킴벌리의 교사가 이 정도 폭언을 한다고 놀라는 사람은 아무도 없었다. 오히려 "그래 봐야 새똥이 되어서 흙으로 돌아갈 텐데."라고 목소리를 죽여 딴죽을 거는 이까지 있었다. 옆에 있던 가이가 그런 소릴 하는 바람에 올리버는 웃음을 꾹 참았다.

"그런고로, 나는 더스틴 헤지스. 이 킴벌리에서 빗자루 비행술을 가르치고 있다. 하지만 더스틴 선생님이라고 부르도록. 개인적인 이유로 본가와 살짝 사이가 틀어졌거든.

뭐, 아무튼 빗자루가 있어야 뭐든 할 수 있겠지. 곧바로 '빗자루의 집'으로 안내해 주마! 자아, 따라들 와라!"

빗자루 비행술 교사는 앞장서서 학생들을 이끌고 성큼성큼 걸어 나갔다. 그 뒤를 따라 걸으며 동방의 소녀가 복잡한 얼굴로 팔짱을 낀 채 말했다.

"끄으응…. 결국 이때가 오고야 말았구려."

"음? 별일인걸, 나나오? 너도 호기심보다 불안감이 커질 때가 있는 거야?"

"불안하다기보다 단순히 해낼 자신이 없는 것 같소. 살아 있는 것이라면 모를까, 소생은 빗자루에 걸터앉아 날 수 있으리라는 생각이 전혀 들지 않소."

나나오가 솔직하게 본심을 말했다. 그 말을 들은 올리버가 훗, 하고 미소를 지었다.

"…그렇군. 너도 착각을 하고 있구나."

"흠?"

"한 가지 알려 주겠어. …**빗자루는 하늘을 날지 않아**. 마법계에서나 보통 사람의 세계에서나 그건 마찬가지야."

"뭐요? 허나 올리버, 그대는 실제로 지금…."

빗자루를 짊어지고 있지 않소, 라고 하며 나나오는 그의 등으로 시선을 보냈다. 그곳에는 분명 소년의 키만큼이나 기다란 빗자루가 자리하고 있었다. 올리버는 상대의 질문에 답하지 않고 의미심장한 미소만 계속 짓고 있었는데… 그러다 보니 어느새 그들은 커다란 건물 앞에 도착하고 말았다.

"이곳이 '빗자루의 집'이다. 조심들 해라. 성질이 사나운 녀석도 있으니까."

더스틴은 그렇게 주의를 주더니 백장(白杖)을 빼들었다. 주문을 외자 빗장이 풀리고 양문형의 철문이 묵직한 소리를 내며 열렸다. 그러는 동안 안에 자리한 공간에서 따뜻한 공기가 흘러나왔다.

"…흠? 이 냄새는."

위화감을 느낀 나나오가 코를 킁킁거렸다. 같은 반응을 보이는 다른 몇 명을 바라보며 빗자루 비행술 교사는 씨익 웃었다.

"보통 사람 출신 학생들 중에는 벌써 '알아챈' 사람도 있는 것같군. 평범한 빗자루 보관소와는 분위기가 다르지? 특히 냄새가."

그렇게 말하며 더스틴은 건물 안으로 들어갔다. 그의 말대로 '빗자루의 집' 내부의 분위기는 명백하게 '그냥 빗자루를 보관해 두는 장소'의 그것이 아니었다. 넓은 공간 이곳저곳에 널브러진 톱밥과 나뭇가지, 그리고 전체적으로 감도는 야성적인 냄새. 굳이 말하자면 마구간과 비슷한 분위기다.

학생들은 조심스럽게 안으로 들어갔다. 그리고 다음 순간… 빗자루의 집단이 일제히 날아들어 그들의 머리 위를 맴돌기 시작했다.

"우오왁…!"

"사람을 좋아하는 녀석들이 모여들었군. 자, 환영해 줘라. 이 중에 너희의 파트너가 있으니까."

빗자루들은 머리 위에서 빙글빙글 똬리를 트는가 싶더니, 이번에는 한 자루씩 지상으로 내려와 학생들에게 다가왔다. '사람을 좋아한다'는 표현이 딱 들어맞는 그 모습에, 나아오는 자루를 뻗어 온 빗자루의 끄트머리를 어루만지며 미소를 띤 채 말했다.

"…물건이 아니라, **생물**이구려, 이것은."

동방의 소녀는 직관에 따라 그렇게 말했다. 그 말을 뒷받침하듯 교사도 고개를 끄덕였다.

"바로 맞혔다. 마법을 건 빗자루가 아니라… 정확히는 브룸과(科) 비송속(屬)에 속하는 엄연한 **마법생물**이지. 이 녀석들은 스스로 활동하고 번식도 한다."

보통 사람 집안의 출신인 학생들은 자유분방하게 돌아다니는 빗자루들의 모습에서 눈을 떼질 못했다. 놀라는 그들을 곁눈질하며 더스틴이 덧붙여 말했다.

"물론 의태한 것도 아니야. 아주 먼 옛날에 이 녀석들의 시체를 주워서 청소에 사용한 것이 흔히 볼 수 있는 도구로서의 '빗자루'의 원형이라 알려졌지. 순서를 따지자면 이 녀석들이 먼저다, 이거야. 우리가 타게 된 것은 불과 수천 년 전의 일이지만, 십만 년 전의 지층에서 화석이 발견되기도 하지. 종(種)으로서의 역사도 상당히 긴 녀석들이라고.

참고로 거기, 안경 쓴 소년. 네가 밟고 있는 건 빗자루의 똥이다."

"우왁?!"

지적을 받은 피트가 펄쩍 뛰며 물러나자, 더스틴은 껄껄 웃었다.

"안심하라고, 더럽지는 않으니까. 우리와는 먹는 게 다르거든. 이 녀석들의 주식은 마소(魔素)나 정령… 하늘을 날며 대기 중에 있는 그것들을 체내로 빨아들이는 습성을 지녔다. 식사라기보다는 흡수에 가깝지. 회유어(回游魚) 중에도 그런 게 있잖아?"

일리 있는 말이라고 생각하며 올리버는 고개를 끄덕였다. 목표를 가지고 사냥을 하는 게 아니라 바닷속을 빠른 속도로 헤엄쳐 다니다가 입으로 들어오는 미세한 생물을 먹고 사는 타입의 어종은 적지 않다. 빗자루들은 공중에서 그렇게 살아가는 생물인 것이다.

"당연한 이야기지만, 이 녀석들도 공짜로 우리를 태워 주는 게 아니다. 마법사가 보내는 마력이 이 녀석들에게는 맛있는 음식이거든. 우리가 탔을 때, 이 녀석들은 우리의 마력을 연료 삼아 하늘을 난다. 게다가 혼자서 날 때보다 속도가 나서 이 녀석들도 기분이 좋기도 하고."

근처에 있던 한 자루를 쓰다듬으며 교사가 말했다. 보통 사람의 눈에는 마른 나뭇가지를 엮은 것으로만 보이는 꼬리 부분도 알고 보면 마법생물학적인 진화를 거듭해 도달한 형태다. 그 사실을 아는 캐티는 눈을 반짝반짝 빛내며 빗자루들을 바라보고 있었다.

"하지만… 생물인 이상 당연히 기수와의 상성이 있기 마련. 체격과 성격도 중요하지만 가장 중요한 건 마력의 질이지. 이게 마음에 안 들면 절대로 태워 주지 않아. …뭐, 사람으로 예를 들자면 그거다. 맥주가 무한으로 제공된다 해도 그게 무진장 입에 안 맞으면 마시기 싫잖아?"

더스틴은 친근한 예를 든 것이었지만 아직 술을 즐길 나이가 아닌 학생들은 도통 모르겠다는 표정이었다. 하지만 본인은 개의치 않고 말을 이어 나갔다.

"자루 부분을 손으로 쓰다듬으면 마력의 상성을 알 수 있다. 자아, 열심히 파트너를 찾아봐! 뭉그적거리다가는 다른 녀석들한테 빼앗긴다!"

그것이 '빗자루 만남의 의식'을 시작하는 신호였다. 교사의 말에 등을 떠밀린 학생들이 허둥지둥 뛰쳐나갔다. 미셸라가 문득 올리버 옆에 서서 입을 열었다.

"당신은 본인의 빗자루를 데리고 왔었죠, 올리버?"

"응, 정이 들었거든. 킴벌리의 빗자루 만남에 참가하지 못하는 건 아쉽지만."

"이해해요. 저도 이걸 기대하고 있었거든요. …그럼 가 볼까요, 나나오, 캐티, 가이, 피트. 각자 최고의 파트너를 찾아내 보죠."

조금 떨어진 곳에 있는 피트에게도 격려의 말을 건넨 후, 미셸라는 친구들과 함께 걸어 나갔다. 근처를 날아다니는 빗자루들을 바라보며 캐티와 가이는 고민에 빠졌다.

"으음~ 전부 다 귀여운데에… 이 중에서 한 자루라…."

"흐~음…. 오, 넌 괜찮아 보이는데? …우억, 위험하잖아!"

별생각 없이 가이가 손을 뻗자, 기분이 상한 빗자루가 자루를 홱 휘둘렀다. 올리버는 쓴웃음을 지었다. 마음에 안 들면 만지지도 못하게 한다. 그 또한 그들이 생물이라는 증거인 것이다.

"…야, 저기…." "…그러게…."

의식이 시작되고서 몇 분이 지나자 자신의 빗자루를 고르는데 몰두하고 있던 학생들이 이변을 알아채기 시작했다. 그들이 눈길을 보내고 있는 곳에는 마찬가지로 빗자루를 둘러보며 걷는 동방의 소녀가 있었다. 단… 그 주변에는 숫자가 백에 이를 듯한 빗자루들이 무리를 이루어 날아다니고 있었다. 다른 학생들을 대할 때와는 명백하게 다른 빗자루들의 반응에 교사는 감탄해서 입을 열었다.

"호오… 빗자루에게 사랑받는 체질인가 보군, 미즈 히비야. 마력이 순수하고 맑으면 이렇게 되고는 하지. 너는 어렵지 않게 파트너를 고를 수 있겠어."

"그것 참 기쁜 일이구려. 이렇게나 환영해 주니, 소생도 이 녀
석들이 마음에 드오.

…흠?"

빗자루를 둘러본다기보다는 걷고 있는 그녀를 빗자루들이 따
라다니는 듯한 광경이 이어지던 가운데… 문득 그녀가 걸음을
멈췄다. 건물의 가장 깊숙한 곳, 빗자루들의 잠자리인 빗자루
걸이. 거기에 걸린 채 꿈쩍도 하지 않는 한 자루가 눈에 들어왔
기 때문이다.

"그대는 나오지 않는 거요?"

"아… 잠깐! 그 녀석은 안 돼!"

나나오가 다가가는 것을 보고 더스틴이 허겁지겁 소리쳤다.
소녀가 맹한 얼굴로 돌아보자 그는 설명을 덧붙였다.

"무진장 사나운 빗자루거든. 참고로 엄청나게 사람을 가려서
최근 몇 년 동안은 누구도 타지 못했어. 섣불리 다가가면 얻어맞
고 크게 다칠걸."

힘주어 그런 경고도 했다. 그것을 들은 나나오는 가볍게 고개
를 끄덕였지만 그렇다고 발걸음을 돌리지는 않았다. 주변에 있
던 빗자루들이 위험을 감지하고 거리를 벌리는 가운데, 겁을 먹
은 낌새라고는 조금도 없는 동작으로 침묵하고 있는 빗자루를
향해 손을 뻗자… 낭창낭창한 자루 끄트머리가 그로부터 한 치

앞의 허공을 위협적으로 갈랐다.

"오오… 과연."

격렬한 거절 반응에도 주춤하지 않고 동방의 소녀는 계속해서 손을 뻗었다. 빗자루는 경고라도 하듯 자루를 채찍처럼 휘둘렀다. 그 타격을 모조리 두 손으로 흘려내며 나나오는 미소를 지었다.

"그립구려. …아키카제(秋風)도 처음에는 이러했소."

향수(鄕愁)를 띤 소녀의 눈동자가 흔들린다. 다른 학생들이 마른침을 삼키며 지켜보는 가운데, 나나오는 온화한 투로 빗자루에게 말을 걸었다.

"목소리는 들리지 않아도 알겠소. **진짜 주인** 이외에는 아무도 태울 생각이 없는 것이구려?"

그렇게 말한 순간, 날뛰던 빗자루가 우뚝 멈췄다. 긴장감 넘치는 정적 속에서 한 사람과 한 자루가 마주했다.

"거절하는 상대에게 강요를 할 생각은 없소. 그럼에도 소생이 하고 싶은 말은 단 한마디요. …여기 있는 계집은, 그대가 제일 마음에 드오."

그렇게 말함과 동시에 나나오는 힘차게 오른손을 내밀었다. 흔들림 없는 의지를 눈에 머금은 채.

긴 정적 끝에, 그녀의 눈앞에서 빗자루가 날아올랐다. 단숨에 천장 가까운 곳까지 솟구치더니 큰 궤적을 그리며 내려온다. 아름다운 반원을 그리며 지상으로 돌아온 빗자루는 짧고도 훌륭한 비상의 종점에서 그 자루를 소녀의 오른손에 맡기었다.

"…잘 알았다.
그렇다면, 함께 가 보자."

승낙하겠다는 뜻을 손바닥으로 받아들인 나나오는, 새로운 파트너를 쥐고 늠름하게 몸을 돌렸다. 일련의 흐름을 지켜보던 학생들은 어안이 벙벙한 얼굴로 그 둘을 맞이할 수밖에 없었다.
"…말도 안 돼."
교사 역시 예외가 아니었다. 멀거니 선 그의 시선 끝에서 당사자인 소녀는 똑바로 친구들에게 다가갔다.
"올리버, 소생은 이 녀석으로 정했소!"
"…어, 으응. 축하해, 나나오."
정신을 차리고 대답하는 소년의 앞에 나나오는 처음 손에 넣은 빗자루를 자랑스럽게 내밀어 보였다. 그 모습을 바라보며 더스틴은 한 손으로 얼굴을 쓸었다.
"…그 녀석을 쥐어 버리다니… 살짝, 아니, 상당히 충격이야. 내가 몇 번을 시도해도 소용이 없었는데.
하지만 그래… 그랬지. **그 사람**의 마력도 속이 후련할 만큼 맑았으니까…."

쓴웃음을 띤 남자의 입에서 흘러나온 말은 그 누구의 귀로도 들어가지 않았다. 그리고… 그에 못지않게 충격을 받은 인물이 한 명 더 있었다.

"…………."

"……? 왜 그렇게 쳐다보시오, 올리버?"

응시한다는 말로는 부족할 만큼 소년은 소녀와 빗자루를 뚫어져라 쳐다보았다. 뒤늦게 자신이 그러고 있다는 사실을 알아챈 그는 허둥지둥 소녀에게서 시선을 떼며 말했다.

"아… 아니, 아무것도 아니야. …까다로운 빗자루 같으니 조심해서 다루도록 해."

"물론이오! 앞으로 함께할 파트너니 말이오!"

나나오는 기쁨으로 가득한 목소리로 답했다. 그 해맑은 모습과 달리, 그의 마음은 싱숭생숭하기만 했다. 대체 누가 예상했을까. …그녀에게만 자신을 허락했던 그 빗자루를, 지금 다시 이 소녀가 거머쥐게 되리란 것을.

한 시간 남짓에 걸쳐 '빗자루 만남의 의식'을 치르자 고생을 한 정도에 차이가 있기는 했으나 학생들은 모두 각자 파트너로 삼을 빗자루를 손에 넣는 데 성공했다. 운동장에 늘어선 그들의 모습에 교사도 완전히 마음을 다잡고 지도를 재개하기로 했다.

"자아… 각자 파트너를 얻었으니 지금부터 본격적인 빗자루 비행술 수업을 하도록 하지. 다들 눈앞에 있는 안장과 등자를 확인해라."

그렇게 말한 그가 내려다본 학생들이 선 잔디밭에는 말에 얹는 그것을 작게 만든 듯한 안장과 등자가 놓여 있었다. 용도는 일목요연했지만 더스틴은 개의치 않고 설명을 이어 갔다.

"우선은 그걸 빗자루에 얹어라. 천 년 전이라면 모를까, 요즘 세상에 빈 빗자루에 올라타는 녀석은 없으니까. 가랑이의 피부가 너덜너덜하게 벗겨지고 싶다면 말리지는 않겠지만…."

"다 되었소. 이렇게 하면 되오?"

장착을 마친 나나오가 확인차 물었다. 교사의 입에서 흐헥? 이라는 요상한 목소리가 새어 나왔다.

"…벌써?! 말도 안 되잖아, 이 수업 최초의 고비라고! 싫어하는 빗자루를 억지로 누르다가 콧등을 얻어맞는 것까지가 한 세트인 데다, 경험자라도 갓 손에 넣은 빗자루를 다룰 때는 고생을 하기 마련인데…!"

교사는 곧장 달려가 트집거리를 찾기 시작했다. 하지만 안장도 등자도 구조는 지극히 단순하다 보니, 전후좌우로 잘못된 부분이 없는지 확인하는 것 말고는 트집을 잡을 거리가 없었다. 눈 깜짝할 새 체크를 마친 그는 요란하게 한숨을 내쉬었다.

"…뭐, 성공해 버린 걸 아니라고 할 순 없지…. 그나저나 또

너냐, 나나오 히비야. …나도 그럭저럭 오랫동안 킴벌리에서 빗자루 비행술을 가르치고 있지만, 솔직히 말해서 처음이다. 날기 전의 학생 때문에 이렇게까지 연달아 놀라는 건."

교사는 솔직하게 그런 감상을 늘어놓았다. 그러는 동안에도 다른 학생들은 안장과 등자를 얹는 데 악전고투를 하고 있었다. 싫어하는 빗자루에게 얻어맞고 코피를 흘리는 이가 몇이나 되었고, 가이도 그중 한 명이었다. 20분 정도가 지나서야 모든 인원이 장착을 마쳤다.

"좋아, 어찌어찌 다들 장착시켰군. 경험자는 얼른 날고 싶겠지만, 오늘은 초심자와 함께 기초적인 부분부터 확인해 줘야겠다. …전원 빗자루에 타라!"

교사가 지시를 내리자 학생들이 기다렸다는 듯이 빗자루를 탔다. 직후, 다음 지시를 내리기도 전에 몇 명이 날아올랐다. 빗자루를 제어하지 못하게 되어 당황한 그들을, 교사의 백장에서 뻗어 나간 마법이 차례로 붙잡았다. 그러자 그들은 비행을 위한 힘을 잃고 두꺼운 잔디 위로 풀썩풀썩 떨어졌다.

"그래그래, 매해 그랬듯이 마음이 앞서서 날아오르는 녀석들이 나타났군. 안 혼낼 테니 당황하지 말고 심호흡하고서 다시 타라. …아~ 이제야 마음이 편하네. 역시 1학년은 이래야지!"

눈에 익은 실패하는 광경에 더스틴은 진심으로 안도하고 있었다. 나나오 때문에 놀라는 일이 많은 올리버는 어쩐지 그 말에 공감이 되어서 쓴웃음을 지었다.

"우선 2피트 높이에서 30초 동안 떠 있는 것부터 시작하지. 자, 시작!"

이어서 부유 지시를 내리자 또다시 학생들의 입에서 비명이 터져 나왔다. 안정적으로 떠오른 이는 절반 정도뿐, 곧장 균형을 잃는 자들이 속출했다.

"우어~" "와와왁!"

"하핫, 의외로 어렵지?! 계속 나는 것보다 멈춰 있는 것이 더 힘든 게 바로 빗자루다! 하지만 처음에 이 감각을 키워 두면 안전성이 확 오르지! …아~ 거기 학생! 일단 자기소개부터 할까! 그다음에는 빗자루 탑승자 사고 중 가장 많은 패턴에 관해 말해 봐라!"

의표를 찔러 질문을 날렸다. 질문을 받은 소년은 부유 상태를 유지한 채 답했다.

"올리버 혼입니다. 질문에 대한 답은 급제동시의 낙하. 초심자의 경우, 그다음으로 많은 것은 이륙시의 낙하입니다."

"당황하지도 않고 곧장 답하다니, 귀여운 맛이 없네. 뭐, 바로 맞혔다. 고도가 높아지면 사망사고로 이어지는 경우도 많지. 최악의 경우에는 다리부터 떨어져라, 너희들. 즉사는 치유주문으로 못 고치니까."

교사가 그렇게 말하며 씨익 웃자, 학생들은 등줄기가 오싹해졌다. 그것은 협박도 뭣도 아니라 빗자루 탑승자에게 따르는 당연한 위험이라 할 수 있었다. 대부분의 가정에서 어린아이에게 빗자루를 주지 않는 것도 이 때문이며, 충분한 판단력을 갖추기 시작하는 이 시기에 긴급 시의 대응과 함께 배우게 하는 것이 최선이라고 알려져 있었다.

"…30초 경과. 그리고, 너는 당연하다는 듯이 단번에 통과냐."

"음? 단번에 통과라니, 그냥 타고 있을 뿐이오만."

교사가 흘끔 시선을 날린 곳에서 동방의 소녀는 딱히 애를 먹는 듯한 낌새도 없이 낮은 하늘에 떠 있었다. 그는 불만스럽게 입술을 삐죽거렸다.

"처음에는 그게 어렵다고~ 아니, 난 안 속아, 너 초심자 아니지? 빗자루 탑승자로서의 감각이 지나치게 몸에 배어 있잖아. 해 본 적이 있으면 솔직하게 말하라고, 솔직하게."

"아무것도 속이지 않았소만… 분명 생물의 등에 타는 것은 처음이 아니오. 파트너의 뜻을 헤아리고, 자신의 마음을 거기에 포갠다. 그 점은 빗자루나 말이나 매한가지 아니오?"

그냥 떠 있기만 하는 것이 심심해졌는지, 나나오는 그렇게 말하며 느린 속도로 전진과 후진을 대수롭지 않게 반복했다. 교사는 눈살을 찌푸린 채 신음했다.

"나는 말을 타 본 적이 없지만… 그래, 말이란 말이지. 네 모습을 보니 확실히 통하는 바가 있는 것 같군. 뭐, 너만의 감각일

지도 모르는 데다, 이 업계의 권위자가 들으면 얼굴이 시뻘개져서 화를 낼 것 같지만."

그렇게 중얼거린 교사의 입에서 쿡, 하고 웃음소리가 흘러나왔다. 사범인 마스터 가랜드가 가끔씩 보이는 것과 비슷한, 악동 같은 미소다. 난폭한 발언은 누가 보아도 킴벌리의 교사다웠지만… 그 점을 포함해서 올리버는 이 선생이 싫지 않았다.

"다음은 드디어 애타게 기다렸던 비행이다. …모여라, 보조요원들!"

교사의 호출에 운동장에서 떨어진 곳에 있던 상급생들이 차례로 빗자루를 타고 날아왔다. 착지와 동시에 대열을 이룬 스무 명 남짓한 그들이 1학년생들 앞에 주욱 늘어섰다.

"이번에 한해서는 떨어지더라도 걱정할 것 없다, 지상에 이 녀석들이 있을 테니까. 아무리 빠르게 추락하더라도 마법으로 부드럽게 받아 줄 거다. 마음 푹 놓고 날아 봐라. …그래도 되겠지, 자식들아!"

""""""맡겨만 두라고!""""""

남녀 상급생들이 가슴을 탁 두드리며 호언장담을 했다. 그 모습을 본 1학년들이 용기를 내는 것을 지켜본 후, 교사는 수업을 이어 나갔다.

"그런고로, 우선은 경험자의 시범을 보도록 할까. 처음은, 그래… 척 봐도 모범적으로 날아 줄 듯한 미스터 혼과 거기 너, 그

32

리고 너… 너도 날아 봐라. 미즈 히비야."

"흠. 경험자들에 끼어도 괜찮은 것이오?"

"상관없어. 게다가 요란하게 실패해 주면 나도 조금은 안심이 될 것 같거든."

교사는 질리지도 않고 밉살맞은 소리를 했다. 지시에 따라 위치에 서서 자신과 나란히 이륙 준비에 들어간 나나오를 보고 올리버가 옆에서 말을 붙였다.

"…무리는 하지 마, 나나오. 누구든 처음에는 추락하기 마련이니까. 착지가 어려우면 선배들의 도움을 받아."

"알겠소이다. 허나… 이 녀석이 말을 들어줄지 어떨지."

자신의 빗자루를 내려다보며 나나오가 웃었다. 얼마쯤 지나 모든 인원이 준비를 마친 것을 확인한 후, 빗자루 비행술 교사가 마지막 설명을 했다.

"준비는 됐겠지? 이곳에서 이륙해서 100야드 지점에 착륙해라. 저 하얀 선이 있는 곳이다.

좋아… 날아라!"

짝, 신호 대신 교사가 손뼉을 쳤다. 그와 동시에 학생 네 명의 몸이 땅을 벗어났고… 직후에 한 명이 불쑥 튀어 나갔다.

"…어?" "아?" "……."

앞서 나간 누군가를 보고 두 사람은 넋이 나갔다. 하지만 같은 위치에서 그 광경을 보고 있음에도 올리버는 놀라지 않았다. 그녀가 저 빗자루를 탔으니 저렇게 되리라고 확신하고 있었기 때문이다. 하지만… 다른 이들은 그렇지 않았다. 쏜살같이 튀어 나간 나나오를 본 교사의 눈이 휘둥그레졌다.

"빨라!! 저거 안 멈추겠는데, 아니, 아주 제대로 격돌할 코스야! 대비해라, 보조요원들!"

나나오가 눈 깜짝할 새에 중간 지점을 지나 하강을 개시하자 교사가 허둥지둥 보조요원들에게 지시를 날렸다. 그들 역시 지시가 떨어지기 전부터 대비하고 있었다.

""""""기세여 줄어라—엘레타다우스!""""""

동시에 주문을 영창한다. 정상적인 착륙은 절대로 불가능할 듯한 속도로 내려오고 있는 동방의 소녀를 향해, 그들의 지팡이에서 속도감쇄마법이 뻗어 나간다. 도합 다섯 개의 빛이 직격 코스로 그녀를 향해 날아갔고.

"…후읍!"

그 모든 것을 피해 하강한 나나오는 지면에 격돌하기 직전에 수평 방향으로 호를 그리며 멈춰 섰다. 풍압에 밀린 잔디가 빗자루의 궤도를 따라 파도쳤다. 그 종점에서 우뚝 동작을 멈춘 후… 주변에 멀거니 선 보조요원들을 향해 나나오는 쓴웃음을 띤 채 머리를 긁적이며 말했다.

"이거이거, 미안하게 되었소. 되도록 천천히 날려 했소만. 이 녀석, 어지간히도 힘이 남아돌았던 모양이오."

"……………에에엑~~~~!"

부조리함의 화신이라도 본 듯 교사의 얼굴이 경직되었다. 뒤늦게 착지한 올리버 일행과 합류하여 그대로 낮은 하늘을 날아 돌아온 소녀를 보고, 그는 어깨를 축 늘어뜨리며 말했다.

"…됐어. 인정하지. 인정하겠다고. 미즈 히비야, 너는 대단하다. 재능이 있어."

어쩐지 자포자기한 듯한 투로 학생을 칭찬한 후, 교사는 상대의 뒤를 가리켰다.

"그런고로 지옥의 권유 타임이다. …무작정 받아 주다가는 몸이 열 개라도 모자랄 거다, 너."

"음…?"

기척을 느낀 나나오가 뒤를 돌아보았다. 그곳에는 눈을 번쩍번쩍 빛내는 상급생들이 늘어서 있었다.

"감동했다…! 우리 팀으로 와라, 미즈 히비야!"

"아니~ 우리 팀이야, 우리 팀으로 와, 사무라이!" "그래! 매일 3시에 간식도 줄게!"

"어린애 꼬시듯이 하지 마! 최고급 안장과 등자를 선물로 줄게, 내 돈으로!"

"뇌물은 규칙 위반이잖아, 이 자식!" "그럼 우리는 1년 동안 작문 대필 서비스도 얹어 주지!"

"뭐라고?! 그럼 우리는…!"

보조요원들이 저마다 스카우트 조건을 제시하기 시작했다. 쟁탈전이 걷잡을 수 없이 뜨겁게 달아오르자, 보다 못한 교사가 손뼉을 쳐서 찬물을 끼얹었다.

"자, 권유 타임은 일단 종료다. 작작 좀 해라, 너희들. 아직 수업 중이거든?"

주의를 받은 상급생들이 힘없이 자신들의 위치로 돌아갔다. 그 뒷모습을 1학년생들은 멍한 얼굴로 배웅했다.

"그런고로, 이 수업은 1학년생 선점 작업도 겸하고 있다. 자신도 모르게 두각을 보인 녀석은 상급생들의 맹렬한 러브콜을 받게 될 테니 조심하도록. 미즈 히비야는 이미 한발 늦었지만 말이야."

교사는 씨익 웃으며 그런 말을 내뱉었다. 아직도 자신이 처한 상황을 알아채지 못한 듯한 나나오를 바라보며 그는 입꼬리를 치올린 채 나직하게 중얼거렸다.

"그나저나… 이거 보아하니 올해부터 재미있어질 것 같군."

오전수업을 마치고 맞이한 점심시간. 식당에 모인 여섯 명은 나나오가 보인 새로운 재능을 화제로 이야기꽃을 피우고 있었다.

"…입이 다물어지지가 않았어요. 입학하고서 반년이나 지났는데, 나나오… 당신의 재능은 끝을 모르겠네요."

감탄과 경외심이 반반씩 섞인 얼굴로 셰라가 말했다. 왕성한 식욕으로 미트 파이를 먹어치우면서 나나오가 미소를 띤 채 답했다.

"빗자루 비행술이 그토록 즐거운 수업일 줄은 몰랐소. 다음 수업이 기다려지는구려."

"그거 잘됐네…. 그렇게 기대된다면 나한테도 요령 좀 알려 주라, 나나오…."

완전히 풀이 죽은 얼굴로 가이가 말했다. 그는 수업 시간 동안 셀 수 없을 만큼 추락을 거듭했을 뿐 아니라, 빗자루에 올라타는 데에도 고전하고 있는 듯했다. 흐음, 나나오가 콧숨을 내쉬었다.

"보아하니 가이는 빗자루를 조종하려는 마음이 너무 강한 듯했소. 나는 것은 빗자루고 우리는 올라탈 뿐이오. 그 점을 염두에 두고 좀 더 파트너에게 몸을 맡긴다고 생각하면 좋을 듯하오."

"얄팍한 잔재주가 아니라 성의 있게 파트너를 대하는 마음이 중요하다는 거죠. 캐티는 그 점을 잘 알고 있던걸요."

"에헤헤헤. 나나오처럼 엄청 잘 타지는 못하지만 말이야."

칭찬을 받은 캐티가 수줍어하며 머리를 긁적였다. 늘 아웅다웅하는 상대에게 뒤처진 탓인지 가이는 부루퉁한 얼굴로 시선을 돌렸다.

"너도 마구 추락했었지, 피트? 둘이서 나나오랑 캐티의 제자로 들어갈까?"

"…머, 멋대로 해. 난 혼자 복습할 테니까."

피트는 그런 대답을 끝으로 대화에 끼지 않고, 묵묵히 접시 위에 놓인 청어를 잘라 입에 넣었다. 장신의 소년이 어깨를 으쓱하며 올리버를 쳐다보았다.

"아직 반항기가 안 끝났나 보네. 정말 어려운 나이라니까, 피트 엄마."

"사춘기니 어쩔 수 없지, 피트 아빠."

"너희 같은 부모님을 둔 적은 없거든?!"

두 사람의 농담에 피트가 테이블을 두드리며 반론했다. 순간, 웃음이 넘쳐나는 그들의 테이블에 누군가가 다가와 말을 붙였다.

"…안녕하신감. 맨날 시끌벅적하구먼, 너그덜은."

매우 극단적인 화국(靴國·유타리) 사투리가 섞인 영어(이에르그리스)였다. 그들이 목소리가 들려온 쪽을 바라보자, 그곳에는 가느다란 눈매의 남학생이 붙임성 있는 미소를 띠고 서 있었다. 같은 1학년이라는 것은 알았지만 여섯 명 중 그와 대화를 해 본 사람은 아직 없었다. 올리버가 약간의 경계심을 담아 답했다.

"…안녕. 너는?"

"1학년인 툴리오 로시구먼. 아, 그짝 소개는 됐어야. 그런 거

안 혀도 전~부 아니께, 올리버 군."

로시가 빙긋 웃으며 단언했다. 그 시선이 테이블 맞은편에 앉은 나나오를 바라보았다.

"아침부터 허벌나게 눈에 띄더만, 나나오. 처음 탄 빗자루로 그렇게나 날다니, 참말로 대단혀. 이야, 농담이 아니라 재능이 지나치게 넘쳐 나는 것 같어. 나한테도 좀 나눠 줬으면 쓰겄는디."

로시는 처음 대화하는 상대를 뻔뻔하게도 퍼스트 네임으로만 부르며, 장난스러운 투로 칭찬을 했다. 그 말을 듣자마자 셰라가 끼어들었다.

"재능이라는 한마디로 치부할 수 있을 만큼 나나오의 내력은 단순하지 않아요. 미스터 로시."

"알고말고, 미셸라. 내 눈도 썩은 생선 눈깔은 아니구먼. 하하… 암만 그래도 재능만으로 홍왕조(가루다)는 못 쓰러뜨릴 테니께."

로시가 그렇게 말한 순간, 가느다란 눈에 문득 위험한 빛이 번뜩였다. 올리버는 경계심을 끌어올렸다. 또렷하게 적의를 보내고 있는 것은 아니지만… 이 상대는 어딘가 위험하다.

"근데 말여, 살짝 섭섭하구먼. 그도 그럴 것이, 너그들만 눈에 띄고 우리는 죄다~ 관심 밖으로 밀려났잖여? 서럽구먼. 나는 말여, 옛날부터 따돌림을 당하는 건 싫드라고. 재미난 놀이를 하고 있으믄 어디든 끼고 싶드라고.

어뗘… 그렇지 않어? 한실력 하는 놈들!"

유달리 큰 목소리로 혼잣말을 하는가 싶더니, 로시는 돌연 온 식당에 들리도록 소리쳤다. 자신들이 있는 테이블에 많은 이의 시선이 집중되는 것을 느끼며 올리버는 굳은 목소리로 물었다.

"…무슨 소릴 하고 싶은 거지, 미스터 로시?"

"아니 뭐, 대단한 건 아니구먼. 왜, 우리도 입학하고서 반년이 지났잖여? 선배들을 따라서 슬슬 정해야 할 것 같아서. …**1학년 최강자는 누구인가** 정도는."

그의 입에서 나온 말에 학생들이 술렁거렸다. 그것은 한없이 단순한 명제였다. 자신의 힘에 자신이 있는 자가 여럿 있으면, 그들의 마음은 자연스럽게 하나의 답을 갈구하게 되기 마련이다. 요컨대… 누가 최강인가.

"물론 잠정 최강자는 나나오구먼. 거기에는 아~무런 불만도 없어야. 근디 우리한테도 도전할 기회는 줘야 하지 않겠어? 개중에는 있거든… 가루다가 날뛰었을 때, 그곳에 없었다는 걸 아쉬워하고 있는 놈들이. 물론 나도 그중 하나고."

로시가 씨익 웃으며 말했다. 그 미소를 올리버는 진지한 얼굴로 마주 보았다. …**시선**은 계속 느끼고 있었다. 가루다를 쓰러뜨린 사건 이후로 지금까지 나나오와 자신을 향한 맹금류와도 같은 눈빛을. 때문에 이 안건이 거론된 순간에도 놀라지는 않았다. 언젠가 그들이 이빨을 드러낼 순간이 올 것이라고 예상하고 있었기 때문이다.

"마지막 한 명이 남을 때까지 붙어 보장께. 이 중에서 누가 젤로 강한지 가려내는 것이여. 안 그러믄 답답하자네.

자, 이야기는 들었겄제? 축제에 참가할 녀석들은 지금 당장 이리로 나오드라고!"

학생들의 고양감을 피부로 느끼며 로시가 이 기회를 놓치지 않겠다는 듯이 외쳤다. 동시에 떨어져 있는 테이블에서 한 여학생이 일어섰다.

"…받아들이겠어, 그 제안!"

작은 체구에 금발인 여학생이 소리 높여 말하자, 그 모습을 본 셰라의 눈이 동그래졌다.

"…미즈 콘월리스? 당신도 참가할 건가요?"

"누, 누구야?"

"스테이시 콘월리스, 친척이에요. 예전부터 저와 거리를 두어서, 이곳에 와서도 별로 대화를 나눈 적은 없지만요…."

당황한 셰라는 아랑곳하지 않고 콘월리스는 거친 콧김을 내쉬며 당당하게 버티고 섰다. 그러자 그 옆에서 한 남학생이 귀찮다는 얼굴로 일어섰다.

"진짜로 하려고…? 가루다가 날뛰었을 때도 넌 분명 그 자리에 있었으면서 벌벌 떨고 있는 쪽이었잖아."

"잠깐, 페이…! 그때 그건 아니거든?! 신중하게 상황을 살피고 있었던 것뿐이거든?!"

조금 전과 달리 어린애 같은 투로 콘월리스가 대꾸했다. 아무래도 세라를 대할 때와는 딴판인 이쪽이 그녀의 본모습인 듯했다. 페이라 불린 남학생은 하아, 하고 한숨을 내쉬었다.

"뭐, 그런 걸로 해 줄게. …나도 나가겠어, 미스터 로시. 자신이 있는 건 아니지만 이 녀석만 내보내려니 걱정돼서 가만히 있을 수가 있어야지."

페이가 그렇게 말하며 한 손을 들었다. 일련의 흐름을 보고 있던 로시가 키득키득 웃었다.

"그려그려, 의욕이 있다면 누구든 상관없어야. 아~ 맞다… 가루다 사건 때 활약하지 못했던 녀석들. 이건 명예를 회복할 기회라고 할 수 있지 않겠어? 너그덜도 싫잖여, 패배자인 채로 남은 1학년의 절반을 보내기는."

배려의 가죽을 뒤집어쓴 도발을 내뱉는다. 그러자 참가 의사를 밝히는 목소리가 연달아 일었고, 분위기가 뜨거워지는 것을 느낀 나나오가 흐뭇한 미소를 지었다.

"다들 패기로 가득한 좋은 얼굴을 하고 있구려. …참으로 기분좋은 기개요.

괜찮다면 소생도 삼가 참가하겠소."

그렇게 말하며 동방의 소녀는 스스로 손을 들었다. 순간, 로시가 이를 드러내며 웃었다.

"역시 나나오, 최강자로서의 관록이 느껴지는구먼. …워쩔랑가, 올리버 군? 나나오가 나간다고 하는디, 그짝은 구경만 할 것이여?"

이어서 같은 테이블에 앉은 소년에게 화살을 돌렸다. 몇 초간 침묵한 후, 올리버는 조용히 입을 열었다.

"…1학년 최강이라는 트로피에는 관심이 없지만 같은 학년과의 시합을 굳이 피할 이유도 없지. …참가하겠어. 이제 만족해, 미스터 로시?"

가시 돋친 목소리로 도발에 응했다. 서로의 시선이 부딪히자 로시의 입가가 흉포한 기쁨으로 치올랐다. 덕분에 올리버는 꿰뚫어 볼 수 있었다. …붙임성 좋은 태도 속에 숨은 위험할 정도의 투쟁심을.

"…그렇다면 제가 나가지 않을 이유도 없겠네요."

"어… 셰라?!" "야, 너까지 나가겠다고?!"

놀란 친구들 앞에서 롤 헤어 소녀가 조용히 한 손을 들었다. 그녀가 대담한 미소를 지어 보이자 로시는 더더욱 신이 났는지 휘익, 하고 휘파람을 불었다.

"좋구먼, 환영혀야. 이런 건 참가자가 많을수록 좋제."

그는 이어서 시선을 다른 곳으로 옮겼다. 자신에게서 멀리 떨어진 곳, 식당 입구 근처 자리에 앉은 한 학생에게로.

"너는 어뗘, 미스터 앤드루스?! 늘 마법검에는 자신이 있다고 말하고 다녔잖여! 게다가 무엇보다도, 너도 가루다를 쓰러뜨린 세 명 중 한 명 아니당가!"

지명을 받은 긴 머리 소년… 리처드 앤드루스는 그 자리에서 조용히 일어섰다.

"미안하지만 난 사양하겠어. …지금은 다른 사람이 아니라 자신과 마주해야 할 시기라는 걸, 깨달았으니까."

"헤에~ 그려그려. 그래서, 꼬리 말고 도망쳐 불겠다고? 아이고~ 꼴사납구마잉."

"뭐라고 말해도 상관없어. …이만 실례하지."

앤드루스는 상대의 말을 무시하고 몸을 돌려, 그대로 식당을 떠났다. 그 뒷모습을 지켜보며 로시가 고개를 갸웃했다.

"오메, 가 부렀네. …의외구먼, 도발하면 넘어올 타입인 줄 알았는디."

"그건 예전의 그예요. 그나저나 미스터 로시… 제가 참가한다는 걸 알면서도 지금과 같이 릭을 모욕한 건 경솔한 짓이었어요."

미소가 사라진 얼굴로 셰라가 상대를 노려보았다. 로시는 허둥지둥 두 손을 들어 보였다.

"오오~ 무서버라. 좀 봐 줘야, 살짝 부추긴 것뿐이잖여. 진짜로 악담한 건 아니랑께."

실실 웃으며 겉치레 같은 변명을 하고서 그는 곧장 본론으로 돌아갔다.

"참가자도 모였응께, 구체적인 축제의 절차를 정해 볼까. 근디, 평범한 토너먼트로 하믄 재미가 읎잖여? 대낮에 옹기종기 학교 건물에 모여서 예의 바르게 결투하고 싶은 사람만 있는 건 아닐 테니께."

빈정거리듯이 그렇게 말하며 로시는 참가자들의 얼굴을 둘러보았다. 그러고는 품 안에서 하나의 동화(銅貨)를 꺼내 보였다. 대영마법국(이에르그란드)에서 통용되고 있는 베르크 통화보다 다소 큰 것이었다.

"그러니 이렇게 허자고. …메달 쟁탈전. 너그덜도 마법사라믄 복제하기 어려운 오리지널 메달 정도는 만들 수 있겄제? 지금부터 7일 동안, 참가자는 그걸 품 안에 넣고 지내는 것이여. 그리고 각자 마음대로 싸워서, 진 짝이 이긴 짝한테 메달을 하나 주는 것이제. 가진 메달이 전부 없어지면 탈락. 마지막 날에 메달 보유수 상위권 네 명이 결승전을 치르고. 어뗘, 재미있을 것 같제?"

생각지 못한 제안에 참가자들은 얼굴을 마주 보았다. 나나오가 복잡한 얼굴로 손을 들었다.

"끄응. 미안하지만 소생은 동전을 만드는 법을 모르오."

"올리버 군한테 배워야. 그라믄 아마 오늘 중에는 준비할 수 있을 테니께. …뭐, 요컨대 일종의 보험이구먼. 싸울 때 관객덜

이 많으믄 좋겄지만 장소에 따라 꼭 그러리라는 법은 없으니께. 이기고 졌다는 증거가 될 것이 있는 편이 안심되지 않겄어?"

올리버도 그런 의미에서는 일리가 있다고 생각했다. 미궁 안에서의 암투까지 인정할 경우, 승패를 형태로 남기는 것은 이벤트를 성립시키기 위한 필수 조건이라 할 수 있다. 물론 그것만으로는 부정을 저지를 여지가 많지만… 그러한 규칙 밖에서 벌어지는 혼돈조차 툴리오 로시라는 인간은 즐기고 있는 것 같다고 올리버는 느꼈다.

그로부터 5분 남짓 동안 로시는 참가 의사를 밝힌 학생들의 이름을 한 명씩 묻고, 그것을 들고 있던 두루마리(스크롤)에 하나씩 적어 나갔다.

"모든 참가자의 이름을 여기 등록혔구먼. 그런고로… **지금부터 시작해 보드라고.**"

기입을 마친 스크롤을 들어 보이며 로시는 느닷없이 선언했다. 참가자들이 일제히 경직되었다.

"왜 그런당가? 치고받아도 된다니께. 메달을 준비하지 못했다 혀도 지금은 괜찮아야. 결과를 속일 방법이 없으니께."

로시가 히죽히죽 웃으며 그들을 부추겼다. 그 순간부터 참가자들이 강렬하게 서로를 의식하기 시작했다. 누구와 싸우면 승산이 높을지, 누구와 싸우면 위험할지. **누구를 이겨야 가장 큰 명예를 얻을 수 있을지**…. 그런 엄격한 계산이 그들의 머릿속에서 빠른 속도로 이루어졌다.

"…갑자기 미안하지만. 상대를 부탁해도 될까, 미즈 히비야."

가장 먼저 입을 연 것은 올리버 일행의 근처에 있던 테이블에서 참가를 표명한 한 여학생이었다. 학생들이 술렁거렸다. 지명을 받은 나나오가 즉시 자리에서 일어났다.

"물론 상관없소. 장소는 어디가 좋겠소?"

"여기서 하면 혼날 테니 운동장으로 나갈까. 어차피 관객은 따라올 테니까."

여학생의 그러한 제안에 고개를 끄덕여 답한 후, 나나오는 상대와 나란히 식당을 나섰다. 멍하니 상황을 지켜보고 있던 캐티가 뒤늦게 허둥지둥 일어났다.

"…어, 어?! 말도 안 돼, 벌써 싸우는 거야?!"

"도전권이 참가자 전원에게 있는 이상, 가장 큰 명예를 먼저 가로채면 그만큼 유리해지죠. 상대가 꽤 과감한 결정을 내렸네요."

그녀의 용기를 칭찬하는 투로 말한 후, 셰라도 자리에서 일어섰다. 식당에 있던 대부분의 학생들도 누가 먼저랄 것 없이 운동장으로 향한 두 사람을 쫓아갔다. 그렇게 몇 분 후… 교사(校舍) 옆에 자리한 운동장의 풀밭에서 두 학생은 멀찌감치 떨어진 채 마주하고 있었다.

"결투를 개시할 때의 거리는 12야드. 일반적인 종합전(綜合戰)

의 거리이기도 하니 상관없지?"

"이의는 없소. 다만 소생은 아직 마법을 사용한 대결이 어렵소. 이쪽은 오로지 검을 사용한 공격만 하게 될 터인데, 그래도 상관없겠소?"

"당연하지. …그 거리까지 파고들 수 있다면 말이야."

여학생이 대담한 미소를 띤 채 말했다. 그리고 서로의 칼집에서 지팡이검을 뽑은 후, 두 사람은 동시에 주문을 외웠다.

""베지도 뚫지도 마라―세쿠루스!""

마법이 부여된 두 개의 도신이 옅은 하얀 빛을 띠었다. 이 불살주문(不殺呪文)은 앞으로 싸울 두 사람이 **자신이 아니라 상대의 검에 마법을 건다**는 점이 핵심이었다. 신뢰할 수 있는 입회인이 없을 경우, 이렇게 해서 사고로 위장한 상해 사건을 방지하는 것이다. 건성으로 상대의 지팡이검에 주문을 걸면 그 대가는 자신이 베일 때 치르게 된다.

"괘, 괜찮을까…. 다치지는 않을까, 나나오…!"

"흐음. …올리버, 이 시합을 어떻게 보나요?"

안절부절못하며 불안한 눈으로 지켜보는 캐티의 옆에서 셰라가 소년에게 물었다. 올리버는 담담하게 답했다.

"상대의 노림수는 명백해. 주문이 서툰 나나오를 마법검의 사거리 밖에서 처리할 생각이겠지. 저 차분한 태도로 미루어 볼 때, 마법전투의 경험도 적지 않은 듯하고."

"…그렇다면 역시 나나오 쪽이 불리하다는 거야?"

가이가 복잡한 얼굴로 팔짱을 낀 채 말했다. 올리버는 조용히, 하지만 단호하게 고개를 가로저었다.

"저쪽은 그렇게 생각하고 있는 것 같지만… 솔직히 말해서 예측이 너무 어설펐어.

나나오의 검은, 이미 그런 수준이 아니야."

흔들림 없는 목소리로 그렇게 장담했다. 그런 그들이 바라보는 곳에서 드디어 전투가 시작되었다.

"…시작!"

진행을 맡은 2학년생이 소리침과 동시에 나나오가 땅을 박찼다. 어이가 없을 만큼 아무런 잔재주도 없는, 올곧은 전진이다. 거기에는 거리를 좁혀 베는 것 이외의 어떠한 계산도 담겨 있지 않았다.

"깨부숴라 바람의 철퇴—임페투스!"

그러자 여학생은 약간 거리를 벌렸다. 바로 마법을 쏘면 옆으로 뛰어 피할 거라 생각해, 일부러 몸을 피할 수 없을 만큼 가까운 거리까지 유인해서 주문을 왼 것이다. 바람으로 된 대형 해머가 웅웅 소리를 내었다. 그녀는 잠시 후면 그것에 맞은 동방의 소녀가 날아가 결판이 날 것이라고 믿어 의심치 않았고….

"후읍!"

그 때문에. 그 일격을 **비스듬히 흘려보내고** 날아든 나나오의 일격을 순간적으로 받아 낼 수 없었다.

"…뭐?"

있을 수 없는 현상이 벌어지자 여학생의 동작이 멈췄다. 조건
반사적으로 간신히 칼을 내밀어 방어자세를 취하기는 했지만,
그런 허술한 방어는 나나오에게 아무런 의미도 없었다. 비스듬
히 날린 칼날이 손쉽게 지팡이검을 밀어냈고… 직후에 목 앞에
서 우뚝 멈췄다.

"흠, 미안하오, 무심결에 멈추고 말았소. …소생의 승리로 보
아도 되겠소?"

동방의 소녀는 손을 멈추고 주변 사람들에게 물었다. 너무도
저항이 미약해서 파고들어 베기가 망설여진 모양이다. 상대 여
학생과 주변에 있던 관객들이 얼마 동안 멀거니 서 있는 가운
데… 진행을 맡은 2학년생이 퍼뜩 정신을 차리고 소리쳤다.

"스… 승자, 나나오 히비야!"

그 즉시 관중들이 흥분해 소리쳤다. 그 떠들썩한 소리에도 아
랑곳하지 않고, 나나오는 칼을 칼집에 넣고 미소를 띤 채 두 손
을 상대의 어깨에 얹었다.

"또 싸웁시다."

"…어, 아….”

자신이 패배했다는 사실조차 제대로 이해하지 못했는지, 여학
생의 입에서는 어물어물 무의미한 목소리만 새어 나왔다. 그 광

경을 지켜보며 셰라는 후우, 하고 감탄 섞인 한숨을 내쉬었다.

"예상한 대로… 아니, 예상했던 것보다 훨씬 일방적인 시합이었네요."

"애초부터 상대에게는 승산이 없었어. 나나오의 '베어 흘려내기'를 몰랐던 게 치명적인 패인이지."

엄격한 투로 올리버는 단언했다. 하지만 무리도 아니다. 실제로 같은 1학년과의 시합에서 그녀가 **저것**을 사용한 건 이번이 처음이기 때문이다. 쿠츠류의 '베어 흘려내기'와는 전혀 다른 그녀 고유의 절기, '양손 베어 흘려내기'를.

그것은 다름이 아니라 마스터 가랜드와 상의한 끝에 올리버가 지시한 바이기도 했다. …기술을 숨겨 두고 싶다는 흔한 이유 때문이 아니라 수업에서 저걸 선보이면 다른 학생들에게 좋을 게 없다고 판단했던 것이다. **흉내 낼 방법이 없기** 때문이다. 아닌 게 아니라 성장 도중인 그들에게 무력감마저 안겨 줄지 모른다. **저런 걸 쓰면 할 수 있는 게 없다**는 무력감….

"지금의 나나오는 '1학년 중 상위권'이라는 말로도 부족해. …대등하게 겨룰 수 있는 건 학년의 틀을 벗어난 상식 밖의 강자뿐이겠지."

"동감이에요. …전율이 이네요."

손으로 어깨를 억누르며 셰라가 그렇게 말했다. 첫 전투를 승리로 장식하고 돌아온 나나오를 맞이하면서 롤 헤어 소녀는 소리 높여 선언했다.

"잘 들으세요, 올리버, 나나오. …저는 반드시 마지막 날까지 남겠어요."

그녀가 이름을 부른 두 사람뿐 아니라 캐티, 가이, 피트도 놀란 얼굴로 돌아보았다. 지금껏 언제나 한 걸음 떨어져서 그들을 지켜보아 왔던 세라가 속에 담아 두었던 감정을 전면에 내보였기 때문이다.

"당신들도 그렇게 하세요. 다른 참가자들을 모조리 물리치고 마지막 날까지 세 사람 모두 살아남아서… 그때, 정정당당하게 붙어 보죠. 그 전개가 가장 화끈할 테니까요. 아닌가요?"

아무도 부정하지 않을 거라 확신하는 투로 롤 헤어 소녀가 말했다. 나나오가 힘껏 고개를 끄덕이며 답했다.

"그 뜻, 확실하게 받잡겠소. …올리버, 귀공은?"

그렇게 답함과 동시에 옆에 있는 소년에게로 시선을 옮겼다. 그 말에 곧장 답하기에는 너무도 많은 갈등이 그의 마음속에 있었다. …나나오와 처음 칼을 섞었던 때의 일이 떠오른다. 자신을 검의 길에서 만난 운명의 상대라고 확신하고 그녀가 흘렸던… 그 투명한 눈물이.

"…알겠어. 시합이라는 틀 안에서 붙는 거라면, 나도 이의는 없어."

올리버는 각오를 굳히고 말했다. …자신의 마음이 어떻든 계속 피할 수는 없을 것이다. 같은 학년의 상대와 앞으로 7일 동안 한 번도 싸우지 않을 수는 없을 테니.

"마지막 날에 싸우자, 둘 다. 그때까지 살아남을 수 있도록 나도 최선을 다하겠어."

올리버가 단호하게 말했다. 가까이서 서로를 바라보는 두 사람의 모습에 세라는 씨익 웃었다.

"이제야 저도 낄 수 있겠네요. …오랜만이에요, 이렇게 가슴이 뜨거워진 건."

전에 없이 뜨거운 열의를 담아 롤 헤어 소녀가 중얼거렸다. …그녀 역시 한 사람의 마녀였던 것이다. 손가락을 물고 본인들의 세계에 빠진 두 사람을 지켜볼 생각은, 이번의 세라에게는 눈곱만큼도 없었다.

오후수업의 첫 시간은 마도공학. 이 역시 빗자루 비행술과 마찬가지로 입학 이후 반년이 지난 이 시기에 1학년들에게 새로 주어진 교과였다. 새로운 분야를 접하는 기대감에 가슴 설레고 있는 학생들도 적지는 않았지만….

"캬핫! 안녕하십니까, 여러분. 마도공학 수업에 온 걸 환영합니다! 제가 담당 교사인 엔리코 포루기에리입니다, 앞으로 잘 부탁합니다! 캬하하하하핫!"

수업 시간이 시작된 순간, 앞줄에 있던 학생들이 일제히 흠칫 놀랐다. 막대 사탕을 손에 든 한 노옹(老翁)이 광기 어린 웃음소리를 내며 교실에 들어왔기 때문이다.

"야, 지금까지 본 것 중 제일 위험해 보이는 게 왔는데?"

참지 못하고 장신의 소년이 친구들에게 속삭였다. 그러는 동안에도 당사자인 노옹은 만면에 미소를 띤 채 막대 사탕을 날름날름 핥았다.

"잠깐, 가이, 처음 보는 선생님한테 그런 소릴 하면 못써요…."

"아니, 그 말이 맞아. …이 수업에서는 절대 방심하지 마."

가이를 나무라는 롤 헤어 소녀의 말을 가로막고 올리버가 단호하게 말했다. 그 시선 끝에서 자신을 엔리코라고 소개한 노옹이 수업의 개요를 설명하기 시작했다.

"제가 가르칠 것은 요컨대, 마법문명의 근간을 이루는 학문입니다! 말하자면 마법도구나 마법건축 제작과 연관된 여러 가지 이론, 기술이지요! 이게 없으면 마법이 형태로 남지 않아요! 그래서는 우리도 요란한 요술쟁이랑 다를 바가 없지요! 말도 안 되는 일이죠, 언어도단이에요, 기껏 만든 깜짝 상자를 후세에 남기지 않다니!"

새된 목소리로 그렇게 외친 후, 엔리코는 두 팔을 크게 좌우로 벌렸다.

"이 킴벌리 그 자체도 선배들이 남긴 근사한 깜짝 상자 중 하납니다! 저의 선조도 건조에 관계했는데, 직계 자손조차도 도무지 알 수 없는 부분이 얼마나 많은지! 하지만 그럴 수밖에요! 보통 사람이 만드는 시시한 것들과 달리, 마법계의 창조물은 모두 동적이니까요! 자신이 지은 집에 잡아먹힌 마법사의 이야기만 해도 썩어 넘친답니다! 캬하하핫! 즐거~워라~!"

빠르게 말을 쏟아 내고서 노옹은 사탕을 날름날름 핥았다.

"저는 생각했습니다, 어떻게 하면 이 재미를 빠르게 여러분에게 전할 수 있을지. 기초이론부터 순서대로 가르치는 게 정석이기는 하겠지만, 그것만으로는 서로 심심해서 하품만 나겠죠! 학문에 불가결한 것은 손에 땀을 쥐는 긴장감, 그 극한 상황에서 번뜩이는 논리와 직감! 부디 안심하십시오! 제 수업은 절대로! 여러분을 심심하게 하지 않을 테니까요!"

그렇게 선언한 후, 엔리코가 백장을 치켜들자 교실 구석 네 곳의 바닥에서 한 아름 정도 되는 크기의 상자가 솟아났다. 그렇게 출현한 정체불명의 물건들을 학생들이 경계하는 눈빛으로 바라보았다.

"역행공학(리버스 엔지니어링)…이라는 말을 아시는지? 지극히 간단하게 말하자면 이건 순서를 거꾸로 한 학문입니다. 이론을 배우고 물건을 만드는 게 아니라 완성품을 관찰하고 해체, 분석함으로써 그 구조 공학과 동작 원리를 짐작하는 연구 방법입니다. 여러분은 이걸 해 주셔야겠습니다."

노옹은 교실 안을 빙 돌며 계속해서 설명했다.

"교실에 출현한 네 개의 상자가 보이시지요? 이것들은 모두 정확히 한 시간 후에 작동하는 마법트랩입니다. 시간 안에 모두 해체해서 정지시키면 아무 문제도 없겠지만, 그러지 못할 경우에는 살짝 곤란한 일이 생길 겁니다. 구체적으로 말하자면… 죽지 않을 정도로 팔다리가 찢어지거나 엄~청 아픈 독으로 인해 온몸의 피부가 문드러지겠지요."

학생들이 일제히 술렁대기 시작했다. 엔리코는 입가를 치올렸다.

"여러분, 그렇게 되고 싶지 않다면 열심히 애써 보십시오. 네 개의 상자는 각각 다른 구조로 된 트랩이지만, 제 쪽에서도 힌트를 드릴 테니 안심하십시오. …아아, 한 가지 조언을 하자면 이 분야에 소양이 있는 학생 몇 명을 리더로 삼는 게 좋을 겁니다. 통솔이 안 되어 쓸데없는 움직임이 많아지면 눈 깜짝할 새에 시간이 다될 테니까요. 지금까지의 경험상, 대개 그런 경우에 지독한 꼴을 당하더군요.

준비는 되었겠지요? 그럼 시작! 다들 힘을 내십시오! 성공의 비결은 우정과 단결입니다! 캬하하하핫!"

노옹의 선언과 동시에 대부분의 학생이 일제히 움직이기 시작했다. 평범한 수업 시간이라는 물러터진 생각은 날아가 버린 지 오래였다.

"경험자는 빨리 앞으로 나와! 시간이 없어!"

"반년이나 킴벌리에 있었으면서 아직도 모르겠나요?! 방금 전의 설명에는 어떠한 과장도 없어요! 실패하면 팔다리 정도는 아무렇지 않게 날아갈 거라고요!"

올리버와 셰라가 연달아 외치자 위험을 인지한 학생들의 얼굴이 파랗게 질렸다. 그 즉시 아우성과 학생들이 어지럽게 오가는 아수라장이 된 교실의 참상을 둘러보며 엔리코가 소리 높여 말했다.

"그럼 첫 번째 힌트! 마법트랩은 크게 '시한형'과 '반응형', 그둘을 합친 '시한반응형', 셋으로 나뉩니다! 오늘은 세 개를 시한형으로, 하나를 시한반응형으로 해 두었습니다! 이를 구분해 내면 꽤 쉬워질 거예요오!"

올리버는 이를 갈았다. 반응형이 섞여 있다면 섣불리 손을 댈수가 없다. 구분법을 하나씩 시험해 보는 수밖에. 그렇게 결심한그는 주변에 있던 학생들에게 지시를 내리기 시작했다.

58분 후. 학생들의 필사적인 노력 덕분에 네 개의 트랩 중 세개까지는 무사히 해제되었다. 하지만 마지막 하나… 시한반응형에 그들은 고전하고 있었다.

"젠장, 이것도 안 통해…!" "어떻게 해야 멈추는 거냐고, 이건!"

상자를 둘러싼 학생들이 비명에 가까운 목소리로 외쳤다. 그러는 동안에도 시곗바늘은 움직여서 59분을 가리켰다. 그것을 본 올리버가 결단을 내렸다.

"틀렸어, 이제 시간이 없어! 해제는 포기하고 방어태세를 취해!"

해제를 단념하고 주변에 그렇게 지시를 내렸다. 학생들이 거미 새끼 흩어지듯 상자에서 떨어졌다. 피트도 그 뒤를 따르려고 몸을 돌렸는데….

"…윽…?!"

순간, 갑자기 현기증이 밀려들고 시야가 일그러졌다. 빨리 떨어져야 한다고 생각하는 머리와 달리, 두 다리에서는 감각이 사라지기 시작했고… 끝내는 체중을 지탱할 수도 없게 되어 소년은 그 자리에 주저앉았다.

"…피트!"

이변을 알아챈 올리버가 그 즉시 트랩 앞으로 돌아갔다. 하지만 이미 피트를 안고 대피할 시간은 없었다. 소용은 없겠지만 그는 방벽주문으로 벽을 만들고 자신의 몸을 방패처럼 포갠 후… 마지막으로 친구를 로브로 감싸고 끌어안았다.

직후에 상자가 폭발했다. 안에서 나타난 것은 폭풍도 독안개도 아닌, 길고 가는 생김새에 쉼 없이 꿈틀대는 무수히 많은 무언가였다. 그것들이 비명을 지르는 학생들을 향해 일제히 풀려났다.

"어이쿠, 아까워라, 하나는 시간 안에 처리하지 못했군요오!"

여전히 즐거운 투로 엔리코가 말했다. 그 말에 일시적으로 실신 상태에 빠졌던 피트가 살며시 눈을 떴다.

"…으…아…?"

"…움직이지 마, 피트. 그대로…."

그를 끌어안은 자세로 올리버가 중얼거렸다. 불분명한 말투를 이상하게 생각한 피트는 로브 틈새로 밖을 내다보았고… 그 즉시 할 말을 잃었다. 수십 마리나 되는 뱀이 올리버의 등을 문 채 격렬하게 몸을 흔들어 대고 있었기 때문이다.

"너… 너, 등에…!"

"괜찮아… 아프기만 하니까. 이 정도라면…."

고통을 참으며 올리버가 단언했다. 그 모습을 본 엔리코가 감탄 섞인 투로 말했다.

"오오, 참을성이 좋군요! 처음 물린 1학년은 대부분 기절하거나 마구 몸부림을 치기 마련인데! 그럼 저도 같이 참아 주도록 하지요! 캬하하하하!"

그렇게 말하는 노옹 본인도 트랩에서 튀어나온 뱀에 온몸을 물린 상태였다. 다소 떨어진 곳에 있는 학생들에게도 뱀의 무리는 가차 없이 덤벼들었다. 저마다 주문으로 대처하려 했지만 순간적으로 올바른 판단을 내린 이는 셰라를 비롯한 극소수뿐이다. 학생들은 공격주문의 틈새로 빠져나온 뱀들에게 차례로 물려 절규했다.

"…확실히. 상당한 고통이구려, 이건."

조금이라도 위험에서 거리를 두고자 학생들은 벽 근처까지 뒷걸음질을 했다. 그중 유일하게 동방의 소녀만이 제 발로 앞으로 나섰다. 파도처럼 덤벼드는 뱀들에게 온몸을 물리면서도 그녀는 얼굴을 찌푸릴 뿐, 걸음을 멈추지 않았다. 이윽고 두 친구의 곁에 도착한 나나오는 두 팔로 올리버와 피트를 끌어안았다.

"…나나, 오?"

"절반 가져가겠소. 지금의 소생이 도울 수 있는 건 이 정도뿐이니."

올리버에게 모여 있던 뱀들 중 일부가 새로 나타난 사냥감을 발견하고 나나오 쪽으로 표적을 바꾸었다. 그 모습을 보고 셰라 옆에 있던 캐티가 앞으로 나아가려 했다.

"나, 나도…."

"그만두세요, 캐티! 당신이 인내심이 강하다는 건 알지만 훈련도 없이 견딜 수 있는 고통이 아니에요!"

셰라가 즉시 제지했다. 열파(熱波)의 주문으로 뱀들을 견제하고 있는 그녀의 등 뒤는 이 교실에서 얼마 되지 않는 안전권이다. 그녀는 친구가 무모한 구조 활동에 나서게 내버려 두지 않았다.

"맞는 말이야. 하지만… 잠자코 물리게 둘 수도 없잖아."

"가이?!"

놀란 셰라의 두 눈이 휘둥그레졌다. 캐티와 나란히 등 뒤에 있던 장신의 소년이 작은 병에 든 마법약을 머리에 뒤집어쓰더니 말릴 새도 없이 뱀들 속으로 달려든 것이다. 일직선으로 올리버 일행에게로 달려가는 그에게 주변에 있던 뱀들이 빨려들기라도 한 듯 표적을 바꾼 순간….

"전충(電衝)을 둘러라―토니트루스!"

가이의 온몸에 전류가 퍼졌다. 그렇게 발동한 마법에 그의 몸을 향해 육박하던 뱀들이 일망타진되었다. 기절한 뱀들을 떨쳐내며 가이는 흥, 하고 콧방귀를 뀌었다.

"우리 시골에서 쓰는 격퇴법이야. 나 참… 안에 든 게 이 녀석들이었다면 미리 말 좀 해 주지 그랬어, 선생님. 알았으면 쫄지도 않았을 텐데."

그렇게 말하며 주변에 널브러진 뱀들을 둘러보자, 엔리코가 백장을 들어 올렸다.

"캬하하하하! 자네의 고향에서는 그렇게 퇴치하나 보군요! 그럼 저도!"

노옹이 주문을 왼 순간, 교실 안에서 날뛰던 모든 뱀이 괴로움에 몸부림치다가 숨을 거두었다. 그렇게 퇴치를 마친 후, 엔리코는 미소를 띤 채 학생들의 '성과'를 둘러보았다.

"네 개 중 세 개를 해제… 첫 수업치고는 꽤 건투했군요, 여러

분. 상으로 사탕을 드리지요."

그렇게 말하며 백장을 한차례 휘두른 순간, 교단 아래 들어 있던 작은 막대 사탕이 튀어나와 학생들에게로 각각 날아갔다. 그들은 멍한 얼굴로 그걸 받아 들었다.

"하지만 모쪼록 예습, 복습을 거르지 마십시오. 다음부터는 난이도가 팍팍 오를 테니까요. 이번에는 대다수의 학생이 무사해 다행이지만… 이 비율이 뒤집히면 저 혼자서 모두를 치료해야만 하니 말이에요. 고통의 시간이 무척 길어질 겁니다."

노옹이 씨익 웃어 보였다. 그 순간 한계를 맞이한 캐티가 손에 든 막대 사탕을 힘껏 바닥에 내팽개쳤다.

"…웃기지 마! 이런 수업이 세상에 어디 있어!"

소녀는 분노를 담아 외쳤다. 엔리코가 무참하게 깨진 사탕을 보고 비명을 질렀다.

"아아아아아! 이 무슨 짓입니까, 미즈 알토! 단것을 소홀히 하다니, 어떻게 사람의 마음을 가지고 그런 짓을 할 수가 있나요!"

"그쪽이 할 말은 아니잖아! 우리에게 고통을 주는 걸 전제로 수업을 구성해 놓고! 이런 건 교육도 뭣도 아니야, 고문이지!"

캐티는 한 발짝도 물러서지 않고 비난을 퍼부었다. 그 서슬에 노옹은 맹한 얼굴로 고개를 갸웃했다.

"대체 왜 화를 내는 거지요, 미즈 알토? 제 수업이 마음에 안 든 모양인데, 구체적으로 뭐가 문제란 말입니까? 주변을 잘 보세요, **아무도 안 죽었잖습니까.**"

엔리코는 그렇게 단언했다. 현재 교실의 참상… 독뱀에 물린 학생들이 몸을 움츠린 채 신음소리를 내는 광경은 조금도 걱정할 게 못 된다는 듯이.

"이게 가장 빠른 방법이거든요. 보통 사람에 비해 우리 마법사가 지닌 최대의 우위성은 무엇이라고 생각하나요? 그것은 다름이 아니라… **간단히 죽지 않는 것**. 즉사하지 않으면 어지간한 상처는 낫게 할 수 있다는 점입니다."

"…큭."

"보통 사람은 그렇지 않지요, 그러니 신중하게 가르칠 필요가 있고요. 죽지 않도록, 부상을 입지 않도록, 쉽게 부서지는 물건을 다루듯이 조금씩 몸과 마음에 '배움'을 스며들게 하는 수밖에 없는 겁니다. 하지만… 우리는 그렇지 않지요. 우리는 부러져도 금방 고칠 수 있습니다. 큰 부상을 입어도 다음 날에는 수업에 돌아갈 수 있어요. 이게 이점이 아니면 무엇이겠습니까? 배움을 촉진하기 위해, 죽지 않는 한 어떠한 무모한 짓도 할 수 있는 겁니다!"

기가 막혀 할 말을 잃은 캐티의 앞에서 그렇게 단언한 후, 노옹은 올리버에게로 시선을 옮겼다.

"미스터 혼, 이리로 오십시오. 강한 독은 아니라지만 자네는 너무 많이 물렸어요. 그래서는 다음 수업에 지장이 있을 겁니다.

해독약이 든 사탕만으로는 부족해요."

엔리코가 손짓을 했다. 하지만 검은 머리 소년은 비틀거리며 일어서더니 상대에게 등을 돌렸다.

"…괜찮습니다. 이런 독에, 잘 듣는 연고를 가지고 있으니까요."

"캬하하하하! 큰소리를 치는 것 보니 괜찮겠군요, 하지만 얌전히 사탕을 핥고 있으십시오! 제대로 처리하지 않으면 오후 내내 고통스러울 테니 말이에요!"

소년에게는 온몸을 괴롭히는 격통보다도 어린 여자아이 같은 웃음소리가 더욱 불쾌하게 느껴졌다.

"괘, 괜찮아, 올리버…?! 나나오랑 가이보다 훨씬 안색이 안 좋은데…?!"

"이미 회복기에 들어갔으니, 문제없어. …그보다."

수업 직후. 교실 밖에 자리한 복도에서 연고와 치유주문으로 응급조치를 마친 후, 올리버는 동료들에게 고개를 돌렸다.

"피트, 잠시 남아 주겠어? …둘이서 하고 싶은 이야기가 있어."

침묵이 깔렸다. 이윽고 안경 쓴 소년이 단념한 듯이 고개를 끄덕였다.

"……너희 먼저 가 있어."

"피트…?"

"알겠어요. …가죠, 다들."

사정을 알아챈 세라가 나머지 네 명을 재촉해 걸어 나갔다. 캐티는 끝까지 걱정스러운 듯이 뒤를 돌아보았지만, 그 모습이 모퉁이 너머로 사라지자 올리버는 피트를 데리고 복도를 걷기 시작했다. 이윽고 빈 교실을 찾아 그곳에 들어가서 문을 닫은 후, 둘만의 공간을 확보하고서 입을 열었다.

"아침부터 어렴풋이 그럴 가능성도 있다고 생각했어. …그리고 아까 접촉했을 때 확신했어."

"…으."

피트가 겁에 질린 듯 자신의 어깨를 끌어안았다. 그 모습을 똑바로 쳐다보며 올리버는 말했다.

"피트. 너… **성(性)이 반전됐지?**"

빈 교실에 그 한마디가 울렸다. 두 사람 사이에 깔린 긴 침묵 끝에… 안경 쓴 소년은 고개를 끄덕였다.

"…네 말이 맞아. 밤에 이상한 꿈을 꿨는데… 아침에 일어나 보니, **이렇게** 되어 있었어."

로브를 걷고 떨리는 손가락으로 셔츠 앞쪽 단추를 세 개 풀었다. 그렇게 드러난 피트의 몸에는… 남성의 그것과는 명백하게 다른, 또렷하게 부푼 가슴이 있었다.

그 모습을 본 후, 올리버는 거듭 물었다.

"무례한 줄은 알지만 확인하겠어. …**아래**도 그런 거지?"

"…윽… 그, 그래…."

"그렇다면 틀림없어. 변신마법의 폭주나 변화의 마법약으로는 설명이 안 되는 현상이야. 그러한 부자연스러운 요소로 인한 변질이라기엔 네 몸은 너무도 완벽하게 완성되어 있어. 너의 몸은 원래부터 그랬던 것처럼 자연스럽게, 명백한 형태로 여성이 되었어.

…양극왕래자(리버시). 보통 사람에게는 존재하지 않는… 그리고 마법계 전체에서도 희귀한 특이체질이야."

친구의 몸에 일어난 현상을 보고 올리버는 그렇게 말했다. 순간… 봇물이 터진 것처럼 피트가 불안한 투로 말을 토해 냈다.

"몸 상태도, 아침부터 이상해. 두통은 심하고 어쩐지 현기증도 나고, 이유도 없이 마음이 들떠서 눈앞에 있는 일에 집중할 수가 없어. …이것도 전부, 그 체질 때문이야…?"

"아마도 그럴 거야. 나도 전문가가 아니라 확답은 못 하겠지만… 리버시는 자기조율(셀프 컨트롤)을 익힐 때까지 고생하는 경우가 많다고 해. 외부 요인의 영향으로 성별이 변화하는데, 특히 월령(月齡)의 영향을 강하게 받는다는 모양이야.

생각해 보니 어젯밤엔 보름달이 떴지. 마법적 자극으로 가득한 킴벌리에서의 생활을 비롯해서, 그 체질이 발현하기 위한 조건이 네 안에서 갖춰졌던 거야."

올리버는 설명하며 피트에게 다가가 셔츠의 단추를 다시 잠가

주었다. 그리고 그는 최대한의 성의를 담아 어깨를 떨고 있는 친구와 마주했다.

"착각하지 않게끔 말해 두자면, 그 체질은 결코 킴벌리에 와서 갑자기 생긴 게 아니야. 아마 예전부터 징후는 있었을 거야. …예를 들자면 애매한 성 정체성. 동성 친구들과 섞여 있을 때 느끼는 위화감. 이러한 감각은 개인차가 있을 테니 네 느낌에 의존할 수밖에 없겠지만."

"……."

그 말을 들은 피트는 과거를 돌이켜 보았다. …보통 사람으로 살았을 때에도 결코 친구가 많은 편은 아니었다. 주변에 녹아들지 못하는 자신에 대한 초조함은 언제나 있었다. 그 원인이 마법적 재능뿐 아니라 이 체질에도 있었다면…?

"복잡한 심경이겠지. 마음의 정리가 되려면 아직 시간이 걸릴 거야. 하지만… 그럼에도 너에게 해 주고 싶은 말이 있어.

축하해, 피트. 넌 근사한 가능성을 손에 넣었어."

너무도 뜻밖의 발언에 소년이 휘둥그레진 눈으로 상대를 바라보았다. 올리버는 온화한 미소를 지어 보였다.

"마법의 극에 달하고자 하는 자들에게 리버시라는 체질은 틀림없는 '재능'이야. 역사적으로 위대한 마법사 중에서도 리버시인 자들은 많아. 유명한 예를 들자면 '대현자' 로드 파커도 그랬어. 물론 같은 체질인 사람 모두가 그런 건 아니지만, 마도의 심오함을 추구하는 데 큰 도움이 된다는 건 분명한 사실이야."

"…재능…? …지금의 나는, 이 모양 이 꼴인데?"

"큰 재능이기에 그걸 다루는 데에는 훈련이 필요해. 이건 다른 많은 분야와 마찬가지야. 아아, 구체적인 예가 있어야 실감이 되려나… 어디 보자."

잠시 생각한 끝에 올리버는 자신의 백장을 뽑아 보였다. 재촉을 하자 피트도 그를 따라 했다.

"전격주문을 쏴 봐. 다른 것에 비해 서툴렀던 속성이지?"

"……? …**전광이여 내달려라ー토니트루스!**"

근처의 바닥을 향해 지팡이를 휘두르며 주문을 왼다. 백장 끄트머리에서 번갯불이 번뜩이는가 싶더니 폭발이 착탄 지점으로부터 직경 5피트에 걸쳐 퍼져 나갔다.

"…뭐야, 이게. 이런 출력이 나온 적은 지금까지 한 번도…."

"남성체(男性體)와 여성체(女性體)는 적합한 속성이 서로 달라. 이것도 개인차가 있어서 단순하게 정리할 수는 없지만, 네 경우에는 번개마법을 강화하는 형태로 작용하는 것 같아. …그밖에도 여러 가지 변화가 있었을 테니, 일찌감치 전부 시험해 둬야 해."

체크 항목을 머릿속으로 작성하며 올리버가 말했다. 아직도 얼이 나간 채 서 있는 피트를 향해 그는 거듭 입을 열었다.

"조금은 실감이 돼, 피트? …너는 매우 큰 것을 얻었어. 분명

성가신 일이 늘기는 했지만 허둥대기만 하기에는 너무 아까워.
그 재능을 살려서 키울 궁리를 하자. 물론 우선 자기조율을 배우
는 것부터 시작해야….”

등 뒤에서 기척을 느낀 올리버가 말을 딱 그치고 교실 입구 쪽
을 돌아보았다.

“…거기 누구야!”

몸을 돌리며 소년이 외쳤다. 그 행동에 피트는 순간적으로 넋
이 나갔지만….

“…미안해, 나야.”

직후, 어디선가 목소리가 들려왔다. 소리도 없이 문이 열린
그곳에 한 상급생의 모습이 보였다. 부드럽고 아름다운 목소리
와 중성적이면서도 다정해 보이는 외모. 올리버가 아는 한, 그
러한 특징을 지닌 이는 한 명뿐이다.

“…위트로 선배…?”

“오랜만이네, 둘 다. …방금 건 사과할게. 훔쳐 들을 생각은
없었어.”

“…네, 압니다. 정말 숨어 있을 생각이었다면 제가 알아챘을
리가 없으니까요.”

상대와의 실력 차이를 감안하여 올리버가 말했다. 위트로가
안도의 한숨을 내쉬었다.

“이해해 줘서 고마워. …슬슬 나타날 때가 됐다고 생각했거든,

그 애."

그렇게 말하며 그는 천천히 교실에 들어섰다. 피트가 순간적으로 올리버의 등 뒤에 숨었다.

"미궁에서 처음 봤을 때부터 느꼈어. 그리고 둘 다 아침부터 소란스러웠잖니? 이거 때가 왔구나, 싶어서 찾아와 봤더니 예상이 들어맞았더라고."

지금에 이르기까지의 경위를 설명한 후, 그는 두 후배에게 미소를 보냈다.

"뭐, 내가 설명할 생각이었던 내용을 대부분 미스터 혼이 이야기해 버렸지만."

위트로는 로브 안쪽에 손을 집어넣더니 한 장의 편지 봉투를 꺼냈다.

"그 체질은 번거롭지? 선배들에게 한꺼번에 이야기를 듣는 게 제일일 거야."

자신에게 내민 그것을 피트는 조심스럽게 두 손으로 받았다. 편지 봉투의 겉면에 '초대장'이라 적혀 있었다.

"오늘 밤 8시, 우리 모임에 오렴. 비슷한 처지의 학생이 잔뜩 있으니까."

빙긋 웃으며 두 사람에게 윙크를 한 후, 위트로는 그대로 몸을 돌렸다.

이후에는 별다른 사고 없이 나머지 수업이 끝났다. 해방된 학생들로 북적이는 '우의의 방'. 다섯 명이 테이블을 둘러싸고 저녁 식사를 하던 중, 식당 입구를 바라보며 캐티가 나직하게 중얼거렸다.

"…안 오네, 피트."

"도서관에 틀어박혀 자료를 뒤지고 있는 모양이야. 시간이 더 걸릴지도 모르니 식사는 챙겨 두자."

그렇게 말하며 올리버는 매점에서 산 바구니에 샌드위치며 치즈 등을 담아 나갔다. 옆에서 셰라가 식사를 계속하며 입을 열었다.

"도울 일이 있으면 뭐든 말하세요."

"응. 고마워."

올리버도 미소를 지은 채 답했다. …그녀 역시 이미 어느 정도는 사정을 알아챘을 거다. 그럼에도 깊이 캐묻지 않고 이쪽이 필요하다고 할 때 돕겠다고 말해 주었다. 그 배려가 고마울 따름이다.

"…미안, 늦었어."

다섯 명이 식사를 마치고 식당에 인적이 드물어졌을 즈음, 피트가 들어왔다. 침울한 얼굴로 자리에 앉은 그에게 가이가 사근사근하게 말을 붙였다.

"오, 왔냐, 피트. 뭘 조사했는지는 모르겠지만 도서관에 틀어박힌 보람은 있었고?"

"독학으로는 한계가 있다는 걸 깨달은 게 다야. …올리버. 그거 말인데… 미안하지만 오늘 밤에 같이 가 주겠어?"

"그래, 물론이지. 들어가기 전에 든든히 먹어 두도록 해."

예상했던 제안을 흔쾌히 수락하며 올리버는 친구에게 식사가든 바구니를 내밀었다. 피트는 작은 목소리로 감사 인사를 한 뒤 그것을 받아 들고는 안에 든 샌드위치를 우물우물 먹기 시작했다. 올리버가 다른 동료들에게 고개를 돌리며 말했다.

"이유는 아직 말할 수 없지만 오늘 밤에 피트와 둘이서 미궁에 들어갔다 올게. …많이 위험하지는 않겠지만 만약 밤 10시가 지나도 돌아오지 않으면 믿을 만한 선배에게 알려 줘."

"알겠어요. 조심해서 다녀오세요, 둘 다."

셰라는 미소를 띤 채 두 사람을 보내 주었다. 요전에 길을 잃고 미궁에 들어갔을 때의 기억이 되살아났다. 소년은 또다시 친구가 위험에 빠지지 않게 하자는 생각을 하며 긴장의 끈을 바짝 조였다.

하지만. 초대장에 적힌 안내문대로 복도를 따라 3층에 자리한 교실로 들어간 뒤 미궁의 입구인 전신거울 앞에 선 순간, 올리버는 그 결의가 괜한 것이었음을 깨닫게 되었다.

"흠, 왔나."

벽에 등을 기대고 있던 남자 상급생 둘이 자신들을 쳐다보았다. 눈에 익은 얼굴을 보고 올리버는 눈이 동그래졌다.

"…고드프리 총괄? 설마 당신이 동행해 주시는 겁니까?"

"신경 쓰지 마라, 같은 이벤트에 얼굴을 내미는 김에 맡은 일이니. 너희에게는 사과할 일도 있고 말이야."

그렇게 말하자마자 그는 전신거울로 뛰어들더니 안에서 팔만 내밀어 두 사람에게 손짓을 했다. 올리버와 피트도 곧장 그 뒤를 따랐다. 미궁의 깜깜한 통로가 그들을 맞이한 가운데, 고드프리는 선두에 서서 한가운데로 걸어 나갔다.

"학생총괄의 업무는 다양해서 말이지. 미궁 안에서의 행사는 이렇게 정기적으로 체크하고 있다. 원형투기장(콜로세움)에서 있었던 일도, 그 후 있었던 밀리건의 폭주도 본래는 우리가 사전에 감지하고 제지했어야 할 일이었다. 대응이 늦어진 점에 거듭 사과를 하고 싶군."

"아뇨…. 경계 대상이 아니었던 학생이 사건의 기점이었으니 아무리 총괄이라도 사전에 알아챌 방법이 없었을 겁니다. 너무 신경 쓰지 마십시오."

그렇게 답한 올리버의 머리에도 사안(蛇眼)의 마녀와의 대결은 생생하게 남아 있었다. 그 사투를 떠올린 탓에 뻣뻣한 목소리로 답하는 그를 향해 고드프리가 미소를 던졌다.

"내가 1학년이었을 때보다 훨씬 어른스럽군, 너는. …입학하기 전까지 고생을 많이 한 편인가?"

"…글쎄요. 다른 사람과 비교한 적이 없어서요."

짧게 답하고서 올리버는 입을 다물었다. …많은 마법사에게 있어 과거의 '고생담' 등을 섣불리 이야기하는 것은 바람직하지 못한 짓이다. 그러한 사실을 새삼 떠올리며 고드프리는 또 한 명의 소년에게로 시선을 옮겼다.

"너는 보통 사람 가정 출신이었지, 미스터 레스톤. 이곳에서의 생활은 어떻지?"

"네?! 아, 으, 그게…."

"하하, 얼버무리지 않아도 된다. 겁나 죽겠다고 생각하지?"

상대가 집어삼킨 말을 자신이 먼저 말해 준 후, 킴벌리의 학생 총괄은 콧숨을 한차례 크게 내쉬었다.

"나의 첫 감상도 그것이었다. 5년 전부터 이곳의 체질은 전혀 달라지지 않았어. 교실에서는 교사들이 신이라도 되는 양 부조리한 짓을 해대고, 미궁에서는 밤마다 학생들이 치열한 연구와 암투를 벌이지. 조금이라도 안전한 장소로 만들고자 뛰어다녔지만… 그 노력이 얼마나 결실을 이루었을지."

그간의 고생이 엿보이는 얼굴로 고드프리는 말을 이었다.

"이 학교에서는 학생의 안전보다 마도의 탐구가 우선된다. 우리는 그걸 전제로 자신을 지킬 방법을 익힐 수밖에 없어. …다만 그런 현재 상황에 대한 비판은 존재하지. 미궁 출입 조건을 3학년 이상으로 제한하자는 움직임도 있거든. 반대가 많아서 언제쯤 실현할 수 있을지 모르겠지만."

"…얼마나 고생을 하고 계신지 대충 짐작이 됩니다. 실례지만 선배는 인권파이십니까?"

"글쎄. 동료 중에는 그쪽에 가까운 이도 많지만, 나 자신은 훨씬 단순한 인간이거든. 되도록 평화로운 장소에서 지내고 싶다고 생각할 뿐이지. 그보다 더 커다란 세계에 관한 일은, 아직 안중에 없어. 좌우간 킴벌리에 관한 일만 해도 버거우니 말이야."

자조하듯 중얼거린 말에 공감하며 올리버는 생각했다. 이 마경의 주민답지 않다고. 고학년이 될수록 인간으로서 갖추어야 할 감각들이 마모되어 가는 곳, 그것이 킴벌리일 터. 이곳에 적응할수록 마법사의 정신은 상식에서 벗어나게 된다. 요전에 미궁에서 맞닥뜨린 두 상급생이 그랬듯이.

거기까지 생각함과 동시에 올리버는 깨달았다. …**그렇게 되지 않았기에 학생총괄인 건가**, 라고.

일종의 감명이 섞인 눈빛으로 선배를 바라보는 올리버에게 또다시 고드프리가 시선을 보냈다.

"너는 감독생(監督生)이 잘 맞을 것 같은 성격이다, 미스터 혼. 관심이 있다면 언젠가 우리의 활동을 견학하러 오도록."

"…감사합니다."

정중하게 답하면서 소년은 얄궂은 권유라고 생각했다. 알빈 고드프리의 선한 성품이 진짜라면 더더욱… 자신은 결코 이 상급생의 동료가 될 수 없을 테니.

"자아, 도착했다. 이곳이 오늘 밤의 회장이다."

고드프리가 아무것도 없는 벽 앞에 멈춰 서서 말했다. 그가 암구호를 말하자 순식간에 석재가 덜컥덜컥 재조립되어 입구가 되었다. 미궁 안의 시설에 정상적인 문이 없는 것은 흔한 일이다. 선배의 뒤를 따라 올리버와 피트도 안으로 들어갔다.

교실보다 조금 넓은 방이었다. 따뜻한 색을 띤 등불 아래 30~40명 정도의 학생이 온화하게 담소를 나누고 있다. 테이블 위에는 가벼운 음식과 음료가 차려졌고, 안쪽에는 무대가 보였지만 아직 아무도 오르지 않은 듯했다.

"나쁘지 않은 분위기지? 자, 마음껏 먹고 마셔라."

입구 앞에서 발을 멈추고 있는 후배들에게 고드프리가 테이블에서 음료를 가져다 주었다. 두 사람은 허둥지둥 잔을 받아 들었다.

"여기는 '성별에 관한 마법체질'을 지닌 학생들이 모이는 자리다. 리버시는 그 대표적인 예지만, 그 밖에도 여러 체질을 지닌 자들이 찾고 있지. 모든 멤버의 공통점은 쉽사리 털어놓을 수 없는 불안을 떠안고 있다는 것, 동료가 있으면 든든하지 않을까 생각한다는 것이다. …너는 환영받을 거다, 미스터 레스톤."

고드프리가 빙긋 웃으며 말했다. 그 말을 증명하듯 주변에 있던 학생들이 그들에게 모여들었다.

"좋은~ 밤이야~!" "야호, 신입이다! 신입이야!"

"야, 갑자기 겁주지 마! …안경 쓴 애가 당사자지?"

예상한 대로 옷차림으로 보나 행동거지로 보나 성별을 짐작할 수 없는 상급생들이 차례로 말을 걸어왔다. 쩔쩔매는 피트 대신 올리버가 앞으로 나서서 입을 열었다.

"짐작하신 대로 이쪽이 리버시가 발현된 1학년생, 피트 레스톤입니다. 저는 동행으로 온 올리버 혼. 그의 향후 생활에 관한 이런저런 조언을 듣고자 이곳에 왔습니다. 부디 잘 부탁드립니다, 선배님들."

올리버가 정중한 투로 인사를 하자, 그걸 들은 상급생들 사이에 침묵이 깔렸고… 직후에 그들 사이에서 웃음이 터져 나왔다.

"딱딱해! 딱딱하다고, 올리버 군!" "속에 5학년생이라도 들어 있는 거 아냐, 얘?"

"힘 좀 빼고 얘기해, 미스터 혼. 그렇게 긴장하지 않아도 돼. 이곳에 적은 없으니까."

"…윽…."

생각지 못한 지적을 받은 올리버는 말문이 막혔다. 그때… 몸집이 큰 여성으로 보이는 상급생 중 한 명이 그의 머리에 살며시 손을 얹었다.

"친구를 지키려는 생각에 잔뜩 긴장했구나. 응, 착하다, 착해."

어린아이를 달래듯, 마구 머리를 쓰다듬는다. 그런 취급에 당황한 올리버를 내버려 둔 채 학생들은 무대 쪽을 주목하기 시작했다.

"어이쿠, 주인공이 납셨네. …다들 슬슬 수다는 그만 떨까?"

그렇게 재촉하자 학생들이 입을 다물고 무대를 바라보았다. 그곳에 등단한 두 명의 인물… 그중 한 명을 본 순간, 올리버는 눈이 동그래졌다.

"…형?"

적동색 머리를 지닌 그의 사촌 형이 커다란 현악기를 끼고 무대에 자리를 잡았다. 그 앞에서 이 모임의 주최자이자 감독생… 카를로스 위트로가 타고난 아름다운 목소리로 말했다.

"좋은 밤이야, 다들. 오늘 밤도 와 줘서 고마워."

참가자들이 환호성을 질렀다. 유명 가수의 콘서트를 연상케 하는 분위기에 올리버와 피트는 당혹감을 감추지 못했다.

"처음 온 애도 있으니 잠깐 이 모임의 취지에 관해 말해 줄게. …나 자신을 비롯해서 이 자리에는 '성별에 관한 마법체질'을 지닌 학생들이 모여 있어. 다들 여러모로 성가신 일이 많지? 하지만 괜찮아, 대개의 문제는 이 모임에서 도움을 줄 수 있으니까. 신경 쓰이는 게 있으면 전부 털어놓도록 해. 이렇게 말해도 입을 안 여는 부끄럼쟁이가 있으면 나중에 내가 물어보러 찾아가 버릴 거야."

그렇게 말하며 카를로스는 피트를 흘끔 쳐다보았다. 안경 쓴 소년은 허둥지둥 목례로 답했다. 다정한 미소로 그에 답하며 모임의 주인공은 다시금 입을 열었다.

"뭐, 그건 그렇고 우선은 우리의 무대를 봐 줘. 노래는 카를로스 위트로, 반주는 여러분도 잘 아는 콘트라베이스의 명수 그윈셔우드. 마음의 준비는 됐니?"

"""""""카를로스 선배~!"""""""

앞줄에 진을 치고 있던 후배들이 일제히 소리쳤다. 카를로스는 손으로 키스를 날려 그에 답했다.

"성원 고마워, 아기 고양이들. …그럼 시작한다. 첫 번째 곡은 이거야!"

그의 신호에 맞춰 등 뒤에 있던 콘트라베이스 연주자가 중후한 음색을 연주했다. 그 자체로도 넋이 나갈 듯한 전주를 거쳐 카를로스가 노래를 시작했고.

"…아…."

그 순간, 두 소년은 마음을 빼앗겼다.

노랫소리가 울린다. 귀가 아니라 가슴속에. 터무니없이 청정한 노랫소리가 몸 안으로 흘러들어, 발끝부터 머리끝까지 빈틈없이 채워 나가는 느낌이 든다. 하염없이 눈물이 흐르고, 노래에

의식을 빼앗긴 나머지 호흡하는 것마저 잊을 것만 같다.

"끝내주지, 카를로스 선배의 노래는? 첫 번째 조언이야… 이 모임에 올 때 손수건 3장은 챙길 것."

근처에 있던 상급생이 자신도 눈물을 닦으며 두 사람에게 손수건을 내밀었다. 그것을 받아 눈가를 훔쳐 가며 피트가 목을 쥐어짜 간신히 물었다.

"으… 올리버, 이건…."

"…마성(魔聲)이야. 하지만 매료의 성질은 없어. 훨씬 순수한, 청정한 무언가…."

올리버 역시 막연하게 그렇게 판단하는 게 고작이라 그 목소리의 정체까지는 알 수 없었다. 무엇보다도… 그런 짐작마저도 꼴사나운 짓이라는 생각이 들 만큼, 카를로스의 목소리는 너무도 아름답게 가슴을 때렸다.

그것에 귀를 기울이다가 정신을 차려 보니 어느샌가 다섯 곡을 내리 듣고 있었다. 반쯤 넋을 놓은 채 여운에 잠긴 관객들에게 킴벌리의 가수는 다정한 눈빛을 보냈다.

"…들어 줘서 고마워. 덕분에 나도 기분 좋게 노래했어. 자아, 지금부터는 애타게 기다렸던 환담 시간이야. 나도 곧 낄 테니 다 같이 마음껏 즐겨 줘."

장중을 가득 메운 박수 소리를 들으며 카를로스는 반주를 맡은 학생과 함께 무대 뒤로 사라졌다. 그리고 나자 눈물에 젖은 얼굴을 손수건으로 훔치며 학생들이 다시 움직이기 시작했다.

"히히히… 자아, 친목을 다져 볼까, 미스터 레스톤…."

"부끄러워할 것 없다고… 여기 있는 사람들은 모두 비슷한 처지니까."

"우선 너랑 마찬가지로 아침에 일어났더니 거시기가 없어져 있던 녀석들의 체험담부터 들어 볼까."

"나부터 이야기하지. 처음에는 영락없이 그냥 쪼그라들어서 안으로 들어가 버린 줄 알았는데 말이야…."

학생들은 저마다 말하며 사방을 포위하듯 바짝 다가왔다. 그 기세에 피트는 압도된 듯 보였지만 올리버는 딱히 참견하지 않고 상황을 지켜보았다. 이 모임에 대한 경계심은 그의 마음속에서 사라진 지 오래였기 때문이다.

그 후, 두 시간 남짓 만에 모임은 해산되었다. 고드프리의 배웅을 받으며 교사를 뒤로한 올리버와 피트는 기숙사로 이어진 밤길을 둘이서 나란히 걷고 있었다.

"…저기… 어땠어? 그게, 모임에 얼굴을 내밀어 본 감상은?"

올리버가 조심스럽게 묻자 피트는 흥, 하고 콧방귀를 뀌었다.

"계속 보고 있었잖아, 너도. …다들 좋은 사람이었어. 긴장해서 쭈뼛거린 게 바보 같을 정도로."

"…그래. 그거 다행이네."

"귀중한 조언도 많이 들었어. 이 체질과 마주할 자신감도, 조금은 생긴 것 같고. …물론 불안하기는 하지만 어떻게든 해 나가야지."

그렇게 말하며 안경을 낀 소년은 주먹을 움켜쥐었다. 잠시 침묵한 뒤에 올리버는 다시 입을 열었다.

"…방은, 어쩔래?"

"으."

"선배들도 말했듯이 네 체질이라면 학교에 신고해서 1인실을 받을 수도 있어. 일상생활에 한해서는 그쪽이 여러모로 마음이 편할 거야. 다만 내 생각으로는…."

말을 계속하려는 올리버를 피트가 한 손을 내밀어 제지했다.

"…그다음은 말 안 해도 돼."

"응…."

"나도 알아. 지금의 나는, 이 학교에서 나 자신조차 제대로 돌볼 수 없다는 것쯤. …킴벌리의 밤을 혼자서 보내는 일은 생각하고 싶지도 않아. 당분간은 지금까지 했던 것처럼 너와 같은 방을 쓰게 해 줘. …부탁할게."

피트는 걸음을 멈추고 진지하게 상대를 바라보았다. 올리버의 얼굴에 안도감이 떠올랐다.

"그렇게 말해 줘서 안심했어. …같은 방이면 케어하기도 쉬울

테니까. 사양하지 않아도 되니, 이상한 점이 있으면 바로 말해
줘."

"…신세 좀 질게. …다만, 그게…."

피트는 말을 하다가 머뭇거렸다. 올리버가 고개를 갸웃하자
소년은 붉어진 얼굴을 홱 돌리며 말을 이었다.

"…침대 사이에, 커튼은 친다?"

두 소년이 기숙사를 향해 걷고 있을 즈음. 교사의 어느 곳…
겹겹이 은폐된 깊은 어둠 속. 학생들은 존재를 알지 못하는 비
밀방에 여섯 명의 교사들이 모여 있었다.

"…여어, 다들 모여 계셨구먼."

"늦었군, 바네사."

당당하게 방에 들어온 마법생물학 교사를 교장 에스메랄다가
날카로운 시선으로 바라보았다. 그녀를 비롯한 다섯 명의 교사
가 방의 중앙에 놓인 원탁을 둘러싸고 착석해 있었다.

"미안미안. 이 녀석을 잡아 오느라고 말이야."

그렇게 말하며 바네사는 어깨에 짊어지고 있던 것을 아무렇게
나 바닥에 떨어뜨렸다. 너덜너덜한 망토를 걸친 만신창이의 남
자가 바닥에 쓰러져 신음소리를 냈다.

"으… 윽…."

"제법 실력이 있는 열쇠쟁이인지, 내가 갈 때까지 결계를 두 개나 뚫었더라고. 어차피 마지막에는 이렇게 될 텐데 수고스럽게 쓸데없는 노력을 했네."

비웃음 섞인 투로 그렇게 설명한 후, 그녀는 다른 다섯 명에게로 시선을 돌렸다.

"그래서, 어쩔까. 이 자리에서 **한 곡 뽑게 할까**?"

"그걸 가장 잘하는 사람이 없지만 말이지요. 캬하하하핫!"

"별로 기대는 안 되는군요. 보아하니 **노래하기 전에 죽을** 족속 같으니까요."

두 늙은 교사, 엔리코와 길크리스트가 연달아 지적했다. 미친 웃음소리가 울려 퍼진다.

"…거라, 생각하지 마라…."

떨리는 목소리가 새어 나온다. 바닥에 널브러진 남자가 증오 어린 시선으로 마인들을 노려보았다.

"…언제까지고, 계속될 거라 생각하지 마라… 너희 악인 놈들의 시대가…! 나는 여기서 죽더라도, 우리의 신은 곧 내려오실 거다! 갈가리 찢기는 것보다도 가혹한 벌을 네놈들에게 내리러…!"

"아~ 그래그래, 그 말은 질리도록 들었어. 귀에 딱지 앉겠네. …그래서, 심문할 거야? 교장님."

시시하다는 듯이 바네사가 확인을 구했다. 조금의 망설임도 없이 답이 돌아왔다.

"필요 없다. 치워라."

"알았어."

동시에 바네사가 한쪽 팔을 뻗자, 순식간에 그 근골이 변형하여 인간 한 명을 족히 감쌀 만큼 거대한 손바닥으로 변해 사냥감을 붙잡았다. 순간, 목덜미에 따스한 숨결이 느껴져서 남자의 등줄기에 소름이 쫙 돋았다. …**손안에 입이 있다.**

"히… 악…! 신이시여, 나의 신이시여… 흐그아아아아악!"

절규와 함께 살과 뼈를 짓이기는 소리가 우둑우둑 울려 퍼졌다. 불과 몇 초 만에 텅 빈 손바닥을 원래의 형태로 되돌리며 원탁에 앉은 바네사가 눈살을 찌푸리고서 말했다.

"으엑, 맛없어. 성광교단(聖光敎團) 녀석들은 왜들 이렇게 질긴지 몰라."

"검소한 식사를 하겠다는 서약(오스) 때문이겠지요. 이단(그노시스) 분들은 건강에 신경을 안 쓴다니까요."

난감하다는 듯이 엔리코가 팔짱을 낀 채 말했고, 여자는 손에 남은 피를 털어 냈다.

"뭐 그럼, 슬슬 본론으로 들어가 볼까. …다리우스 건은 어떻게 됐어?"

원탁에 착석하여 곧장 핵심을 파고들었다. 테이블을 둘러싼 여섯 명 중 넉넉한 로브를 걸친 교사… 유달리 행동거지가 조용한 남자가 나직하게 입을 열었다.

"소식이 끊긴 지 4개월. 죽었다고 보는 게 좋겠지."

"허전해애."

남자에 이어 바네사의 옆에 앉은 마녀… 해질 대로 해진 검은 옷을 입은 작은 몸집의 여자가 입을 열었다. 에스메랄다는 단호하게 고개를 가로저으며 말했다.

"그건 상관없다. …문제는 원인이다. 누구 짓인지, 짚이는 바는 있나?"

동료의 죽음에 대한 감상은 한마디도 하지 않고 킴벌리의 마녀가 묻자, 바네사가 어깨를 으쓱했다.

"전혀 없단 말이지, 이게. 그 녀석도 미궁에서 실수로 덜컥 죽어 버릴 만큼 약하진 않아. 마에 삼켜질 만한 타이밍도 아니었던 것 같고."

"그렇다면… 누군가에게 살해당했다! 라고 보아야겠군요오, 캬핫!"

노옹이 미친 듯한 웃음소리를 내자 바네사가 노골적으로 혀를 찼다.

"이야기의 흐름을 무시하지 말라고, 망할 영감. …뭐, 그 말이 맞긴 하지만. 그렇다면 문제는 누가 죽였는가 하는 건데."

그렇게 말한 후, 육식 짐승과도 같은 눈빛을 내뿜으며 여자는 주변의 면면들을 둘러보았다.

"그리 흔치는 않잖아, 그 자식을 죽일 수 있는 인간도. 여기 있는 여섯 명하고… 또 누가 있지? 가랜드 그 샌님하고… 아아, 맥팔렌 자식도 있나. 그 자식도 실력을 제대로 안 보여 줬으니까.

뭐, 교장님은 제외하자고. 당신이 죽였으면 숨길 이유가 없을 테니까. 자아… 그러면 말이야. 나까지 쳐서, 용의자는 몇 명쯤 될까아."

바네사의 입가가 일그러졌다. 원탁을 사이에 두고 맞은편에 앉은 길크리스트가 콧방귀를 뀌었다.

"쓸모없는 추리군요. 다리우스가 일대일로 싸워 패했을 거란 보장은 없어요."

"하, 그건 그렇지. 숙련된 교사 몇 명이 덤벼서 몰매라도 때렸나? 거기에 당신이 지휘를 맡았다면 다리우스도 손쓸 방도가 없었겠지."

도발적인 말을 토해 내는 바네사에게 길크리스트의 눈빛이 정면으로 꽂혔다. 순간, 방 안에 장식품으로 놓여 있던 꽃병이 모조리 터져 나갔다. 파편이 흩날렸지만 그 누구도 시선을 돌리지 않았다.

"흐음. 이 중의 누가 배신했다 해도 저는 딱히 놀라지 않겠지만… 그 추측이 마음에 와닿지 않는 것도 사실이군요오. 걸리적거리는 상대를 제거할 때, **여러분은 훨씬 잘하니까요**. 안 그렇습니까?"

노옹이 씨익 웃자, 검은 옷의 마녀가 천진한 동작으로 고개를 갸웃하더니.

"피이~ 나였다면 죽은 다르 군을 계속 곁에 둘 텐데에."

죽음보다도 꺼림칙한 최후를 입 밖에 내었다. 옆에 있던 바네사가 고개를 가로저었다.

"하지만 다른 녀석들을 의심하기 시작하면 끝이 없다고. 설마 학생 중 누군가한테 당했겠어?"

질 나쁜 농담은 집어치우라는 듯이 한마디를 내뱉자, 에스메랄다가 조용히 입을 열었다.

"만에 하나 학생에게 당했다면, 다리우스에게는 킴벌리의 교원이 될 자격이 없었다는 뜻이다. **응당 걸러져야 했기에 걸러졌다**, 단지 그뿐이다."

"맞는 말이야. …근데, 그게 아닐 경우에는?"

바네사가 재미있다는 투로 물었다. 잠시 침묵한 후, 에스메랄다는 원탁에 앉은 모든 이를 향해 말했다.

"네놈들 중 누군가가 **나를 적으로 돌렸다**. …각오가 되어 있다면 더 이상 할 말은 없다."

마인들은 이해했다. 범인을 찾을 생각은 애초부터 없었고… 킴벌리의 마녀가 이 모임에서 하려던 말의 요점은 그것이라는 사실을.

"이야아, 나는 그런 각오와는 거리가 먼데 말이지."

느닷없이 느긋한 목소리가 들려와서 모두가 말없이 천장을 올려다보았다. …소탈한 단벌 옷을 먼지 한 톨 묻지 않게 차려입은 한 남자가 트레이드마크인 롤 헤어를 늘어뜨린 채 아무렇지 않게 그곳에 서 있었다.

"돌아왔었나. 너란 놈도 여전히 거꾸로 매달려 있는 걸 좋아하는구나."

"누가 할 소리, 너희야말로 질리지도 않고 흉계만 꾸며 대면서. …그나저나 조금 정도는 놀라 주지 그래. 너희에게 들키지 않고 여기까지 오는 게 얼마나 힘든데."

"바보냐, 이제 와서 네가 천장에서 솟아난다고 놀랄 사람이 누가 있냐. 예의 바르게 문을 두드리고 들어오는 편이 훨씬 놀라울걸."

바네사는 거칠게 말하고서 어깨를 으쓱했다. 같은 테이블 한 구석에서 노옹이 요란하게 웃어 댔다.

"캬하하하하! 애초에 맥팔렌 군. 당신은 이 모임의 멤버가 아니지 않나요? 못쓰겠군요오… 아무리 교장선생님의 오랜 지인이라 해도, 초대받지도 않은 자가 이 자리에 있다니."

그 말에 호응하듯 교장을 제외한 다섯 명의 살의가 남자에게 집중되었다. 어지간한 마법사라면 그것만으로 심장이 멎을 법한 압박감이었지만 당사자는 산들바람이라도 쐬듯 평온한 미소만

지어 보일 따름이었다.

"과연, 엔리코 옹의 의견도 아주 일리가 있어. 그럼… 제거해 보겠어? 이 훼방꾼을 아까 그 이단자처럼, 힘으로 말이야."

하물며 폭언에 폭언으로 응하기까지 했다. 안 그래도 방 안에 가득했던 살기가 그를 계기로 단숨에 부풀어 올라 포화점에 달한 순간….

"시답잖은 장난으로 분위기를 흐리지 마라, 테오도르."

찬물을… 아니, 호수 하나 분량의 얼음덩이를 처박듯이 냉엄하기 그지없는 투의 말을 에스메랄다가 내뱉었다. 소용돌이치던 살의가 순식간에 잦아들고 천장에 있던 남자도 자세를 바로 했다.

"실례했습니다, 교장님. 정체된 것은 일단 휘젓고 싶어지는 성격이라."

"이제 와서 그게 바뀔 거라 생각지는 않았다. 명령이다, 앉아라."

"뜻대로 하지요."

마녀의 명령에 남자는 그대로 천장에 자리를 잡고 앉았다. 대체로 공손하게, 다소 무례하게. …그리고 어쩐지 친근하게.

제 2 장

익스플로어

미궁 탐색

입학으로부터 반년이 경과하면 필연적으로 모든 수업에서 서로 간에 격차가 생기는 단계가 찾아온다. 경험자와 미경험자의 차이는 물론이고, 같은 시기에 배우기 시작한 자들 사이에서도 차이가 생겨나기 시작한다. 학생들끼리 직접 겨루는 일이 많은 과목은 특히나 그러한 경향이 강했다.

"…하압!" "우왁!"

학생들의 열기로 가득한 대강당. 동급생들이 둥그렇게 모여 지켜보는 가운데, 과감하게 돌진한 가이의 칼이 상대의 관자놀이에 적중했다. 심판을 맡은 가랜드가 한 손을 들었다.

"한판, 거기까지. …미스터 그린우드. 너는 소질은 나쁘지 않지만 아직도 싸움의 연장선에서 칼을 휘두르고 있군."

"넵. 죄송하다, 배움이 부족해서요."

"아니, 과감한 판단력은 높이 평가하마. 겁을 집어먹는 것보다는 훨씬 낫지. 하지만… 좀 더 신중하게 기술을 연마해야 다음 학년에서도 통할 거다. 지금의 승리에 만족할 게 아니라 너는 한시라도 빨리 그 사실을 실감해야 한다."

가이가 순순히 고개를 끄덕이자 가랜드의 시선이 그의 대전 상대에게로 옮겨 갔다.

"그 빈틈을 찔렀다면 미스터 마틴, 너에게도 충분히 승산은 있었을 거다. 방어적으로 싸우는 것도 나쁘지는 않지만, 주눅이 들면 이길 것도 못 이긴다. 경험을 쌓아 당당하게 맞서려는 마음을 키우도록."

"네…."

마틴이라 불린 학생이 분한 듯이 고개를 푹 숙였다. 격려의 뜻
을 담아 한차례 미소를 지어 보인 후, 마법검 교사는 다시금 입
을 열었다.

"그럼 다음. 미스터 휴즈와 미스터 레스톤, 앞으로."

"네!" "아, 네!"

부름을 받은 두 학생이 시합장으로 걸어 나왔다. 긴장한 기색
이 역력한 안경 쓴 소년의 옆얼굴을 올리버는 옆에서 가만히 들
여다보았다. …조금 좋지 않다. 투지는 충분하지만 마음이 너무
앞서 있다.

"그럼… 시작!"

가랜드의 선언과 거의 동시에 피트가 바닥을 박찼다. 이런. 올
리버는 생각했다. 예비 동작부터 노림수가 너무 노골적으로 드
러나 있었다.

"하압!"

시작하자마자 적의 지팡이검을 떨쳐 내고 그 반동을 이용해
연달아 찌르기를 내지른다. 마법검의 기본적인 콤비네이션이다.
성실하게 반복 연습을 한 덕에 움직임 자체는 제법 날카롭다. 하
지만….

"…우와악?!"

공격에 열중한 나머지 다른 것을 보지 못했다. 돌진 궤도상에 튀어나온 '발을 묶는 묘석(그레이브 스톤)'이 앞발에 직격하여 균형을 잃은 피트가 앞으로 고꾸라졌다. 대전 상대가 허둥지둥 몸을 일으킨 그의 눈앞에 지팡이검을 불쑥 내밀었다.

"한판, 거기까지. 적극적으로 공격하려는 건 좋지만 다소 의욕이 과하군, 미스터 레스톤. 급하게 승부를 내려 하지 말고 좀 더 시야를 넓게 가지도록."

결과를 토대로 한 조언을 가랜드가 입 밖에 냈다. 피트에 대한 지도를 마친 그는 상대측 학생에게로 시선을 옮겼다.

"시작과 동시에 속공을 하려는 상대의 의도를 파악해 '발을 묶는 묘석(그레이브 스톤)'을 설치한 판단은 훌륭했다, 미스터 휴즈. 하지만 시선이 바닥을 향해 있던 것은 좋지 않아. 미스터 레스톤이 좀 더 냉정했다면 그 수를 간파했을 거다. 시선을 보내지 않고도 목표한 장소에서 발동할 수 있도록 영역마법 연습을 거듭하도록."

"네, 선생님."

휴즈라 불린 남학생이 순순히 고개를 끄덕이고서 시합장을 뒤로했다. 친구로 보이는 학생이 그의 어깨를 가볍게 두드렸다.

"간단했네."

"딱히 자랑할 일도 아니잖아. 보통 사람 출신의 공부벌레한테 이긴 것 정도는."

"…큭!"

그 말이 귀로 들어와 피트는 어깨를 움찔했다. …캐티를 공격했던 녀석들과 달리 상대의 목소리에는 야유하는 뉘앙스가 실려 있지 않았다. 그를 무시하려고 한 말이 아니라 친구와 대화하다가 떠오른 바를 별생각 없이 입 밖에 낸 것뿐이리라.

그렇기에 그는 분해서 견딜 수가 없었다. 공격 대상으로조차 보지 않는다는 것은… 다시 말해서 애초에 안중에도 없다는 뜻이기에.

"특훈이 하고 싶어!"

점심시간이 되기를 기다리기도 답답했는지, 마법검 수업이 끝나자마자 피트는 빈 교실에 동료들을 모아 그렇게 소리쳤다. 놀란 올리버 일행을 향해 안경 쓴 소년은 계속해서 말했다.

"내 나름대로 연습을 하긴 했지만, 주변 사람들과의 차이는 계속 벌어지고만 있어. 경험자가 강한 건 어쩔 수 없는 일이라 쳐도 같은 시기에 마법검을 시작한 녀석들한테까지 무시당하고 싶지는 않아."

피트는 빠드득 어금니를 깨물었다. 그 마음은 올리버도 헤아릴 수 있었다. …그는 가랜드의 지도에 남들보다 더 귀를 기울이고 있는 데다 배운 내용을 반복해서 복습하는 것도 거르지 않았다. 그럼에도 불구하고 다른 학생들에 비해 숙달 속도가 뒤처지고 있는 것이다. 그게 분하지 않을 리가 없다.

"다음 수업부터는 드디어 주문을 포함한 종합전이 시작돼. 검으로만 붙어도 이 꼴인데 주문까지 추가되면 어떻게 될지… 지금 어떻게든 하지 않으면 난 앞으로도 계속 강해지지 못할 거야."

소년은 고민스러운 얼굴로 고개를 푹 숙였다. 그 모습을 보고 올리버와 셰라가 나란히 고개를 끄덕였다.

"성장 속도 때문에 고민하고 있다는 건 전부터 알았어. 기술 향상이 목표라면 당연히 도와줄게."

"네에, 의지해 줘서 기뻐요. 이렇게 된 이상 안심하세요. 제가 책임지고 당신을 어엿한 리제트류 검사로 키워 보이겠어요!"

불타는 의욕을 머금은 눈으로 셰라가 그렇게 호언장담을 했다. 그 말에 올리버가 눈살을 찌푸렸다.

"…음? 잠깐만, 셰라. 지금까지의 수업 흐름상, 피트는 라노프류의 틀 안에서 단련해 나가는 게 좋지 않겠어?"

"그 방침 때문에 성장이 더뎌서 고민하고 있는 거잖아요? 다른 유파와의 상성도 일찌감치 시험해 보는 게 좋아요."

"그 말도 일리는 있지만… 오늘 수업으로 미루어 볼 때, 피트의 기술은 아직 유파와의 상성을 논할 수 있는 단계에 달하지 못했어. 안이하게 다른 길로 빠지는 건 피해야 해. 기초를 몸에 익

히기 전에 리제트류에 너무 의지하면 지금까지 배운 기술이 거꾸로 허물어질 수도 있어."

"저는 그렇게 생각하지 않아요. 애초에 지금의 수업은 초심자에게 가르치는 기술 전반이 라노프류에 지나치게 편중되어 있는걸요. 예전부터 생각했던 거지만… 개개인의 개성을 무시하고 '일단 라노프류'를 권하는 풍조야말로 마법사에게 있어서는 안 될 사고 정지가 아닌가요?"

두 사람 사이에서 격렬한 말의 응수가 시작되자 혼자 남겨진 피트는 멀거니 서 있을 수밖에 없었다. 그 옆에서 캐티와 가이가 쓴웃음을 띤 채 얼굴을 마주 보았다.

"아~ 시작돼 버렸네…."

"그러게, 시작돼 버렸어. 잘 보라고, 나나오. 이게 바로 사람이 많은 장소에 가면 반드시 말다툼이 일어난다는 정석적인 주제. 마법계 삼대논의 중 하나인 '주요 삼대 유파 중 어느 것이 최강인가' 문제야."

설명을 들은 나나오가 흥미롭다는 듯이 몸을 내밀었다. 그런 동료들의 시선은 개의치 않고 올리버와 셰라는 더더욱 흥분해서 논쟁을 벌였다.

"무조건 그렇다고 볼 수는 없어. 초심자에게 무엇보다도 중요한 것은 기초를 단단히 다지는 거야. 공격적인 리제트류부터 시작하면 아무래도 공격적인 성향이 지나치게 강해질 수밖에 없어. 확실히 빠르게 이기게 될지도 모르지만 도박 같은 전투 방식에 의지하기 쉬워지고, 그 결과 기술적인 면에서의 커다란 결함을 간과하게 될 수도 있어."

"그러한 부분은 유파가 아니라 지도자의 실력이 문제 아닌가요? 무엇보다도 지금의 피트가 바라는 것은 빈틈없는 가르침이 아니라 '성장했다는 실감'이라고요. 이대로 오랫동안 승리를 거두지 못하면 기초를 다지기 전에 향상심이 시들어 버리고 말 거예요."

양측의 말솜씨가 막상막하라 좀처럼 결판이 날 낌새가 없다. 쉼 없이 설전을 벌이는 두 사람을 향해 동방의 소녀가 흐음, 하고 신음하며 입을 열었다.

"…글쎄올시다. 정 결정을 내리기가 어렵다면, 이번에는 제삼자인 소생이 피트에게…."

"그건 안 돼!" "그건 안 돼요!"

지금까지 논쟁을 벌였던 사람들이 맞나 싶을 정도로 두 사람이 입을 모아 말했다. 나나오의 검기(劍技)는 그녀 이외의 사람이 재현할 방도가 없는 부류의 것이었기에 이에 관해서는 이견의 여지가 없었다.

"양쪽 주장도 뭐, 대충은 알겠지만 말이야. 요컨대 반반씩 가르치면 되는 거 아냐?"

"셰라가 공격을 가르치고, 올리버가 방어를 가르치고. 그런 식으로 분담하면 안 돼?"

보다 못한 캐티와 가이가 중재에 나섰다. 그를 통해 자신이 어른스럽지 못했다는 사실을 알아챈 올리버가 어흠, 하고 헛기침을 했다.

"사전에 방침만 정해 둔다면 나로서는 그렇게 해도 상관없어. …확실히, 성장했다는 실감이 필요하다는 셰라의 의견도 일리는 있으니까. 마침 주문을 포함한 종합전이 시작되기 직전이니 어떻게 보면 타이밍도 좋고."

셰라와 말없이 고갯짓을 주고받은 후, 그는 안경 쓴 소년에게로 고개를 돌렸다.

"피트…. 지금부터 너에게 유파를 불문하고 '마법전투에서 이기는 방법'을 알려 주고자 해."

"뭐…?"

자신이 들은 말의 의미를 이해할 수가 없어서 피트는 난색을 표했다. 그러던 중에 올리버가 물었다.

"목적은 칼과 주문을 합친 마법전투에서 이기는 거야. 그럼 그 방법으로는 어떤 게 있을 것 같아?"

질문을 받은 소년은 잠시 생각에 잠겼다가 신중하게 답을 입 밖에 냈다.

"…마법검의 기술로 상대를 능가한다?"

"그래, 그게 첫 번째 방법이야. 또?"

"…마법공방에서 이긴다."

"그게 두 번째 방법. 그 외에는?"

연달아 묻자 피트는 답하지 못했고 올리버는 이야기의 핵심에 파고들었다.

"그 두 가지 말고도 마법전투에는 **세 번째 승리법**이 존재해. …지팡이검을 뽑아 줘."

그는 지시하고서 자신도 지팡이검을 뽑아 안경 쓴 소년과 마주했다. 5피트 정도의 가까운 거리에서 올리버는 또다시 질문을 던졌다.

"이 거리에서, 너라면 어떻게 하겠어?"

"…칼로 베겠지."

상대의 답에 고개를 끄덕인 후, 올리버는 그 자리에서 여섯 걸음 정도 물러났다.

"그럼 이 거리에서는?"

"당연히 주문을 쏴야지."

피트는 곧장 답했다. 칼이 닿지 않는 원거리의 상대와 싸울 때, 마법사라면 당연히 그쪽을 택할 것이다. 올리버는 거듭 고개를 끄덕이고는 그 자리에서 몇 걸음 전진했다.

"이 거리라면?"

"…으…."

이번에는 피트도 곧장 답하지 못했다. 언뜻 봐도 매우 미묘한 거리였기 때문이다.

그가 일족일장(一足一杖)이라 인식하고 있는 거리보다는 다소 먼 것도 같다. 일절주문을 영창하기에 충분하다고 확신할 만큼의 거리는 아니다. 하지만 머릿속으로 상상한 바에 따르면 저기서 덤벼드는 상대는 충분히 요격할 수 있을 듯했다.

"그 위치에서 시합 도중이라 생각하고 나를 공격해 봐. 전력을 다해도 돼."

올리버가 그렇게 재촉했다. 잠시 망설인 끝에 피트는 큰맘 먹고 허리에서 지팡이검을 뽑아 휘둘렀다.

"…**전광이여 내달—토니트루**… 윽?!"

마지막 한 음절을 남겨 두고 영창은 중단되었다. 목에 닿은 지팡이검이 그로 하여금 그 이상 목소리를 내지 못하게 했다.

말문이 막힌 그에게서 거리를 벌리며 올리버는 지팡이검을 칼집에 넣었다.

"알겠어, 피트? …너는 지금 마법검의 기술을 겨루다 진 게 아니야. 그렇다고 주문 공방에서 뒤처진 것도 아니지. 너는 둘 중 어느 쪽을 할 여유도 없었어."

"……."

"다시 말해서 이게 세 번째 승리법이야. **사거리의 경계를 간파한 쪽이 이긴다.** …실전에서는 가장 많이 볼 수 있는 패턴이지."

올리버는 말했다. 그렇다. 일족일장의 거리라고 뭉뚱그려 말한들, 그것은 구체적으로 몇 피트라고 정의된 것이 아니다. 서로의 돌격 속도와 팔의 길이며 지팡이검의 길이, 그리고 자세에 따라 그것은 변화한다. 이번 경우에는 라노프류의 보법을 수련한 올리버의 돌격 속도가 피트의 예상을 뛰어넘은 것이다.

"모든 마법전투에서 사거리의 파악은 기본이자 오의(奧義)라 할 수 있어. 일족일장의 안과 밖을 잘못 간파한 순간, 어떤 달인이 되었건 치명적인 빈틈이 발생하기 때문이야. 반대로 이걸 노려서 찌를 수 있다면 그대로 승리로 이어지지. 속사로 이름을 떨쳤던 바다웰이 칼에 베인 것과 같은 원리야."

"……."

"적과의 거리를 완벽하게 간파하라고는 하지 않겠어. 그건 마법전투의 영원한 테마이고, 당연히 나도 아직 그렇게 하지 못하니까. 하지만 그걸 의식하는 것과 안 하는 건 하늘과 땅 차이야. 무슨 뜻인지 알겠지? 검기와 마술로 이길 수 없는 상대라도 이틈을 노리면 승리의 기회가 생겨."

"……!"

이야기의 요점을 이해한 것인지 피트의 표정이 바뀌었다. 올리버는 빙긋 웃으며 계속 이야기했다.

"지금부터 할 특훈을 통해 이 '경계의 공방'을 너에게 가르치겠어. 물론 간단하지는 않지만 익혀 두면 반드시 강한 무기가 될 거야. …그런 방침으로 가도 되겠지?"

피트는 두말없이 고개를 끄덕였다. 다음 수업까지 조금이라도 경험을 쌓고자 그는 올리버에게 부탁해서 다시금 지팡이검을 빼 들었고… 그 순간, 그들의 귀에 표표한 목소리가 들려왔다.

"하아. 또~ 번잡시런 짓을 하고 있구먼."

피트가 화들짝 놀라 돌아보았다. 그가 시선을 보낸 교실 입구, 문에 등을 기대고 선 남학생 한 명이 있었다. 독특한 사투리와 늘씬하게 큰 키를 지닌 그는 잘못 보려야 잘못 볼 수가 없었다.

"미스터 로시…?"

의아해 하며 올리버가 상대의 이름을 불렀다. 로시는 가볍게 손을 흔들어 인사하고서 다시금 입을 열었다.

"이야기는 다 들었어야. 강해지고 싶다믄서, 안경잡이?"

"……."

"그라믄 나한테 배워 볼랑가? 거기 자한테 배우는 것보다 훨씬 빠른 방법을 아는디. 귀찮은 건 한~ 개도 안 해도 돼야. 워뗘, 이짝으로 올려?"

그렇게 말하며 피트에게 슬쩍슬쩍 손짓을 했다. 올리버와 셰라가 곧장 사이에 끼어들어 가로막았다.

"…갑자기 끼어들어서 이상한 권유를 하지 말아 주겠어?"

"맞아요. 게다가 남의 이야기를 훔쳐 듣다니 예의가 없네요, 미스터 로시."

날카로운 시선과 말로 상대를 견제한다. 그 모습을 본 로시는 키득키득 웃었다.

"믿음직한 보호자들이구먼. …근디, 그래도 괜찮겄어, 안경잡이?"

"……!"

"편안하겄제, 거긴. 공주님멘치로 애지중지해 주는 데다, 위험한 건 죄다~ 남헌티 맡겨도 되니께. 이런 지독한 학교에서 첨부터 맴 착한 동료들을 만나다니, 니는 참말로 운도 좋구먼.

근디 말여… 니, 참말로 그런 넘이 강해질 수 있다고 생각하는겨?"

피트는 말문이 막힌 채 멀거니 서 있었다. 그를 등지고 지키고 선 올리버가 낮은 목소리로 대꾸했다.

"시답잖은 도발은 그만둬. …아니면 지금 이 자리에서 메달을 걸고 싸우겠어, 미스터 로시?"

목소리에 전의(戰意)를 담아, 자신은 그렇게 해도 전혀 상관없다는 뜻을 내비쳤다. 이 자리에서 시합이 시작되는 건가 싶어서 캐티 일행은 긴장했다. 하지만 로시는 두 손을 들어 보이며 그 말을 흘려 넘겼다.

"하핫… 됐어야. 권유는 고맙지만 다음 수업에 늦을지도 모르니께.

나중에 보드라고, 안경잡이. 기다릴 테니께 맴이 바뀌면 언제든 말만 햐."

사근사근하게 그런 말을 남기고 그는 냉큼 몸을 돌렸다. 빈 교실에 정적이 돌아오자 석연치 않은 분위기가 여섯 명 사이에 감돌았다.

로시의 난입으로 인해 분위기가 흐려지기는 했지만 다음 수업 시간은 어김없이 다가왔다. 여섯 명은 종종걸음으로 교사를 나서 야외의 수업 공간으로 향했다. 남아 있던 작업대 중 하나에 자리를 잡자 몇 초 후, 마법생물학 교사가 나타났다. 학생들 사이에 독특한 긴장감이 퍼졌다.

"오늘은 요정에 관해 가르치겠다. …뭐, 뭉뚱그려 요정이라 부르긴 해도 천차만별이지만."

바네사 올디스는 그렇게 말을 꺼내더니 자신의 뒤쪽, 수업 공간에 미리 전개해 둔 입방체의 결계를 가리켰다. 투명한 유리 용기로 보이는 그 내부에는, 역시나 투명한 날개를 지닌 인간 형태의 생물이 얼핏 봐서는 그 숫자를 셀 수 없을 만큼 많이 날아다니고 있었다.

"'새'만큼이나 분류가 애매하지. 새라는 분류에 참새부터 대머리독수리까지 포함되어 있는 것과 같다. 크기만으로 따지자면 눈으로 확인이 어려운 극소 사이즈의 것부터 최대 20인치 정도의 것까지 있지."

그렇게 말하며 결계의 표면을 손등으로 통통, 두드렸다. 그렇게 해도 안에 있는 요정들이 아무 반응도 보이지 않는 것을 통해 올리버는 그들을 둘러싼 결계의 성질을 대충 간파해 냈다. …아마도 안에서는 밖이 보이지 않을 거다. 안에 가둔 생물을 일방적으로 관찰하기 위한 결계인 것이다.

　"그리고 대다수가 인간에 가까운 형태를 띠고 있는데… 아인종 중에서도 소형인, 흔히 말하는 '소인족'도 이 녀석들과 비슷하지만 다른 종으로 분류된다. 그 이유를 답할 수 있겠냐? 아인종을 좋아하는 알토 아가씨."

　노골적인 야유의 뜻을 담아 바네사가 곱슬머리 소녀에게 물었다. 캐티는 굳은 얼굴로 그에 답했다.

　"…몸의 구조가 완전히 다르기 때문입니다. 가장 큰 차이점으로 요정에게는 '뇌'가 없습니다. 온몸에 발달된 신경망이 그 역할을 대신하지만 그를 통한 인지 방법은 인간과 크게 다릅니다. '개체'로서의 인식이 약하다는 점에서 인간보다는 벌이나 개미 등에 가깝다고 알려졌습니다."

　그녀가 거침없이 답하자 교사는 호오, 하고 작위적인 투로 감탄해 보였다.

　"이거 놀라운걸, 감상과 사실을 구분해 말할 정도의 분별력은 있었나. …뭐, 그 말이 맞다. 겉모습은 사람에 가까워도 구조도 구성 요소도 완전히 다르지. 해부해 보면 한눈에 알 수 있지만 말이야."

어깨를 으쓱하며 말한 후, 바네사는 다시금 학생들에게 고개를 돌렸다.

"나는 해마다 반드시 너희 1학년들에게 요정에 관한 수업을 한다. 거죽 한 장 너머에 있는 것의 무서움을 알려 주기 위해서. 근데 말이야… 귀엽지, 이 녀석들?"

그녀는 그렇게 말했지만 학생들 중 그 누구도 그 발언을 곧이곧대로 받아들이지는 않았다. 입학으로부터 반년이 지났기에 너무도 잘 알고 있기 때문이다. …이 교사가 생물을 귀여워할 리가 없다는 것을.

"요정이라는 놈들은 대개 사랑스러운 모습을 하고 있다. 하지만 그건 딱히 우연이 아니야. '귀엽다'는 건 어엿한 생존 전략이니까. 보고 있으면 독기가 빠진다, 무조건 예뻐해 주고 싶어진다…. 그건 살아남는 데에 커다란 이점으로 작용한다. 포식자에게 대항할 수단으로서, 경우에 따라서는 독이나 도망치는 것보다 유용하기도 하지."

일리 있는 말이라고 생각하며 올리버는 고개를 끄덕였다. '사랑스러움'을 무기로 사용하는 마법생물은 결코 적지 않다. 또한 그것이 발전하면 매료(참)가 되어, 다른 생물을 뜻대로 조종하는 능력으로 발전하기도 한다.

"이 녀석들은 그런 형태로 진화해 온 생물이다. 하지만 귀여운

것만으로는 당연히 살아남을 수 없지. 잡아먹히는 걸 요령껏 피하되 자신들도 먹어야 살 수 있다. …요컨대 이 녀석들에게도 포식자로서의 일면이 있는 거다. 지금부터 그걸 보여 주지."

송곳니를 내보이며 씨익 웃더니 바네사는 근처에 있던 작업대 아래서 바구니를 꺼냈다. 그 안에는 살아 있는 토끼가 들어 있다. 그녀는 덮개를 열어 다짜고짜 토끼의 목덜미를 잡더니 결계 안으로 던져 넣었다. 밖에서 안으로의 침입은 금지되지 않은 것인지, 토끼는 아무 저항도 없이 요정들의 무리 속으로 떨어졌다.

무리가 새로이 나타난 생물을 인식한 순간, **변화**가 시작되었다. 팔다리의 끄트머리가 날카로워지고 길게 찢어진 입에서는 엄니가 돋아나더니, 비행을 위한 날개의 움직임이 순식간에 격렬해졌다. 직전까지의 사랑스러운 모습은 어디로 가 버렸는지, 그들은 본능을 훤히 드러낸 채 토끼에게 일제히 덤벼들었다.

"대단한 변모지? 이게 군생상(群生相)이라는 거다. 몇 가지 조건을 충족시킨 상태로 서식 환경에서 개체군의 밀도가 일정치를 넘으면 발현되지. 귀여운 껍데기를 걷어치운, 수렵 효율에 특화된 포식자의 형태가 되는 거다. 이렇게 된 이 녀석들은 때때로 인간조차도 떼 지어 잡아먹는다."

무수히 많은 요정의 습격으로 토끼는 살이 찢기고 물어뜯겨, 저항도 못 해 보고 잡아먹혔다. 그 죽음을 학생들은 말없이 숨을 죽이고 지켜보았다. 자연의 섭리라 하기에는 너무도 처참한 광경이라는 생각 때문이다.

"딱히 놀랄 일도 아니야. 너희도 별로 다르지 않잖아. 무리 지으면 대담해지고, 여유가 없어지면 방법을 가리지 않고 살아남으려 하지. 생물로서는 지극히 당연한 존재방식이다. 좌우간…."

거기서 말을 끊더니 바네사는 결계 앞에서 두 팔을 벌렸다. 무슨 짓을 하려는 걸까, 하고 긴장한 학생들의 눈앞에서 **그 두 팔이 우둑우둑 변화하기 시작했다.** 압박감을 견디다 못해 터져 나간 피부 안쪽에서 흉악한 근골이 노출되고, 손에서는 손가락과 일체화한 거대 손톱이 돋아났다.

"…윽!"

눈에 익은 광경에 올리버는 소름이 돋았다. 그 직후, 그들의 인식 가능 범위를 넘어선 속도로 바네사가 두 팔을 휘둘렀다. … 그것만으로 토끼에 들러붙었던 요정 무리는 무수히 많은 고기 조각이 되어 결계 안에 흩어졌다.

"…실패하면 이렇게 되리라는 걸 아니까 말이야. 누구든 필사적으로 머리를 쥐어짤 수밖에.

그렇게 무수히 많은 생물이 쌓아 올려 온, 형태도 방향성도 제각각인 '생존 방법'의 계보. 그걸 해석하는 것이 바로 마법생물학이라는 학문이다, 이 말이야."

피와 살점투성이가 된 이형(異形)의 두 팔을 학생들에게 보란

듯이 내밀어 보이며 바네사는 조금 전 끊었던 말의 뒷부분을 입 밖에 냈다. 코를 찌르는 피와 내장의 냄새가 그녀의 말에 담긴 내용을 폭력적으로 실감케 했다.

"귀여운 생물은 얼마든지 있지. 하지만 귀엽기만 한 생물은 한 종도 없어. …얕보지 마라, 너희들. 죽기 싫으면 필사적으로 배워라. 당분간은 그게 힘없는 너희들의 '생존'이 될 거다."

그렇게 끝난 수업 후. 여섯 명이 함께 식당에 도착해서도 캐티의 분노는 수그러들 줄을 몰랐다.

"…아…. 진짜! 정말 뭐야! 그 선생님은!"

다른 사람들의 시선도 아랑곳하지 않고 고함을 치며 화풀이를 하듯 파이를 베어 물었다. 다섯 명 중 그 누구도 그녀를 나무라지 않았다. 이럴 때 캐티가 화를 내지 않는다면 오히려 걱정이 될 것이다.

"백 보 양보해서 수업 내용은 납득할 만한 부분도 없지 않았어! 하지만 그 자리에서 토끼를 포식시키거나, 요정을 죽여 보일 필요가 어디에 있었냐고!! 말로 설명했어도 됐을 텐데! 그냥 우릴 겁주려고 그런 것뿐이잖아!"

"…분명 그건 강렬했지. 식욕이 싹 달아나는 것 같아. 안 그래, 나나오…?"

"으음?"

포크를 공중에서 놀리며 가이가 시선을 보내자, 그곳에는 뺨이 볼록해지도록 요리를 욱여넣은 나나오의 얼굴이 있었다. 장신의 소년은 쓴웃음을 지으며 고개를 가로저었다.

"…아니, 아무것도 아니야. 여전히 강하구나, 넌."

"나도 먹을 거야! 가이, 이거 가져간다?!"

"앗, 야 인마!! 내 미트로프를…!"

친구가 도통 먹지 않는 것을 보더니 캐티가 그의 접시에서 고기 요리를 낚아채 갔다. 이거 안 되겠다 싶었는지 가이도 식사를 재개하자, 그 모습을 바라보던 셰라가 미소를 지었다.

"갓 입학했을 무렵에 비해 많이 듬직해졌네요, 다들. …그나저나 오후에는 어쩔까요? 오늘은 동아리 활동 견학 시간이 있는데요."

그녀가 그렇게 묻자 다섯 명이 얼굴을 마주 보았다.

"소생은 빗자루 경기라는 것을 견학하러 가겠소. 모처럼 파트너가 생겼으니 말이오."

"나나오는 서로 데려가려고 안달이었죠. 그럼 저도 함께 가겠어요."

"응? 셰라 너도 빗자루 경기 하게?"

"타는 쪽도 자신은 있지만, 저는 관전 전문이라서요. 나나오의 참가로 이번 시즌 이후의 빗자루 경기의 양상이 어떻게 변할지,

벌써부터 기대가 되네요."

기대감으로 눈을 반짝거리는 세라의 옆에서 푸딩을 깨작깨작 먹고 있던 피트가 입을 열었다.

"…나는 연금술 계열 동아리를 들여다보겠어. 수업 내용을 보충할 수도 있고, 보통 사람 가정 출신자가 많아서 지내기 편하다고 들었거든."

"그래, 괜찮겠는걸. 연금술은 노력이 결과로 잘 나타나는 분야니, 너에게 잘 맞을 거야."

올리버가 미소를 지은 채 고개를 끄덕였다. 가이는 고민스러운 얼굴로 의자에 등을 기대었다.

"나는 이미 원예 계열 동아리를 몇 군데 들여다봤으니, 오늘은 이따가 나나오가 있는 곳이나 구경하러 갈까. 캐티, 너는 어쩔래?"

"여기저기 둘러볼래. 우선 아인 문화 연구회, 그리고 물론 마법생물 사육부. 거기에 인권 운동 계열 서클도 몇 군데…."

곱슬머리 소녀는 한 손으로는 헤아릴 수 없는 숫자의 동아리를 입에 담았다. 가이는 어깨를 으쓱했다.

"캐티도 별도 행동이네, 그럼. 올리버, 너는?"

"음…."

질문을 받은 올리버는 문득 시선이 느껴져서 그쪽으로 고개를 돌렸다. 그러자 반쯤 예상했던 대로… 기대로 가득한 나나오의 눈이 자신을 바라보고 있었다.

결국, 피트와 캐티를 제외한 네 명이 빗자루 경기 동아리를 견학하러 가게 되었다.

빗자루 경기자를 위한 연습장은 교내에 네 곳으로, 네 개의 학교 공인 팀이 각 장소에서 나날이 연습을 하고 있다. 그들은 그중 하나인 '와일드 기스'가 관리하는 필드를 찾았다.

"오오?! 와 줬구나, 사무라이 소녀!"

네 명의 모습을 상공에서 확인하자마자 남녀 선배 두 명이 신이 나서 지상으로 내려왔다. 그렇게 환영을 받은 동방의 소녀가 한 걸음 앞으로 나서서 답했다.

"나나오 히비야요. 활동을 견학해도 되겠소?"

"안 된다고 할 리가 없잖아! 자아, 친구도 같이 들어와, 들어와!"

여학생 쪽이 네 명의 뒤로 돌아들어 연습장을 향해 그들의 등을 떠밀기 시작했다. 견학자용 벤치에 앉게 한 후, 그녀는 장내의 팀메이트들을 향해 손을 흔들어 신호를 보냈다. 그러자 남자 선배 쪽이 입을 열었다.

"그러면 활동 내용을 설명하지! 빗자루를 사용하는 스포츠를 빗자루 경기라고 총칭한다! 그중에서도 메이저한 종목이 세 개 있는데, 그걸 통칭 '3종경기'라고 부른다!"

남학생이 익숙한 투로 설명을 시작했다. 그와 동시에 커다란 고리(링)가 장내의 이곳저곳에 떠올랐다. 경기자들도 거기에 맞춰 움직이기 시작했는데, 그들은 타원형 필드를 빠른 속도로 날아다녔다. 모두가 허리에 기다란 막대를 차고 있었다.

"우선 첫 번째! 정해진 코스를 집단으로 날며 속도를 겨루는 종목! 공중에 설치된 링이 코스인데, 저걸 순서대로 통과하지 않으면 실격! 그리고 빠른 놈이 왕이다!"

실제 시범 광경을 등진 채 남학생이 소리쳤다. 그러더니 이번에는 여자 선배가 그를 뒤에서 밀쳐 내고 몸을 내밀었다.

"그리고 두 번째! 빗자루로 ∞를 그리면서 날며 일대일로 싸우는 종목! 정정당당하게 정면충돌! 전용 타격봉(클럽)을 들고 서로를 추락시키는 건데, 이게 또 단순하면서도 심오하단 말씀!"

그녀가 설명을 시작함과 동시에 필드 가장자리를 날고 있던 경기자 중에서 두 명이 이탈했다. 그들은 좌우가 대칭을 이루는 위치에서 호를 그리며 하늘 높이 상승하더니, 허리에 찬 무기를 뽑아 두 손으로 쥐고 단숨에 급강하해 지근거리에서 교차되었다. 클럽이 서로 부딪히는 격렬한 소리가 울리자, 흥분한 나나오가 탄성을 질렀다.

"오오! 공중에서 치고받는 것이오?!"

"박력 만점이죠? 이게 바로 빗자루 경기라고요!"

세라도 동조해서 소리쳤다. 그 반응에 한껏 신이 났는지, 여자 선배가 해설을 재개했다.

"그리고 세 번째! 빗자루 경기의 꽃, 주목의 대상인 팀전!"

장내의 경기자들이 일제히 둘로 갈라져, 각각 편대를 이루어 마주했다. 몇 초 동안 눈싸움을 벌인 끝에 급가속하더니… 두 개의 진영이 정면으로 충돌했다. 두 손에 쥔 클럽으로 서로를 추락시키려 하는 그 모습은, 마치 공중에서 전쟁을 벌이는 듯 보였다.

"조금 전에 봤던 타격전을 집단으로 하는 것이라고 설명하는 편이 빠르겠지! 13대13으로, 여러 가지 규칙이 있기는 하지만 어쨌든 대장이 격추되면 패배! 전쟁이다, 전쟁~!"

목소리 톤을 높여서 남자 선배가 말을 이어 나가자, 여자 선배가 또다시 그를 밀쳐 냈다.

"'보다 야만스럽게, 보다 아름답게'. 그게 빗자루 경기의 캐치프레이즈야. 여기서는 야성이야말로 아름다움, 투쟁심이야말로 정의! 그러니까 너희도 부디….."

"우어억?!"

해설이 최고조에 달한 순간, 상공에서 비명이 터져 나왔다. 시범경기를 하던 경기자 중 한 명이 급강하 도중에 다른 경기자와 격돌… 그대로 빗자루에서 추락한 것이다. 그는 가속으로 인한 기세를 죽이지 못한 채 똑바로 지면을 향해 빨려들 듯이 떨어져….

"기세여 줄어라—엘레타다우스!"

잔디밭에 격돌하기 직전. 벤치에서 일어선 올리버가 날린 마법 덕분에 기세가 줄어들어 부드러운 잔디에 안착했다. 경기장에 정적이 깔렸다. 백장을 내민 자세 그대로 올리버가 거북한 투로 입을 열었다.

"…죄송합니다, 저도 모르게. 떨어지는 속도가 위험해 보여서…."

가만히 보고 있을 수가 없어서 순간적으로 몸이 움직이고 만 것이었다. 계속해서 사과를 하려는 그의 어깨를 여자 선배가 덥석 움켜쥐었다.

"…너, 캐처 안 해 볼래?"

"네?"

"눈이 좋아. 네 말대로 방금 전 추락은 살짝 위험했어. 평범하게 떨어졌다면 아래 있는 잔디 덕분에 안 다쳤겠지만, 저렇게 가속한 상태에서 곤두박질치면 가끔 큰 부상을 입기도 하거든. 그걸 방지하기 위한 요원이 캐처… 대회장 아래서 대기하고 있다가 추락한 선수를 받아 내는 역할이야."

그녀는 올리버가 구해 낸 학생을 가리키며 그렇게 말한 후, 소년을 향해 계속해서 역설했다.

"안전관리의 중심, 흔히 말하는 숨은 권력자인데, 이게 또 상당한 기술이 필요하거든. 주문의 정확도는 물론이고 선수의 움직임을 예측하는 힘이 필요해. 넌 지금 그걸 해 보였잖아? 우리 캐처는 한발 늦었는데 네 주문은 안 늦었어. 센스가 있다고."

"…아니, 방금 그건 우연히 위치가…."

"물론 편한 마음으로 입부해도 괜찮아! 진심으로 연습해서 주전 멤버를 목표로 해도 되고, 반대로 적당히 즐기자는 애들이랑 같이 마음 편히 즐긴다 해도 환영이야! 하지만, 어찌 되었건 캐처는 선수에 비해 부족하기 일쑤거든! 그러니 들어와 주면 고맙고 기쁠 것 같다고나 할까아?!"

"……새, 생각해 보겠습니다."

상대의 열의와 기세에 밀려 올리버는 그렇게 답하는 게 고작이었다. 여자 선배는 "긍정적으로 생각해 줘!"라고 못을 박고서 몸을 돌리더니 필드로 달려갔다. 추락한 학생의 부상 정도를 확인하는 그녀의 모습을 바라보며 셰라가 나직하게 말했다.

"괜찮을지도 모르겠네요, 방금 전 제안은."

"셰라?"

"빗자루 비행술 수업을 돌이켜 볼 때, 나나오는 무모한 비행을 할 것 같아요. 연습 중에 위험한 모양새로 추락할 가능성도… 아니, 분명 사고를 치겠죠. 그럴 때 올리버, 당신이 옆에 있으면 수습이 가능해요."

"오오! 일리 있는 말이오!"

좋은 생각이라는 듯이 나나오가 손뼉을 치며 말했다. 올리버는 무심결에 이마를 짚으며 입을 열었다.

"…나보고 나나오 전속 캐처로서 입부하라고?"

"물론 당신이 바란다면요. 다만… 그렇게나 재능이 있는걸요. 받아 내는 보람은 있을 거라고 봐요."

롤 헤어 소녀가 옅은 미소를 지은 채 단언했다. 올리버는 한숨을 내쉬었다. 그걸 바보 같은 소리라고 일축하지 못한 시점에서 이미 반쯤 진 것이나 다름이 없었다.

주전 멤버가 되는 게 목표가 아니라면 활동 참가 빈도는 자유, 그만두고 싶을 때는 언제든 그만둬도 좋다. 선배가 마지막에 덧붙인 그 말을 곱씹으며, 일과를 마치고 돌아온 기숙사 방에서 올리버는 깊은 고민에 빠져 있었다.

"……."

실제로 입부할지 말지는 나머지 세 팀을 견학하고 난 다음에 정하기로 했다. 하지만 소년에게 중요한 것은 나나오를 따라 빗자루 경기를 시작할지 말지의 문제였다. …입학한 뒤로 지금까지 자신은 좋은 의미로나 나쁜 의미로나 나나오에게 휘둘리고 있다. 그런 관계성을 동아리 활동으로까지 확장시켜도 되는 걸까?

"…아니, 하지만. 나나오에 관한 걸 빼고 생각해도, 빗자루 비행술을 수업 이외의 시간에 연습할 수 있다는 건…."

침대에 앉은 채로 소년은 생각에 빠져서 한참을 중얼거렸다. 그때, 자신의 책상에서 오늘 수업을 복습하던 피트가 올리버를 흘끔 쳐다보았다.

"…하고 싶다면 해도 될 것 같은데, 내 생각에는."

"피트?"

"네 선택에 참견할 생각은 없지만, 어쩐지 조금 전부터 하고 싶은 마음을 억누르기 위한 변명거리를 찾고 있는 걸로만 보여."

룸메이트의 생각지 못한 지적에 올리버는 눈이 동그래져서 굳어 버렸다. 그의 시선에서 도망치듯이 안경 쓴 소년은 다시 책상 쪽으로 몸을 돌렸다. 공부를 재개한 그의 뒷모습을 올리버는 가만히 쳐다보았다.

"…변명거리를 찾고 있는 것 같다, 라."

다시금 입 밖에 내어 말하고 나니 그것은 그야말로 정곡을 찌르는 지적인 듯했다. 올리버는 쓴웃음을 지은 채 침대에서 일어났다.

"고마워, 며칠 동안 잘 생각해 볼게. …그럼 슬슬 다녀올게."

"아…."

방을 나서려는 상대를 향해 피트가 말하고 싶은 게 있는 듯이 입을 열었다. 올리버가 시선을 돌리자 안경 쓴 소년은 말을 머뭇거렸다.

"…아무것도 아냐. 조심해."

"그래. 고마워."

친구의 배려 섞인 말을 들으며 방을 나선 그는 그대로 기숙사를 뒤로하여 홀로 밤의 교사로 향했다.

이날의 '입구'는 교사 3층 구석에 자리한 수분(水盆)이었다. 물이 있는 곳은 그림이나 거울만큼이나 이계와 연결되는 경우가 많다. 하지만 연결되는 장소는 날마다 달라서 학생들은 그 패턴을 파악해서 교사와 미궁을 들락거리고는 했다.

"…으…."

어두운 통로에 들어선 순간, 무거운 공기가 어깨를 짓눌렀다. 입학하고서 반년이 지난 지금도 혼자서 미로에 들어설 때는 마음이 무겁다. '죽음'과의 거리감이 확 줄어든 듯한 느낌이다. 이 감각도 언젠가는 적응이 될까?

"…정신 차려. 이 미궁을 혼자서 걷지 못해서는 아무것도 할 수 없어."

뺨을 두 손으로 가볍게 때려 마음을 다잡고 백장 끄트머리에 조명을 밝힌 채, 올리버는 신중하게 미궁을 거닐었다. 조금 걸어가자 사람의 기척이 느껴졌고, 세 번째 분기점에서 상급생 두 명과 마주쳤다.

"어이쿠, 적의는 없어."

"1학년이냐? 혼자 다니기에는 아직 이르잖아. 너무 깊이 들어가지 마라."

다행히도 시비를 걸지 않고 선의 어린 충고만 남긴 채, 두 상급생은 떠나갔다. 안도의 한숨을 내쉰 후 올리버는 통로 끝으로 다시 시선을 돌렸다.

"…선배들의 말이 맞아. 방심은 금물이야."

하지만. 방심을 하건 말건 맞닥뜨린 시점에서 마음의 준비를 했던 것이 모조리 다 날아가 버리는 사태. 그런 부류의 것도 킴벌리에서는 흔했다.

"…어머? 너는…."

미궁에 들어서고서 한 시간 남짓 만에 올리버는 그것과 맞닥뜨렸다. 통로 한구석에서 어쩐지 심심한 듯한 얼굴로 석재 위에 앉아 있는 요염한 마녀와. 일전에 만났을 때와 마찬가지로 그 주변에는 마음을 침식하는 야향(惹香·퍼퓸)이 자욱했다.

"……살바도리, 선배."

경계 자세를 취하며 상대의 이름을 불렀다. 괴물과 마주치기라도 한 듯한 긴장감을 표출하는 후배를 보고 마녀… 오필리아

살바도리는 쓴웃음을 지었다.

"뭐어, 그럴 수밖에. …진정해, 지금은 뭔가를 할 생각이 없으니까. 그런 기분이 아니거든. 보면 모르겠니?"

그렇게 말하며 마녀는 석재 위에 앉은 채 두 다리를 달랑달랑 흔들었다. 올리버는 눈살을 찌푸렸다. 분명 일전에 만났을 때처럼 위험한 분위기는 느껴지지 않았다.

"넌 이 퍼퓸에 내성이 있었지? …마침 잘됐어, 잠시 앉았다가 가. 딱히 맞장구를 쳐 달라는 건 아니야. 뭐든 좋으니 누군가와 대화하고 싶은 기분이거든."

농담인지 본심인지 모를 소리를 하며 오필리아는 자신이 앉아 있는 석재를 가리켰다. 옆에 앉으라는 뜻인가 보다. 지금 당장 발걸음을 돌려 온 힘을 다해 도망쳐야 하지 않을까…. 올리버는 고민됐지만 무턱대고 상대의 기분을 상하게 하는 것도 좋지 않을 듯했다.

짧은 망설임 끝에 올리버는 미묘하게 거리를 둔 채 마녀의 옆에 앉았다. …위해를 가할 의지가 느껴지지 않는 것은 사실이라 최대한 자극하지 않고 떨어져 있는 것을 목표로 하기로 한 것이다.

"…그 후로도 계속, 미궁에서 지내셨습니까?"

"몇 번인가 교사에 돌아가기도 했어. 식당에 나오는 호박 파이가 먹고 싶었거든. 너도 그거 좋아하니?"

"……. 군이 말하자면 타르트를 더 좋아합니다."

고민하다가 올리버는 순순히 대답했다. …비위를 맞춰 가며 이야기를 하는 건 간단하지만 지금의 관계에서는 어떻게 겉치레를 해도 작위적으로 보일 거다. 그녀가 정말로 후배와 하잘것없는 담소를 나누기를 바라는 것이라면, 이렇게 하는 게 정답에 가까우리라고 판단한 것이다.

오필리아의 옆얼굴에 미소가 떠올랐다. 옳은 판단을 했구나, 싶어서 올리버는 속으로 안심했다.

"그래, 그쪽도 괜찮지. …소문으로 들은 건데, 꽤 눈에 띄고 있다면서, 너희? 가루다와 싸워 본 감상은 어떠니?"

"이긴 게 신기하다고 생각합니다. 솔직히 말해서 두 번 다시 싸우고 싶지 않군요."

올리버가 또다시 솔직하게 답하자 오필리아는 키득키득 웃었다.

"고드프리 선배도 예전에 비슷한 소릴 했어. …억측이지만. 그 사람은 너희가 자꾸 신경 쓰일걸?"

"…왜 그렇게 생각하십니까?"

"왜긴, 비슷해서지. 특히 1학년 때부터 분수에 맞지 않는 모험을 경험했다는 점이. 나도 예전에는 카를로스 녀석과 함께 꽤 자주 어울렸어."

그렇게 예상치 못한 과거를 밝혔다. 올리버가 더 깊이 물어보고 싶은 충동을 참고 있자, 오필리아는 문득 조용한 목소리로 물었다.

"…카를로스와는 이야기해 봤어? 기억하지? 고드프리 선배랑 같이 있던 느끼한 녀석. 지금은 감독생 노릇을 하고 있을 텐데."

그 질문에는 그도 다소 신중하게 답을 골라야만 했다. '그 모임'에 얼굴을 내밀었던 이야기를 하면 본인이 숨기고 싶어 하는 피트의 체질에 관한 힌트를 주는 꼴이 될지도 모른다. 그래서 올리버는 그 부분을 빼고 정리하여 답했다.

"…이곳에서의 생활에 대한 충고를 듣기도 했고, 잡담 정도라면 몇 번인가 했습니다. 고드프리 선배와 마찬가지로 상대를 가리지 않고 남을 잘 챙겨 주는 성격인 것 같더군요."

"남을 잘 챙겨 주는 성격이라기보다는 거의 취미에 가까울걸? 방심하면 짜증 날 정도로 참견을 해 대니까 조심하렴. 너희처럼 참견하는 보람이 있을 듯한 후배한테는 특히 집요하게 집적거릴 거야."

충고인지 험담인지 모를 소리를 한 후, 문득 마녀는 기지개를 쭉 켰다.

"아아, 조금은 기분이 풀린 걸까? …고마워, 잡담에 어울려 줘서. …하지만 말이야."

"…윽!"

하얀 손가락이 올리버의 턱에 닿았다. 굳어 버린 그의 눈앞에서 오필리아는 요염한 미소를 지어 보였다.

"어떤 계층이 되었건, 혼자서 어슬렁거리지 않는 게 좋을 거야. 모험은 적당히 하고, 교사에서 착실하게 공부나 하고 지내. …앞으로 몇 개월 동안은 더더욱."

그런 말을 남긴 후, 마녀는 자리에서 일어나 통로로 떠나갔다. 그 뒷모습이 모퉁이 너머로 사라지고 남은 향기도 옅어지고 나서야 올리버는 요란하게 안도의 한숨을 내쉬었다.

어찌어찌 별일없이 오필리아와 헤어지고서 20분 정도를 걸은 끝에 올리버는 이날의 목적지에 도착했다.

"노르!"

암구호를 말하고 비밀문을 통과해 방에 들어선 순간, 옅은 금발의 여학생이 그를 끌어안았다. 약간 당황하면서도 올리버는 그 포옹을 받아들였다.

"어푸. …안녕, 섀넌 누나."

상대의 이름을 부르고서 어깨를 밀어 살며시 몸을 떼어냈다. 그렇게 방 안쪽으로 시선을 던지자, 의자에 앉아 콘트라베이스를 손질하고 있는 덩치 큰 청년의 모습이 눈에 들어왔다.

"잘 왔다, 노르. 이곳까지 오는 길은 어땠지?"

"일단 헤매지는 않았고, 위험한 장소도 피해서 온 것 같아. …

하지만 아직 적응이 덜 됐어. 신중하게 경험을 쌓아야겠어."

솔직한 감상을 말하자 적동색 머리를 지닌 청년은 힘껏 고개를 끄덕였다. 엷은 금발의 여학생도 미소를 띤 채 소년의 어깨에 손을 얹었다. …사촌 형인 그윈 셔우드, 사촌 누나인 섀넌 셔우드. 올리버와 혈연관계인 상급생들이다.

"그보다… 요전에는 뜻밖의 장소에서 만났네, 그윈 형. 카를로스 선배의 무대에서 반주를 하고 있는 줄은 몰랐어."

"그래. '동지'는 아니지만 그 녀석과도 오래 알고 지낸 사이라 말이다."

악기 손질을 계속하며 그윈은 담담한 투로 그렇게 답했다. 낮고 차분한 그 목소리를 들었을 뿐이건만 긴장했던 마음이 진정되는 것이 느껴졌다.

"어쨌든 혼자 힘으로 이곳에 올 수 있게 된 건 축하할 일이군. 이 장소는 나와 섀넌의 비밀 공방… 네 집이나 다름없다. 편히 쉬건 단련을 하건 마음대로 해라."

"차, 내올게. 노르, 케이크 먹을래?"

섀넌이 기쁜 듯이 다기를 준비하기 시작했다. 그로부터 5분도 되지 않아 홍차와 케이크가 준비되어 올리버는 비치되어 있던 의자에 앉았다. 테이블을 사이에 끼고 맞은편에 형인 그윈이, 옆 자리에는 누나인 섀넌이 부드러운 미소를 띤 채 앉아 있다. 소년은 찻잔을 들어 홍차를 입에 머금었다.

"…아아, 이제야 마음이 놓이네. 여기 도착할 때까지 많이 긴장했어. …특히 오필리아 선배와 마주쳤을 때는 핏기가 다 가셨지."

그렇게 말하자마자 옆에 있던 섀넌이 얼굴을 확 들이댔다. 올리버는 하마터면 홍차를 쏟을 뻔했다.

"…리아를, 만났어? 어디, 서?"

절실한 표정으로 물었다. 그 반응에 의표를 찔리기는 했지만 올리버는 오필리아와 마주친 상황을 대략적으로 설명했다. 그걸 듣자마자 의자에서 일어서려 하는 섀넌을 그윈이 조용한 목소리로 제지했다.

"그만둬. 노르와 헤어져 심층으로 돌아갔다면 이제 와서 쫓아봐야 못 잡을 테니까."

그 말을 들은 섀넌은 풀이 죽어 바닥으로 시선을 떨구었다. 악기 손질을 마친 그윈이 팔짱을 낀 채 입을 열었다.

"그나저나 살바도리라. …위험한 후배지만 그래 봬도 섀넌을 싫어하지는 않아서 말이다. 이전에는 그럭저럭 교류도 있었지. 최근 1년 정도는 그것도 끊긴 상태지만."

"…사이좋았어? 섀넌 누나."

"리아는, 외로움을… 잘 타니까."

섀넌이 나직한 목소리로 답했고, 그걸 들은 올리버는 문득 깨달았다. …자신에게는 무시무시하기만 한 상급생도 누나에게는

1년 아래의 후배구나.

"별일이군. 너는 입학식 직후에도 엮였던 것 같지만, 본래 이 계층까지 올라오는 일 자체가 드문데. …오늘 온 데에는 아마도 뭔가 이유가 있었겠지."

그윈이 눈을 감은 채 생각에 잠겼다. 그 '이유'에 관해 잠시 생각하는 듯했지만, 그것도 곧 그만두고 다시 눈을 떴다. 온화한 빛을 띤 눈동자가 동생을 비추었다.

"살바도리에 관한 이야기는 그만 됐다, 너 자신의 근황 보고를 해 다오. 어떤 내용이든 좋아. 나도 섀넌도 애타게 기다리고 있었으니까."

그 말을 들은 섀넌도 마음을 다잡고 빙긋 웃으며 올리버를 바라보았다. 약간 쑥스럽다는 생각을 하며 소년은 말해야 할 내용을 머릿속에 떠올렸다.

"여러 가지 일이 있었는데. …뭐부터 이야기를 해야 할까."

모두의 찻잔이 비었을 즈음, 올리버의 근황 보고가 일단락되었다.

"…나나오 히비야, 라."

그윈의 입에서 동생의 이야기 중 가장 등장 빈도가 높은 이름이 흘러나왔다. 누구보다도 그녀에 관한 이야기를 자주 한 탓에 가장 먼저 화제에 오를 수밖에 없었다. 올리버는 고개를 끄덕였다.

"마법사로서는 미숙하기 그지없지만… 누가 봐도 상식 밖의 재능을 지녔어. 심지어 나날이 늘고 있고. 이대로 가면 1년 후에 어떻게 되어 있을지 상상이 안 돼."

자신의 척도로는 헤아릴 수 없는 부분이 있다는 사실까지 솔직하게 말했다. 잠시 후, 그윈이 다시금 입을 열었다.

"…확실한 거냐? 일곱 번째 마검의 사용자라는 게."

"…단언할 수는 없어. 그 애가 그걸 사용한 건 베라 밀리건과 싸웠을 때 한 번뿐이고, 그 후로는 재현하려 해도 못 하는 듯했으니까. 다만… 내 직감은 그렇다고 말하고 있어. 명색이 같은 마검의 사용자로서, 저건 **동류**(同流)라고."

소년의 가슴속에 있는 논리를 넘어선 확신. 그를 근거로 그윈 역시 그 사실을 의심하지 않고 받아들였다. 이 화제를 꺼낸 순간부터 그에게 올리버는 한낱 사촌 동생이 아니었다. 자신들을 거느리고 이끌 군주, 로드인 것이다.

"더불어 사람을 끌어당기는 카리스마도 있다, 라. …누군가가 떠오르는 이야기로군."

형의 소감에 올리버는 입술을 깨물었다. 그렇게 말하리라는 것 또한 예상한 바이기는 했다.

"…'빗자루 만남의 의식'에서. 어머니의 빗자루가 그 애를 인정했어."

아직도 기억에 새로운 사건을 입 밖에 냈다. 그원은 놀라지 않았다. 그 사실은 이미 그의 귀에도 들어온 뒤였기 때문이다. 모르는 것은 본인뿐, 동방에서 온 사무라이가 '그 빗자루'를 길들였다는 뉴스는 사건 당일에 온 학교로 퍼져 나갔다.

"뭔가가 있어, 나나오에게는. 나 자신도 정신을 차려 보면 그 애한테서 눈을 떼지 못하고 있어. 단순히 위태로워 보인다는 이유도 있지만, 좌우간 내버려 둘 수가 없어. 어쩌면 좋을지…."

자신 안에서 계속해서 부풀어 오르고 있는 감정의 정체를 알지 못한 채, 올리버는 그것을 눈앞에 있는 두 사람에게 털어놓았다. 그 고백을 들은 섀넌의 입가에 부드러운 미소가 걸렸다.

"그 애가… 무척 마음에 들었나 보네. 노르는."

"…그건."

쉽게는 고개를 끄덕일 수가 없다. 하지만 부정할 수도 없는 지적이었다. 이 감정을 호의라는 단어로 정리해도 될지. 올리버가 눈살을 찌푸린 채 고민하자 그원이 말했다.

"진정해라, 노르. 섀넌을 상대로 본심을 숨겨 봐야 소용없으니. …'끌린다'는 감정은 마법사에게 매우 중요한 거다. 그 아이는 아마도 네 존재방식에 커다란 변화를 초래할 존재겠지. 그 사실을 외면해서는 안 된다."

형은 말했다. 설명할 수 없는 감정은 억지로 말로 표현하려 하지 말고, 그저 있는 그대로 가슴속에 담아 두라고. 올리버는 숨을 죽였다. 그 소녀와의 올바른 거리감, 적절한 관계성과 자리매김. 모두 그가 고민하고 있던 것들이다.

"마땅한 때가 되면 자연스럽게 그것에 이름이 붙을 거다. 서둘러 결론을 내리지 말고 느긋하게 기다려라. 너는 아직 1학년이니."

"……."

"분명 나나오 히비야를 '동지'로 끌어들일 수 있다면 그게 제일일 테지. …하지만 서두르다가는 일을 그르친다. 지금의 단계부터 서툰 도박을 할 생각은 마라. 너는 너답게, 친구에게 성실하게 대하면 돼. '겉'으로나 '속'으로나… 그것이 결과적으로는 동료를 늘리는 일로 이어질 테니."

현실적인 조언이 가슴에 스며들었다. 흔들리던 마음이 가라앉는 것을 느끼며 올리버는 고개를 끄덕였다.

"그래, 그 말이 맞아. …상담하길 잘했어. 그럼, 그만 갈게."

차를 더 따르려던 누나를 한 손으로 제지하고 올리버는 의자에서 일어섰다. …이 이상 머물렀다가는 어리광을 부리고 싶은 마음이 얼굴에 드러날 것 같았기 때문이다. 아쉬운 마음이 훤히 드러난 표정으로 섀넌은 동생에게 손을 뻗었다.

"…조심해, 노르."

포옹을 받으며 올리버 쪽에서도 상대의 몸을 마주 끌어안았다. …따뜻하다. 사랑스럽다. 놓고 싶지 않다.

하지만 가슴에 솟구친 그 감정 중 그 무엇도 입 밖에 내서는 안 된다. 그럴 자격이 없다는 것을 알기에. 그런 갈등마저 상대는 꿰뚫어 보고 있겠지만.

"안심해, 누나. …나는 반드시, 누나한테로 돌아올 테니까."

그렇기에 약간의 허세도 부릴 수가 없었다. 허무한 희망이 아니라, 결코 흔들리지 않을 결의를 담아 올리버는 그렇게 약속했다.

비밀 공방을 뒤로하고서 한 시간 남짓, 올리버는 목적지를 정하지 않고 미궁을 거닐었다. 그리고… 40분을 지났을 즈음부터 목덜미에 따끔한 감각이 느껴지기 시작했다.

"……."

그 순간부터 행동을 조금 바꾸었다. 정처 없이 막연하게 걷는 게 아니라, 어느 지형을 염두에 두고 찾아다닌다. 길의 폭이 넓고, 바닥이 되도록 평평하며 중간에 훼방꾼이 끼어들 것 같지 않은… 그러한 조건을 충족하는 장소를 찾아낸 순간, 소년은 걸음을 딱 멈췄다.

"…그만 되지 않았어? 나와, 미스터 로시."

낮은 목소리로 그렇게 말했다. 직후, 후방의 모퉁이에서 키가

큰 인물이 빼꼼 고개를 내밀었다.

"뭐시여, 들켜 부렀네. 오메~ 부끄럽구마잉."

남학생… 툴리오 로시가 뒤통수를 긁적이며 통로에서 나왔다. 다름이 아니라 1학년 최강 결정전을 제안한 장본인이었다. 상대를 똑바로 바라본 채 올리버는 질문을 날렸다.

"식당에서 이 이벤트를 제안했을 때부터 네가 나를 노리고 있다는 건 알았어. …내가 너에게 원한을 살 만한 일을 했던가?"

"아녀아녀. 너 개인한테나 너네 집안에나 나는 아무런 감정도 없어야."

"그럼 왜 나를 노리는 거지?"

거듭된 질문에 로시는 장난스럽게 어깨를 으쓱해 보였다.

"나만 내비두고 눈에 띄는 게 마음에 안 들어서. 그런 이유는 안 될랑가?"

"안 될 건 없지만… 내가 나나오보다 눈에 띄는 것 같지는 않은데."

"나나오는 이쁘니께 예외여야. 미워할 수가 읎드라고~ 갸는."

표표한 답변에서는 진의를 알아낼 수 없었다. 묵묵히 서 있는 올리버 앞에서 로시는 곧장 허리에 찬 지팡이검을 뽑았다.

"뭐, 그런 사소한 건 아무래도 좋잖여? 붙어 보믄 결판이 날 테니께. 고것이 승부의 좋은 점 아니겠어?"

문답에 이 이상 시간을 쓸 생각은 없다는 뜻을 알아채고 소년도 지팡이검에 손을 댔다.

"제안을 두 개 하겄어. 주문을 제외한 검술전으로 허고, 불살 주문은 절반만 거는 거여. 워떠케 생각혀?"

"……."

"자잘한 원거리전은 성미에도 안 맞고, 베어도 피가 안 나면 재미가 없잖여. 치명상이 될랑말랑하게 다치게 헐 수 있는 정도로 혀 두자고. 그래야 미궁에서 치고받는 재미가 있지 않겄어?"

입가를 일그러뜨린 채 로시가 제안했다. 싸움을 칼의 사거리로 한정 짓는 것은 물론이고 부상을 피하기 위한 불살주문… 그 효과를 의도적으로 약화하자는 것이다. 바깥에 있는 교사에서는 상급생이 되어야 허가가 떨어지는 짓이었지만, 미궁 안에서는 그 규칙도 실질적으로 소용이 없다. 상대의 제안을 올리버는 고개를 끄덕여 받아들였다.

"상관없어. 둘 다 받아들이지."

"하핫. 시원시원허니 좋구먼."

로시가 키득키득 웃었다. 위험한 조건을 제시한 정도로 마음이 동요하지는 않았지만… 싸움에 익숙해 보이는 것 같다는 생각이 들어 올리버는 상대에 대한 경계심을 강화했다.

"베지도 뚫지도 마라―세쿠루스."

위력을 조절한 불살주문을 서로의 지팡이검에 부여하여 하얀 빛이 수그러든 후, 두 사람은 일족일장의 거리에서 대치했다.

"자아, 이제 준비는 끝났구먼. …그럼, 시작혀 볼까."

그렇게 말하며 로시가 지팡이검을 겨누었다. 올리버도 동시에 칼날을 겨눈 순간, 상대가 말을 내뱉었다.

"아, 맞다. 깜박허고 말 안 한 게 있는디."

"…….."

할 말이 더 남았나. 그렇게 말하려던 순간, 로시의 발이 땅을 박찼다. 몸에 딱 붙여서 내지른 그 일격을, 올리버는 지팡이검을 방패 삼아 받아 냈다.

"안 할란다. 깜박한 줄 알았는디 아니었네."

"…갑자기 이렇게 나오다니."

코등이싸움을 하며 올리버는 눈살을 찌푸렸다. 개시 직후 정면에서의 기습. 처음 만났을 때 느꼈던 대로 보통내기가 아닌 모양이다.

도신에 느껴지던 하중이 갑자기 사라짐과 동시에 적의 추가공격이 날아왔다. 사선 베기에서 손목치기로 이어지는 2연격을 페인트로 삼은 찌르기. 그 모든 공격을 떨쳐 낸 올리버에게 계속해서 연격을 퍼부으며 로시는 즐거운 듯이 말했다.

"하핫, 잘도 받아 내네! 깔끔한 라노프류구먼! 좋은 스승님을 뒀는갑네!"

로시가 자세를 확 낮추더니 올리버의 정강이를 향해 칼을 그었다. 성가시게도 다리를 노리다니. 순간적으로 앞발을 뒤로 빼

자세를 바꾸고, 참격이 빗나간 순간을 노려 찌르기로 반격한다.

"이얍!"

이제 와서 몸을 일으킨들 피하기에는 늦었다. 그런 소년의 예상을 깨고 로시는 스스로 바닥을 굴렀다. 앞구르기를 해서 상대의 옆으로 빠져나가는 도중, 겸사겸사 발목을 노리고 지팡이검을 후리는 것도 잊지 않았다. 올리버는 순간적으로 한쪽 발을 들어 이것도 회피하여, 대각선 뒤에서 일어난 로시와 다시금 비스듬히 선 자세로 대치했다.

"반대로 내 검은 예의가 읎어서 말여. 성격이 꼬여 있다 보니, 암만 혀도 정석대로 연습할 수가 읎더라고. 그러다 보니 가르치던 사람들은 죄다 질려서 내빼 불고. 바보 같제?"

주문을 제외한 검술전인 것을 핑계 삼아 로시는 쉬지 않고 쓸데없는 소릴 해 댔다. 하지만… 칼을 다루는 솜씨는 올리버도 놀랄 정도였다. **정말이지 엉망진창이다.** 다리를 노린 것도 그렇고 앞구르기로 피한 것도 그렇고, 이 상대는 숨을 쉬듯이 마법검의 정석을 무시하고 있다. 하지만… 그럼에도 움직임 그 자체에는 놀랄 만큼 허점이 없다.

"근디 말여, 나도 하고 싶은 말은 있어야. 라노프류도 리제트류도 쿠츠류도, 뭔~가 딱 와닿지가 않드라고잉. 기술을 하나 배울 때마다 좀 더 빠른 방법이 있다는 생각이 들어 부러서 말여. 너는 그런 경험 읎다냐?"

로시가 불손한 질문을 던져 댔다. 그 내용을 반쯤 흘려들으며 올리버는 계속되는 공방에 의식을 집중했다. 서둘러 결판을 내려 하지 않고 우선 상대의 전투 방식을 파악한다. 그것이 그의 기본적인 스타일이다. 하지만 그것은 꼭 방어에만 전념한다는 뜻은 아니었다.

"…흡!"

일부러 페인트를 섞지 않고 올리버는 정면에서 로시에게 덤벼들었다. 변칙에는 왕도(王道)로 대처하는 것이 정석이다. 자세를 유지한 채 연속공격으로 압박을 가하며 벽 근처까지 몰고 가서 확실하게 마무리한다. 경험상 이런 부류의 상대는 방어가 허술하기 일쑤였다.

"엿차!"

하지만 그 계획은 불과 첫 번째 공격으로 깨지고 말았다. 소년은 놀라서 눈을 동그랗게 떴다. 칼날을 막아 낸 것이다. 하지만 막아 낸 것은 지팡이검이 아니다. 내지른 로시의 왼팔 끝… 주먹을 뒤덮는 모양새로 장착된 토시(아다만트)가 참격을 맞받아친 것이다.

"예를 들자믄, 요런 거라든가."

거기서 끝나지 않았다. 공격이 막힌 올리버가 다음 행동에 나서기 전에 품 안으로 파고든 로시가 상대의 발을 밟았다. 후퇴를 방해받아 자세가 무너진 소년에게 로시는 몸통박치기를 하듯 칼을 내질렀고.

"요런 것 말여!"

어정쩡한 자세로 방어할 수밖에 없었던 탓에 올리버가 순식간에 뒤로 밀려났다. 처음의 참격에서 쉬지 않고 날아든 연격… 탐욕스럽게 급소를 노리는 그것들을 간신히 지팡이검으로 막아 낸다. 반격을 끼워 넣을 여지도 없어서 완전히 상대에게 흐름을 빼앗겼다.

"…난전이 네 특기인가?"

"미안하구면, 예의가 읎어서 말여."

여섯 합을 겨룬 끝에 또다시 뒤엉켜 코등이싸움을 벌이는 모양새가 되었다. 교차된 지팡이검 너머로 상대의 숨결을 느끼며 올리버는 상대의 전법을 분석했다.

주로 쓰는 오른손의 반대쪽 손에 장착한 아다만트 토시. 지팡이검에 의한 공격을 지팡이검 이외의 것으로 받아 낼 수 있는 유일한 수단이지만… 그 본래의 기능과 달리 방패로 사용하는 것은 쉬운 일이 아니다. 이유는 지극히 단순한데, 면적이 지나치게 작기 때문이다. 그렇다고 해서 크게 만들 수도 없다. 토시의 소재인 동시에 통칭이기도 한 마법금속 아다만트는 경도가 엄청난 대신 몹시 무겁다는 특질을 지녔다. 중량으로 몸동작에 지장이 생기지 않게 하려면 손등을 절반 정도 뒤덮는 지금의 크기가 한계인 것이다.

그러한 제한 탓에 토시가 방패로 사용되는 것은 보통 공방 중 지금이다 싶은 타이밍으로 한정된다. 하지만 일부 사용자는 보다 적극적인 모양새로 이를 사용한다고 한다. 다시 말해서… 손등이 아니라 주먹에 너클 가드로 장착하여, 그것으로 상대의 참격을 **잡아 두는 것이다.** 라노프류, 리제트류, 쿠츠류와 같은 주요 삼대 유파에서는 추천하지 않는, 굳이 말하자면 꼼수에 가까운 사용법이다.

"마음대로 해. …이쪽도 그 정도로 무너질 만큼, 허술하게 단련하지는 않았으니까."

상대를 종잡을 수 없는 검술의 사용자로 인식한 후, 올리버는 자부심을 담아 단언했다. 로시의 두 눈이 날카로운 빛을 띠었다.

"역시 재수없구먼, 니."

두 사람이 조금씩 거리를 좁힌다. 일족일장의 거리에 돌입한 순간, 로시의 발이 땅을 찼다. 올리버의 좌측으로 돌아들며 참격을 두 번 날린 순간, 그는 앞발이 자신을 향해 나와 있는 것을 놓치지 않았다. 주먹으로 지팡이검을 잡아 두려 할 것이라고 예상한 올리버가 카운터로 팔을 후리려고 집중한 순간.

"…큭?!"

콧등에 퍼진 충격으로 인해 완벽한 빈틈이 생겼다.

"핫하아!"

상대의 몸이 굳어진 것을 확인한 로시가 때는 지금이라는 듯이 몰아붙였다. 가드를 무시하고 연격을 때려 박는다. 순간적으로 후퇴하고 싶은 충동이 올리버의 마음속에 솟아났지만, 완강하게 그것을 거부했다. 지금 물러나면 단숨에 밀리고 말 거다. 그렇게 소리치는 이성의 지시에 따라 그는 이를 악물고 버티고서서 응전해 나갔다.

"……후웁…!"

연격의 빈틈을 노려 얼굴을 향해 찌르기를 날린다. 그로 인해 적의 공세가 그친 순간, 올리버는 즉시 몸을 뒤로 날려 다시 거리를 벌렸다. 히죽, 로시의 얼굴에 미소가 떠올랐다.

"새침한 쌍판이 이제야 일그러졌구먼. 참말로 속이 다 시원허네."

코에서 흐르는 뜨거운 것을 올리버는 왼쪽 손등으로 조용히 훔쳤다. 예상한 대로 새빨간 액체가 길게 묻어났다. 로시의 주먹에 맞은 코에서 흘러나온 피다.

"…큭….."

착각한 게 아니다. 방금 자신은 **얻어맞은 것**이라는 사실을 올리버는 받아들였다.

"코피 쏟을 줄은 몰랐제? 마법사는 다들 그러더라고. 근디 말여… 나는 거꾸로 이상하드라고잉. 모처럼 한쪽 손에 딱딱한 토시를 끼고 있는디, 왜 다들 안 패는 것이당가? 생각을 혀 봐야. 방패로 쓰기에 너무 작다면, 이짝도 무기로 쓰믄 되잖여."

"……."

"타격 기술이 극단적으로 적다. 고것이 주요 삼대 유파에 대한 나의 가장 큰 불만이구먼. 내 생각인디, 마법사들은 다들 너무 폼을 잡으려 한단 말이제. 요 짓거리도 결국은 살육전 아닌감? 본질적으로는 보통 사람의 주먹다짐하고 똑같애야. 그라믄 할 수 있는 건 죄다 혀야제."

로시가 거침없이 말을 쏟아 냈다. 입가에 묻은 피를 닦아 낸 후, 올리버도 그에 답했다.

"…고맙다. 미스터 로시."

"어엉?"

"내 미숙함을 통감했어. 아직 한참 멀었어. 정말 글러 먹었다고. …너 정도의 상대에게, 이런 일격을 허용하다니."

무거운 자책을 담은 한마디를 내뱉자, 로시의 이마에 퍼런 핏대가 돋아났다.

"…입만 살아 갖고. 더 두들겨 패 줄까?"

엄니를 내보이는 험악한 얼굴의 상대를 향해 올리버는 지팡이 검을 겨눈 채 고개를 가로저었다.

"그건 무리야. …지금부터 여덟 합 안에 네 검은 패할 테니까."

조금의 망설임도 없이 소년은 단언했다. 그러자 로시의 얼굴에 무시무시한 미소가 떠올랐다.

"헛소리 말어야. …오랜만에 뚜껑 열려 부네!"

더 이상의 헛소리는 용납지 않겠다는 듯이 외치며 로시가 올리버에게 세 번의 참격을 날렸다. 그 기세는 계속해서 거세져 오른쪽에서 왼쪽에서 위에서 아래에서, 마법검의 정석을 무시한 가열한 연격으로 몰아붙였다. 소년이 그것들을 견실하게 막아 내며 냉정하게 역습의 기회를 엿보던 중….

"거기!"

올리버가 반격으로 전환하는 순간을 노려 로시가 또다시 왼쪽 주먹을 내질렀다. 토시에 의한 권격… 그의 특기인 정석을 무시한 변칙공격이다. 올리버의 참격을 막아 냄과 동시에 이번에야말로 놓치지 않겠다는 듯이 오른손에 든 지팡이검을 내질렀고.

"…윽?!"

로시가 이겼다고 확신한 순간. 그의 왼팔은 올리버의 두 팔에 붙들려 있었다.

"주요 삼대 유파에는 타격기가 극단적으로 적다. 이게 그 이유야, 미스터 로시."

"…큭…!"

관절기에 걸린 어깨가 삐걱대고 있다. 로시가 주먹을 내지른 순간, 올리버는 타이밍을 간파하여 순간적으로 팔을 옭아맴과 동시에 상대의 좌측으로 돌아든 것이다. 이 자세로는 오른손에 든 지팡이검을 어떻게 휘둘러도 올리버에게는 닿지 않는다. 로시의 얼굴이 고통과 초조함으로 일그러졌다.

"던지기 기술과 관절기. 타격의 사거리는 동시에 이 기술들의 사거리이기도 해. 다시 말해서… 네 특기인 초근접전에서는 타격보다 잡기 기술을 쓰는 게 정답이야. 타격은 그 자체로 결정타가 될 수 없는 데다 한 방 맞을 것을 각오한 상대에게는 눈속임조차 되지 않아. 무방비하게 뻗은 팔은 관절기를 걸어 달라고 말하는 먹잇감이나 다름없지."

관절을 파괴하기 직전에서 힘을 조절하며 올리버는 계속해서 말했다. 근접전에서의 공방의 정석을, 학생에게 설명하듯이.

"자기만의 방식으로 그 정도 수준에 이른 걸 보면, 너에게는 분명 센스가 있어. 그렇기에 나도 한 방 먹은 거지. 하지만… 그것만으로 뒤집을 수 있을 만큼, 유파가 쌓아 올린 역사란 건 얕지 않아."

"끄… 아아악!"

우둑, 둔탁한 소리와 함께 로시의 어깨가 빠졌다. 그가 스스로 그렇게 한 것이다. 몸이 망가지는 고통도, 공포도, 마법사의 전의를 꺾기에는 부족했다. 팔 하나를 희생해 관절기에서 탈출한 로시는 올리버에게로 다시 몸을 돌렸다.

"잘난 척 설교하지 말드라고! 아직 승부는 안 끝났으께…!"

"이걸로 끝이야."

무시무시한 얼굴로 덤벼드는 적을, 올리버는 정석적인 자세로 맞아들인다. …두려움은 없다. 기술에서 무리하게 탈출한 탓에 무너진 자세, 탈구의 고통으로 인해 마구 흐트러진 호흡. 그런 지금의 툴리오 로시에게 자신이 패할 이유가 없기 때문이다.

한 합으로 승부가 났다. 목을 노린 적의 찌르기를 올리버는 망설임 없이 **왼손의 토시로** 떨쳐냈다. 궤도에서 빗나간 칼끝이 허공을 가르자, 활짝 열린 로시의 몸이 치명적인 빈틈을 드러냈다. 이것이 토시의 올바른 사용법이다. 상대의 다음 공격을 예상하여 타이밍을 맞춰 옆에서 때림으로써 칼날을 무효화, 동시에 결정적인 빈틈을 만들어 내는 것. 주요 삼대 유파에서 공통적으로 사용되는 고등기술… '떨쳐내기(패링)'이다.

놀라서 휘둥그레진 로시의 눈에, 팔을 노린 결정적인 일격이 비쳤다. 저항할 방도가 없다. 이 기술이 완전히 성립되면, 더는 저항할 여지가 없다.

"…정확히 여덟 합이야, 미스터 로시."

패자의 지팡이검이 선혈과 함께 손에서 떨어졌다. 깊이 팬 팔뚝에서 흐르는 피와 땅바닥에 떨어진 자신의 무기. 그것들을 번갈아 쳐다보고 한참 동안 침묵한 끝에, 로시는 힘없는 목소리로 중얼거렸다.

"…역시 재수없다, 니…."

몇 분 후. 올리버의 도움 없이도 로시는 눈 깜짝할 새에 상처를 치료했다.

"아나, 메달."

쌀쌀맞은 목소리로 말하며 로시가 로브 안에서 메달을 꺼내 던졌다. 그것을 받아 확인하는 올리버의 눈앞에서 그는 어깨를 늘어뜨리며 요란하게 한숨을 내쉬었다.

"아~ 재수도 없제. 젤로 지고 싶지 않은 상대한테 져 부렀구먼. 설교까지 들었고 말여."

"…너무 거만하게 말한 것 같군. 미안해."

메달이 진짜라는 것을 확인한 후, 올리버는 작은 목소리로 그렇게 사과했다. 로시는 흥, 하고 콧방귀를 뀌었다.

"그란다고 사과하는 범생이라 더 마음에 안 드는구먼. …고만 됐어야, 해산혀 불자고. 간다."

로시가 한 손을 팔랑팔랑 흔들며 떠나려 했다. 잠시 고민한 끝에 올리버는 그 등에 대고 말했다.

"미스터 로시…. 전투 도중에도 말했지만, 너에게는 독특한 센스가 있어. 단련하기에 따라서는 강한 무기가 되겠지. 하지만 이대로는 일찌감치 한계를 맞을 거야."

"……."

"아직 수정의 여지가 있을 때 주요 삼대 유파 중 하나를 다시 배우도록 해. 그렇게 해서 기초를 다진 후에 너만의 전법을 만들어 내도 늦지 않을 거야. …어쩌면 너라면 많은 센스가 요구되는 쿠츠류와의 상성이 좋을지도….”

“뭣이당가, 아까부터!”

참을 수가 없었는지 로시가 몸을 돌리더니 당혹감으로 가득한 눈으로 올리버를 바라보았다.

“뭣 헌다고 패배자의 등에 대고 이러쿵저러쿵 주절대 쌌냐! 메달은 이미 줬잖여! 이 이상 나더러 뭘 어쩌란겨!”

그 말을 들은 올리버가 입술을 꽉 깨물었다. …이긴 쪽이 진 쪽에게 이런저런 소리를 하는 게 좋게 보이지 않으리라는 것은 잘 안다. 하지만… 그럼에도 그를 보고 있자니 잠자코 있을 수가 없었다.

“오지랖 넓은 짓이라는 건 알아. 하지만 아까워서… 아니, 부러워서 그래. 너처럼 특출한 재능을 지닌 사람이.”

“…뭐?”

“방금 전 전투에서 나는 스승에게 배운 걸 실천한 것뿐이야. 나 자신의 재능이라 할 수 있는 건 하나도 들어 있지 않아. …나는 매사에 그렇지. 모두 다 빌린 것, 받은 것이고… 나만의 것이라 할 만한 건 하나도 없어.”

떨떠름한 얼굴로 그렇게 말하며 올리버는 자신의 손바닥을 물끄러미 내려다보았다. …이 손은 많은 일들을 능숙하게 해낸다. 다채로운 검기(劍技)를 다룰 수 있고, 주문을 개량해서 적절하게 사용할 수도 있다. 하지만… 돌이켜 보면 단 한 번도 없었던 것이다. 스승의 가르침을 뛰어넘었음을 실감한 적이.

"그러니… 너는 그 재능을 소중히 여겼으면 해. …그뿐이야. 건방진 소릴 해서 다시 한번 미안해."

쑥스러움에 소년은 시선을 떨구었다. 그 모습을 로시는 눈살을 찌푸리고서 지그시 쳐다보았다.

"범생이는 범생이 나름의 고민이 있다, 이건감? …내 알 바 아니구먼."

그렇게 거칠게 말한 후, 발걸음을 돌려 이번에야말로 떠나갔다. 그의 뒷모습이 미궁의 모퉁이로 사라져 올리버가 겨우 안도의 한숨을 내쉰 순간… **바로 뒤**에서 누군가가 말을 걸어왔다.

"…훌륭하십니다. 마이 로드."

"…윽?!"

용수철처럼 전방으로 몸을 날림과 동시에 뒤를 돌아보았다. 그의 시선 끝에, 한 소녀가 무(無)에서 생겨난 듯 홀연히 나타나 무릎을 꿇고 있었다.

"방금 전의 전투를 지켜보았습니다. 격의 차이를 상대에게 보여 주고 나서 승리를 거두시는 모습에 진심으로 감복했습니다."

"…너구나, 미즈 카르스테."

상대를 인식한 올리버가 가슴을 쓸어내렸다. …그곳에는 다리우스 그렌빌을 처단한 밤, 형의 소개로 처음 얼굴을 보았던 그 소녀가 있었다.

그 이름은 테레사 카르스테. 이 미궁에서 나고 자란 작은 마녀이자 상식을 초월한 은신술의 고수이기도 하다.

"그렇게 말해 줘서 기쁘지만, 결코 감탄할 만한 승리는 아니었어. 전반에는 일격을 허용하기도 했고. …나 자신의 미숙함에 넌더리가 날 정도야."

시종일관 지켜보았을 자를 상대로 허세를 부려 봐야 무엇할까 싶어서, 올리버는 솔직하게 그렇게 털어놓았다. 테레사는 단호하게 고개를 가로저었다.

"원래대로였다면, 그림자도 밟지 못했을 겁니다. **그날 밤의 당신이었다면.**"

그렇게 말하더니 소녀는 올리버의 품 안으로 조용히 파고들었다. 발소리는커녕 공기조차 흐트러뜨리지 않고.

"칼집을 떠난 칼날 같은 당신을 사모합니다. 다정함이라는 칼집은, 때때로 그 광채를 흐려지게 하지요."

"……윽."

두 개의 눈동자가 바로 아래에서 자신을 올려다본다. 그 압박감에 몸을 젖힌 올리버의 오른손을 테레사가 작은 두 손으로 꼭 잡았다.

"저를 베어 그 흐려짐이 걷힌다면, 부디 언제든 그렇게 하십시오. 당신의 연마석으로 쓰일 수 있다면 여한이 없을 겁니다. 마이 로드."

움켜쥔 오른손을 지팡이검의 자루로 이끌며 소녀는 그렇게 말했다. 올리버는 상대의 눈동자를 물끄러미 쳐다보며.

"…뺨이 붉은데. 미즈 카르스테."

기습이라도 하듯 그렇게 지적했다. 테레사는 순간적으로 몸이 굳어지더니, 그 즉시 화들짝 놀라 뺨에 두 손을 가져다 댔다.

"처음 만났을 때부터 생각한 거지만… 너, 원래 말투는 그게 아니지? 내 앞에서 긴장해 주는 건 영광이지만, 꾸며낸 티가 너무 나. 좀 더 긴장을 풀어 줘."

올리버가 계속 밀어붙였다. …자신이 많은 사람을 이끄는 입장이라는 사실은 자각하고 있다. 하지만 그렇다고 해서 동지에게 광신자 같은 짓을 시킬 생각은 없다. 상대가 자신보다 어리기에 더더욱. 또한 그렇기에 이 자리에서 주장해 두고 싶은 것이다. **그런 건 자신의 취향이 아니다**, 라고.

"그… 그렇지, 않아요. 아니, 않습니다."

그가 예상치 못한 반응을 한 탓인지 소녀의 말투가 급격하게 흔들리기 시작했다. 그 모습을 보며 올리버는 절실하게 생각했다. …그거면 된다. 이 작은 소녀가 복수자의 수족으로 자라지 말았으면 좋겠다. 그것이 더없이 모순된 바람이라 해도 말이다.

"너를 그렇게 간단히 쓰고 버릴 생각은 없어. 연마석으로서도, 부하로서도. 그것만은 기억해 둬."

"…시, 실례하겠습니다!"

동요를 감출 수가 없는지 테레사는 달려 나갔고, 그 뒷모습은 눈 깜짝할 새 미궁의 어둠 속으로 사라졌다. 돌아온 정적 속에서 올리버는 자신의 언동을 돌이켜 보았다. …조금은 연장자답게 행동한 걸까.

한편. 올리버와 헤어진 로시는 그대로 혼자 교사를 향해 걸음을 옮기고 있었다. 패배의 기억을 곱씹으며.

"…나 참. 아따~ 참~말로 승질나네."

푸념이 저절로 흘러나왔다. …패배로 인한 굴욕만이라면 받아들일 수 있었을 거다. 하지만 그와는 다른 떨떠름한 감각이 그의 가슴속을 가득 메우고 있었다.

"뭣을 안다고 지껄이는 건디, 저 자슥은. …주요 삼대 유파를 처음부터 다시 배우라고? 말이 쉽제. 지가 뭐라고."

얼굴을 찌푸린 채 악담을 한다. 처음 마법검 수업에서 검술을 봤을 때부터 올리버 혼이 마음에 안 들었다. 유파를 중시하는 자세도, 정도(正道)를 따르는 검술도, 자신과는 정반대였기에. 그리고 무엇보다도… 상대의 검술에서, 그 경지에 도달하기까지 쌓아 올린 끝없는 노력이 엿보였기에.

"…얼마나 노력을 혔을라나. 저렇게까지 교과서처럼 완성될 때까지."

로시의 등에 소름이 돋았다. 많은 유파에서 기술을 떼어 오기는 했지만, 그의 검술은 자타가 공인하는 자기류(自己流)다. 하체를 노리는 전법이나 주먹을 활용하는 변칙적인 기술은 요컨대 '예의 바른 상대'의 허를 찌르는 데 특화된 것이다. 그렇기에 같은 또래의 상대가 처음 보고서 간파할 수 있을 리가 없었다.

　그럼에도 불구하고 올리버 혼은 그것을 해냈다. 이제 와서 돌이켜 보니 로시의 공격이 맞은 것은 얼굴을 노린 주먹 한 방뿐이었다. 정작 참격은 모조리 방어당해, 단 한 번도 상대의 몸에 닿지 않았다. 모두 방어해 낸 것이다. **교과서대로의 기술을, 더없이 우직하게 구사해서.**

　"…단단히 미쳤구먼."

　로시는 솔직한 감상을 나직하게 중얼거렸다. 그것은 본래 15세 남짓한 나이에 들어설 수 있는 경지가 아니다. 재능이나 센스라는 단어로 설명이 되는 경우라면 그나마 이해가 된다. 하지만 칼을 섞고 난 지금이기에 알 수 있다. 올리버 혼은 그런 타입이 아니라는 것을.

　그저 터무니없이 밀도 높은 시간을 보내 온 것이다. 그렇게 볼 수밖에 없다. 지금의 나이로 10년, 20년 앞에 있는 경지에 도달하기 위해서. 아마도… 고문과 다를 바 없을 만큼 가열하게.

　'너는 그 재능을 소중히 여겼으면 해.'

"······."

가시밭길을 오래도록 걸어온 상대란 걸 알았다. 그렇기에⋯ 로시에게도 전해진 것이다. 그 말의 무게가, 그의 의지와 상관없이.

보폭이 점점 좁아지더니 이윽고 걸음이 멈췄다. 그는 뒤통수를 벅벅 긁으며 한숨을 내쉬었다.

"⋯하아, 어쩔 수 없구먼, 가랜드 선생님헌티 머리나 숙이러 갈까. 예의 바르게 배우는 건 성미에 안 맞지만⋯ 지고 가만히 있는 건, 더 싫으니께."

지금껏 업신여겼던 것과 다시 마주하자. 어제까지의 자신이라면 결코 택하지 않았을 길이라는 생각에 로시는 결국 쓴웃음을 지었다. ⋯그럴 수밖에 없었다. 그만한 검술을 보았는데 저항할 수가 있겠는가.

"⋯호오, 패했나."

자신에게 찾아온 전환기와 마주하기로 결심한 로시의 귓가에, 문득 등 뒤에서 차가운 목소리가 날아들었다.

"패배자의 뒷모습은 한눈에 알아보겠군. 누구에게 당했지?"

야유도 비아냥거림도 넘어선, 너무도 노골적인 비웃음이다. 로시의 표정이 순식간에 험악해졌다. 고개를 돌려 확인하기도 전에 상대가 누구인지 알 수 있었다.

"…헤필이면 니가 와 부렀냐."

그렇게 답하면서도 그는 마음 한구석으로 납득하고 있었다. …누군가에게 싸움을 걸었다가 힘이 부족해 패배한 자가 그 결과를 반성하며 멀쩡하게 돌아간다. 그런 평온한 결말이 이 킴벌리에서 용납될 리가 없다고.

"헛걸음을 하기 전에 묻겠다. 나에게 헌상할 메달은 아직 남아 있겠지?"

포식자의 오만함이 물음에 묻어났다. 로시는 한차례 숨을 내뱉으며 각오를 다진 후, 허리에 찬 지팡이검에 손을 댔다.

"편하게도 묻는구먼. …내가 무슨 환전상인 줄 알어?!"

외침과 동시에 칼을 뽑고 몸을 돌려 상대와 마주했다. 그 시선 끝에… 한 마법사가 임전태세의 로시를 앞에 두고도 지팡이검에 손을 뻗지도 않은 채 여유롭게 서 있었다.

"…윽."

눈이 마주친 순간, 로시의 이마에 식은땀이 배어났다. …상대는 아무것도 하지 않고 서 있을 뿐이다. 그럼에도 그 날카로운 기운은 도무지 같은 1학년 같지가 않았다. 아주 예전에 딱 한 번 보았던, 마법계의 최전선에서 싸우는 이단토멸관(그노시스 헌터)들… 그들과 같은 기운이 느껴졌다.

"그래, 분명 환전상은 아니지. 대가를 받진 못할 테니.

너는 그저… 일방적으로 빼앗길 뿐이다."

그는 불손하기 그지없는 선고와 함께 허리에서 지팡이검을 뽑았다. 로시가 즉시 반응해 땅을 박찼고… 그렇게 그는 이날 밤 두 번째 패전(敗戰)에 몸을 던졌다.

그 후에는 별다른 트러블에 휘말리지 않고 미궁을 탈출하여, 올리버는 새벽 2시가 지나서 기숙사에 있는 자신의 방에 도착했다.

"…다녀왔어."

작은 목소리로 중얼거리며 룸메이트가 깨지 않도록 발소리를 죽인 채 방에 들어갔다. 빛의 양을 줄인 램프로 어둠을 희미하게 밝히고서 지팡이검을 채워 둔 벨트를 풀려고 손을 뻗은 참에… 침대 위에 있는 친구의 상태가 이상한 것을 알아챘다.

"…허억… 허억…."

"……?"

침대에 옆으로 누워 있는 피트의 등이, 숨소리와 함께 파르르 떨리고 있었다.

"…허억… 허억, 허억, 헉…!"

괴로운지 숨소리가 점점 거칠어지고 있었다. 그를 통해 좋지 않은 징후임을 알아챈 올리버는 빠른 걸음으로 소년에게 다가갔다.

"괜찮아, 피트?"

"…어…?"

어깨를 두드리자 소년이 멍하니 눈을 떴다. 몽롱한 눈을 마주 보며 올리버는 상대의 이마에 살며시 손을 올렸다.

"열이 나고 있어. …마력순환도 심하게 흐트러졌고."

"…힘들어… 구역질 나… 숨이, 막혀…."

"괜찮아, 금방 편해질 거야. 웃옷을 벗길게."

부축해서 피트가 상체를 일으키게 하고서 상반신에 입고 있던 잠옷의 단추를 풀어 나간다. 자그마하게 부푼 가슴이 지금의 그가 여성체가 된 상태임을 말해 주고 있었다.

"……? …야, 뭐 하는 거야…."

당황한 피트의 옷을 벗겨 치워 둔 후, 올리버는 심호흡을 하고 서 체내의 마력의 흐름을 조작했다. 그렇게 준비를 마치고서 상 대의 노출된 등 쪽 피부에 오른쪽 손바닥을 살며시 가져다 댔다.

"…아…."

순간, 피트는 따스한 것이 그곳을 통해 흘러드는 것을 느꼈다. 그의 등을 문지르며 올리버는 설명했다.

"'치료(힐링)'야. 내 손을 통해 마력을 흘려보내서 네 체내에 흐르는 마력의 흐름을 조정하고 있어. 어디까지나 대증요법이지 만."

그것은 마법사라면 누구나 아는, 가장 원시적인 마법치료 중

하나다. 체내에 정체되어 있던 마력이 올리버의 도움으로 흐르기 시작하자 피트를 괴롭히던 답답함도 서서히 잦아들기 시작했다.

"…편해, 지기 시작했어…."

"그럴 거야. 선배들도 말했듯이 네 몸은 아직 여성체일 때의 마력운용에 적응하지 못했어. 성별이 바뀌면 마력의 흐름도 바뀌어. 지금까지와 경로가 크게 달라지는 탓에 체내의 마력이 올바른 길을 따라 흐르지 못하는 거야. 그 결과, 마력분포에 **불균형**이 발생해 몸 상태가 안 좋아지는 거고."

상대의 몸에 일어나고 있는 현상을 설명해, 이해시킨다. 그냥 고치는 게 아니라 조치와 함께 설명을 하면 본인도 더 마음이 놓이기 마련이기 때문이다.

"이런 때는 외부에서 조정해 주는 게 제일이야. 과도하게 마력이 흐르고 있는 부분에서 전달되지 않은 부분으로 흐름을 이끌어 주는 거지. 이런 식으로."

"…으음…!"

조금 전보다 강한 자극이 몸 안을 흐르자 피트의 몸이 움찔 튀어 올랐다. 그의 어깨에 손을 얹고서 올리버는 차분한 목소리로 말했다.

"힘을 빼, 피트. 괜찮아, 아무것도 걱정하지 않아도 돼."

목소리에 담긴 배려심과 손에서 전해지는 온기. 그 두 가지가 피트에게 상대를 신뢰해도 된다고 말해 주었다. 덕분에 거절하려는 마음이 사라져… 마침내 소년은 힘을 빼고 올리버의 조치에 몸을 맡겼다.

"……한 것, 같네."

"응?"

"익숙한 것 같다고, 이런 게. 손놀림에도 망설임이 없었고, 뭐라고 해야 할지, 그게… 능숙해서."

피트가 조치를 받고 있는 소감을 우물거리며 말했다. 그 물음에 올리버는 잠시 침묵한 끝에 고개를 끄덕였다.

"…그래, 경험은 있어. 너처럼 희귀한 경우가 아니라도 마법사의 마력순환이 흐트러지는 일은 드물지 않으니까. 병에 걸렸을 때나 2차 성징 시기. 그리고…."

힐링을 계속하는 그의 머릿속에 선명한 기억이 되살아났다. …그렇다. 그때는 훨씬 서툴렀다. 여유 같은 것은 전혀 없어서 그저 필사적으로 했었다. 긴장을 풀면 치밀어 오를 듯한 눈물을 꾹 참고, 밤마다 그녀의 등과 마주했다.

'아아, 기분 좋. 아. …고마, 워. 노르.'

어색한 손가락도, 미숙한 정신도. 모든 것을 보듬듯이 그녀는 늘 웃고 있었다.

"…임신했을 때에도 이렇게 되거든."

그 말을 끝으로 소년은 입을 다문 채 묵묵하게 조치를 계속했다. 피트는 그 기분 좋은 느낌에 몸을 맡기고 있었지만… 괴로움이 옅어져 정신을 차린 직후, 자신이 어떤 상황에 처해 있는지 자각하고 나자 이상하게 마음이 조급해졌다. 지금의 자신은 여성체이고, 상체는 알몸인 데다 올리버의 손이 계속 맨살에 닿아 있는 것이다.

"…저, 저기… 더 해야 해?"

"음…? 아아, 미안해, 너무 집중했어.

좀 어때? 마력순환은 상당히 진정된 것 같은데."

올리버가 바로 조치를 중단하고 물었다. 안도의 한숨을 내쉬며 피트는 자신의 몸 상태를 확인해 보았다.

"…거짓말처럼 편해졌어. 구역질도 안 나고, 숨도 안 막혀."

"그렇다니 다행이야. 다만… 조금 전에도 말했듯이 '힐링'은 어디까지나 대증요법이야. 네 몸이 여성체로서의 마력운용에 적응할 때까지는 같은 일이 반복될 거라는 사실을 알아 둬."

그 충고에 피트가 잠옷을 다시 입으며 고개를 끄덕였다.

"…선배들 말로는, 빠르면 2개월. 늦으면 1년이라고 했던가."

"하루아침에 개선될 건 아니지만 언젠간 반드시 수그러들 거야. 성장통 같은 거라고 생각하도록 해. 같은 방에 내가 있으니 이런 때는 안심하고 맡기고."

안심시키고자 말하며 올리버는 상대의 머리에 손을 얹고서 회색 머리카락을 부드럽게 쓰다듬어 주었다. 피트는 그 감촉을 기분 좋다고 생각하려다가 퍼뜩 정신을 차리고서 상대의 팔을 잡아 제지했다.

"…멋대로 남의 머리 쓰다듬지 마."

"아, 미안. 나도 모르게."

"……. …내, 내일도 일찍 일어나야 하니까. 빨리 자자."

그렇게 말한 후, 피트는 도망치듯이 침대로 들어갔다. 올리버도 몸을 돌려 자신의 침대로 향하려던 참에, 이불 속에서 나직한 목소리가 들려왔다.

"……그리고. ………고마워."

그것은 얼굴을 본 채로는 솔직한 마음을 전하지 못하는 소년의 최선을 다한 의사 표시였다. 친구의 서툰 감정을 똑똑히 받아들이며 올리버는 미소를 띤 채 답했다.

"…응. 잘 자, 피트."

그렇게 맞이한 다음 날 점심시간. 위트로의 권유로 모임에 얼굴을 내민 뒤로 계속 생각했던 바를, 피트는 각오를 굳히고 실행하기로 했다.

"…리버시?! 세상에, 정말이야?!"

설명을 들은 캐티가 휘둥그레진 눈으로 소리쳤다. 교사 구석에 자리한 빈 교실에 여섯 명이서 진을 치고 엄중하게 차음결계를 친 후, 피트는 동료들에게 자신의 체질을 밝혔다.

"그런 부류의 문제일 거라 짐작은 했지만 리버시였다니… 꽤나 희귀한 체질에 당첨됐네요. 축하해요, 피트. 진심으로 축복하겠어요."

상대의 손을 잡으며 셰라가 말했다. 그의 고백을 들은 그녀도 캐티도 올리버와 같은 반응을 보였다. 그 사실을 통해 새삼 마법사들의 감각은 독특하다는 생각을 하며 피트는 솔직하게 당혹감을 드러냈다.

"지금은 몸의 성가신 문제들만 눈에 띄어서 축하를 받아도 솔직히 감이 안 와. …이 체질은, 구체적으로 어떻게 살려야 하는 건데?"

큰맘 먹고 핵심에 가까운 질문을 던져 보았다. 그러자 셰라가 흠, 하고 팔짱을 낀 채 답했다.

"그 체질이 유리한 점은 산더미처럼 많지만… 글쎄요. 여성체를 다루는 법 중에서 알기 쉽고 실용적인 것을 하나 가르쳐 드리죠. 피트, 이쪽으로 와 보세요."

손짓을 따라 피트가 쭈뼛거리며 다가갔다. 그의 앞에서 셰라가 몸을 움츠리더니 그의 하복부… 벨트 선보다 아래쪽에 자리한, 다소 아슬아슬한 부위에 손가락을 대었다.

"윽?! 잠깐, 어딜 만지는…!"

"부끄러워하지 말고 들으세요. …지금의 당신에게는 여성체가 되어 늘어난 장기가 하나 있어요. 뭔지 아시죠?"

셰라가 당황한 상대에게 물었다. 그러자 피트는 퍼뜩 정신을 차리고 쭈뼛거리며 자신의 하복부를 내려다보았다.

"맞아요, 자궁이에요. 모두가 알다시피 아이가 깃드는 곳이지만… 그 점은 둘째 치고 마녀에게 이 장기는 '제2의 심장'이라 불릴 만큼 큰 의미가 있어요. 왜냐하면… 자궁은 체내에서 손꼽히는 마력저장고이기도 하기 때문이에요."

"…마력, 저장고…."

"네. 이곳에 저장된 것은 마력이 고갈되었을 때… 굳이 말하자면 긴급 시를 위한 비축분이라고 생각해도 무방해요. 마력결핍 상태가 되면 자연스럽게 덮개가 열리고 체내에 공급되죠. …하지만 훈련하기에 따라서 그 덮개를 자유롭게 열고 닫을 수 있답니다."

설명하며 셰라는 상대의 하복부에 대고 있던 손가락을, 약간 힘을 주어 밀어 넣었다.

"지금, 그걸 체험시켜 드리겠어요. …충격이 있을 거예요."

그렇게 마음의 준비를 하라고 말한 후, 셰라는 오른팔을 통로 삼아 자신의 체내에서 짜낸 마력을 피트에게 흘려 넣었다. 두근, 소년의 심장이 뛰었다. 갑작스러운, 심지어 대량의 마력주입이라는 자극을 받은 자궁이 그 즉시 반응했고.

"컥…?!"

직후, 피트의 온몸에 마력이 퍼졌다. 하복부를 기점으로 격렬하게 밀려드는 열기를, 소년은 자신의 이성이 납득하기도 전에 또렷하게 **실감**했다.

"뭐… 뭐야, 이거! 힘이, 넘쳐…!"

"신선한 감각이죠? 비축마력을 해방함으로써 체내의 마력순환이 일시적으로 강화된 거예요. 이렇게 되면 출력은 수십 퍼센트가 늘고, 마법의 위력도 눈에 띄게 높아지죠."

롤 헤어 소녀가 계속해서 설명했다. 30초 정도 동안 상대에게 그 감각을 느끼게 한 후, 그녀는 다시 상대의 하복부에 손을 대고 마력을 흘려 넣었다. 순간, 피트의 온몸으로 퍼지던 힘의 파동이 조용히 수그러들었다. 이번에는 그도 알 수 있었다. 자궁이 비축마력의 개방을 중단한 것이다.

"덮개를 다시 닫았어요. 그 체질에 적응하지 못한 당신의 몸에는 부담이 너무 클 테니까요. 하지만… 어떤가요? 이걸 체험하고 나니 여성체도 제법 괜찮은 것 같죠?"

그렇게 말하고서 셰라는 가슴을 펴 보였다. 그녀의 설명이 일단락되자 올리버가 그것을 이어받았다.

"자궁의 마력축적 능력은 일찍이 마법계에서 여성 우위론의 근거가 되었을 정도야. 남성의 정소(精巢)에도 비슷한 기능이 있

168

기는 하지만 자궁의 그것에는 한참 못 미쳐."

그 말을 들은 가이가 어쩐지 복잡한 표정으로 자신의 하반신을 내려다보았다. 그 모습을 보고 쓴웃음을 지으며 올리버는 정보를 덧붙였다.

"단… 남성의 경우, 온몸 곳곳에 비슷한 기능이 점재해. 그걸 포함하면 통계상으로 보았을 때 남녀 간의 종합적인 마력보유량, 출력량은 차이가 없어. 따라서 통계상 어느 성별이 일괄적으로 우월하다고 단언할 수는 없다는 게 최근 연구에서 내려진 결론이지."

그의 정확한 보충 설명에 만족하며 세라도 힘껏 고개를 끄덕였다. 나나오가 호오, 하고 감탄하더니 스커트를 개조해서 지은 자신의 하카마*에 손을 대었다.

"과연, 자궁에…. 소생도 여자 나부랭이이기는 하니, 방금 전의 것과 같은 일을 할 수 있는 것이오?"

"옷을 들추지 마, 나나오! …할 수 있고 없고를 떠나서 네 마력운용은 이미 그런 수준을 넘어섰어. 자궁을 포함한 전신의 저장마력을 필요에 따라 남김없이 활용할 수 있잖아. 그렇기에 무구한 순백색, 이노센트 컬러인 거야."

소녀의 하카마를 원상복구시키며 올리버가 말했다. 캐티가 안

※하카마 : 일본의 전통 의상으로 주름이 잡힌 하의. 하오리와 함께 격식 있는 자리에서의 정장으로 취급된다.

경 쓴 소년을 물끄러미 쳐다보았다.

"…복잡한 이야기는 천천히 하고. 지금의 피트는 여자의 몸이
라는 거지?"

소녀의 눈이 수상쩍게 빛났다. 뭐라 형용할 수 없는 압박감에
피트가 몸을 젖혔다.

"뭐, 뭐야. 그 섬뜩한 미소는…."

소년은 시선에서 벗어나고자 뒷걸음질을 쳤다. 캐티가 미소를
띤 채 그에게 다가갔다.

"저기, 피트. 스커트 같은 거 관심 없어?"

"뭐어?!"

"처음 봤을 때부터 생각했거든, 작고 가녀린 피트한테는 귀여
운 옷이 잘 어울릴 것 같다고. …남자애라 포기했지만, 여자애
가 됐으니 안 그래도 되겠지? 대의명분은 있는 거지? 하늘하늘
하게 꾸며도 딱히 부끄럽지 않겠지?"

"그, 그럴 리가 없잖아!"

기겁을 하며 피트가 올리버의 등 뒤에 숨었다. 그 모습을 본
세라가 곰곰이 생각하듯 팔짱을 꼈다.

"물론 본인의 의사에 달린 일이지만… 실제로 적극적으로 즐
기는 것도 방법이에요. 당신과 같은 체질인 '대현자' 로드 파커도
남녀를 가리지 않고 여러 연인이 있었던 걸로 유명한 걸요. 보통
사람의 사회에서는 이성애가 주류라고 들었지만, 마법계는 그러

한 면에서 훨씬 자유로워요. 부끄러워하거나 기피감을 느낄 필요는 없답니다."

"무슨….."

예상치 못한 의견에 소년이 당황하자, 보다 못한 가이가 대화에 끼어들었다.

"그쯤 해 두라고, 이미 본인은 한계인 것 같으니까. …아니, 그 이전에 자궁이니 정소니 하는 소릴 실컷 한 후에 그런 이야기를 하는 건 좀 그렇잖아…."

"아, 가이가 쑥스러워한다! 변태래요, 변태~!"

"시끄러워! 너희도 좀 쑥스러워해 봐라!"

자신을 놀리는 캐티에게 가이가 덤벼들어 둘이서 티격태격하기 시작했다. 늘 있는 일이라 아무도 말리지 않고 지켜보던 중, 외부에서 목소리가 날아들었다.

"너그덜, 즐거워 보인다? 무슨 소릴 하는지 한~개도 안 들리기는 하지만."

셰라의 차음주문은 내부의 소리를 내보내지 않는 동시에 외부의 소리는 통과시킨다. 모두가 대화를 멈추고 목소리가 들려온 방향으로 고개를 돌렸고… 그곳에서 기억에 새로운 이의 모습을 발견한 순간, 올리버의 눈이 휘둥그레졌다.

"…미스터 로시. 여긴 어쩐 일이지?"

"아~ 아~ 경계 안 혀도 돼야. 살짝 투덜대러 온 것뿐이께.

나는 인자 적이 아니구먼."

분위기가 딱딱해진 것을 느꼈는지 로시가 두 손을 들어 싸울 의사가 없음을 표현했다. 차음마법을 해제하고 경계태세에 돌입하려고 했던 셰라가 그 모습을 보고 긴장을 풀었다.

"어제 그 후에 연패를 당혀서 말여. 메달은 아직 남았지만, 더는 무리구먼. 내 실력의 한계를 보고 났더니마는 아무 의욕도 안 나 불더라고. 요컨대 기권하겠다, 이 말이여."

"연패…? 나와 싸운 후에 다른 사람과 싸운 거야?"

"그려. …조심혀야, 올리버 군. 최강 결정전 일정도 절반을 넘겨서, 지금 남아 있는 놈들은 죄다 강자뿐이니께. 그래도 대부분은 니가 이겨 불것지만… 개중에는 참말로 위험한 놈도 있어."

로시는 문득 경박한 태도를 거두고 진지한 얼굴로 충고 같은 말을 했다. 올리버는 의도를 알 수가 없어 침묵했다. 그리고 다음 순간, 상대는 다시 미소를 짓더니 동방의 소녀에게로 시선을 옮겼다.

"니도 마찬가지구먼, 나나오. 또 멋진 모습 보여 줘야. 나는 네 팬이거든."

말하면서 두 손으로 소녀의 손을 잡고 붕붕 위아래로 흔들더니, 로시는 냉큼 몸을 돌렸다.

"그라믄 이만 간다. 점심시간 중에 가랜드 선생님을 만나러 가야 하거든.

나중에 보자, 올리버 군. 제대로 다시 단련해 둘 테니께 조만 간 다시 붙어 보드라고."

가볍게 그런 말을 남긴 후, 한 손을 흔들며 떠나갔다. 그 뒷모 습이 복도로 사라지자 셰라가 납득했다는 얼굴로 고개를 끄덕였 다.

"…과연, 밤에 그를 꺾은 거군요. 미스터 로시도 보통내기는 아니라고 생각했는데… 역시 대단해요, 올리버."

"아니… 힘든 싸움이었어. 나에게 없는 걸 갖고 있는 상대였거 든."

어젯밤의 일전을 돌이켜보며 올리버는 말했다. 그 내용이 궁 금했는지 셰라가 차음마법을 다시 전개하더니 꼬치꼬치 캐물었 다.

"아~ 맞아. 나도 너희하고 상의하고 싶은 게 있었는데."

급한 화제가 일단락되자 캐티가 입을 열었다. 그녀는 잠시 침 묵하더니 진지한 얼굴로 말을 이었다.

"저기, 얘들아. …우리만의 비밀기지, 갖고 싶지 않아?"

예상치 못한 제안이 다섯 명의 귀를 때렸다. 그 의미를 모르겠 어서 가이가 의아한 듯 고개를 갸웃했다.

"…갖고 싶은지 아닌지로 따지면, 갖고야 싶지. 근데 갑자기 왜?"

"아니… 무슨 뜻인지는 알겠어. 캐티는 공유 공방 이야기를 하고 있는 거야."

눈치를 챈 올리버가 대화에 끼어들었다. 캐티가 고개를 끄덕이자 롤 헤어 소녀가 설명을 보탰다.

"말 그대로 여러 명의 학생이 공유하며 운용하는 공방을 말해요. 분명 킴벌리에서는 그런 경우도 드물지 않죠. 하지만 교사에 학교 공인 공방을 둘 수 있는 건 극소수의 상급생뿐이에요. 아무런 실적도 없는 1학년인 우리가 그렇게 하려면…."

곱슬머리 소녀가 말하려는 바가 무엇인지 어렴풋이 짐작이 되기는 했지만, 그렇기에 그녀는 말끝을 흐렸다. 그 대신 올리버가 구체적인 내용을 입 밖에 냈다.

"…미궁 안에 비공인 공방을 차리자. 그런 뜻으로 한 말이야?"

가이와 피트의 얼굴이 굳어졌다. 그들의 시선을 받으며 캐티는 고개를 끄덕였다.

"응, 바로 그거야. …하지만 딱히 밑바닥부터 새로 만들자는 건 아냐. 토대로 쓸 장소는 이미 있으니까. 미궁의 제1층인 데다 설비도 어느 정도 갖춰져 있어."

의미심장한 그녀의 발언을 통해 그 배경을 짐작한 올리버가 턱에 손을 댄 채 입을 열었다.

"그렇군… 밀리건 선배의 공방인가."

"뭐어?!"

가이가 엉겁결에 얼빠진 소리를 내었다. 그러자 형세를 굳히

174

려는 듯이 곱슬머리 소녀가 설명을 덧붙였다.

"전에 내가 끌려갔던 장소를 포함해서 그 사람은 미궁 여러 곳에 거점을 가지고 있거든. 이전에 있었던 일을 사과하는 의미에서 그중 하나를 양보해 주겠대. 애초부터 공방으로 사용했던 장소라 환경은 완벽해. 그렇게 나쁜 제안은 아닌 것 같은데, 어떻게 생각해?"

아무도 입을 열지 않았다. 물론 이의가 없어서가 아니라 어디서부터 딴죽을 걸어야 좋을지 고민이 됐기 때문이었다. 십여 초 동안의 침묵 끝에 이윽고 가이가 입을 열었다.

"제… 제정신이야, 너? 그 밀리건 선배가 눌러앉아 있던 공방이라고. 지금까지 뭐 하는 데 썼을지 상상이 되잖아?"

"짐을 반입하는 루트에 문제가 있어서 아인종 실험체를 다루는 연구는 그곳에서 하지 않았대. …솔직히 말해서 어디까지 믿어도 될지 모르겠지만. 의심하기 시작하면 끝이 없을 테고, 사전 답사를 가서 봤을 때는 깨끗했어."

소녀는 그 지적이 나올 걸 예상했다는 듯이 답했다. 그 말을 들은 가이가 다시금 입을 열려 했지만, 그를 가로막으며 그녀는 말을 이었다.

"이런 기회가 아니면 1학년일 때 공방을 갖는 건 절대로 무리일 거야. …물론 가져 봐야 나 혼자서는 유지 못 하리라는 건 알아. 그래서 너희한테 의지하려는 거야. 밀리건 선배한테 받은 공방을, 나랑 같이 관리해 주지 않을래? 너희 마음대로 써도 괜찮아!"

캐티가 필사적인 얼굴로 거듭 제안했다. 그 모습을 가만히 쳐다보며 올리버가 진지한 얼굴로 입을 열었다.

"…미궁 안에 공방을 차리는 것 자체는 분명 킴벌리 학생의 관례야. 하지만 보통은 3학년이 되고 난 뒤의 이야기고, 빨라도 2학년 후반에나 가능하지."

"1학년일 때는 공방을 가져서 얻을 수 있는 이점보다 미궁에 들어갈 때의 위험성이 커요. 자신의 몸을 보호하지 못하는 상태로는 언급할 가치도 없죠. 캐티, 당신도 그건 알죠?"

타이르듯이 셰라가 말을 이었다. 그러자 문득, 곱슬머리 소녀가 시선을 떨구었다.

"1년에 평균 820. …이게 무슨 숫자인지 알아?"

제시한 숫자를 듣고도 다섯 명 중 누구도 답하지 못하자, 캐티가 다시금 입을 열었다.

"이 학교에서 쓰다 버려지는 아인종의 숫자야. 용도는 연구 소재에 오락용 장기짝 등 여러 가지지만 공식적으로 밝혀진 숫자만 이만큼이야. 통계에 포함되지 않은 숫자를 합치면 훨씬 많겠지. 아인종 이외의 마법생물까지 합치면… 숫자가 얼마나 부풀어 오를지, 상상도 안 돼."

처음 듣는 숫자에 올리버가 숨을 죽었다. 곱슬머리 소녀가 입가를 일그러뜨렸다.

"그 모두가 필요한 희생이라면 그나마 낫겠지. 하지만 현실은 전혀 그렇지 않아. 이곳의 학생과 교사들은 마법생물을 아주 아무렇게나 취급하고 있고, 불필요하게 죽이고 있어. 애초에 인간 이외의 생명을 존중해야 한다는 생각 자체가 없어."

입학 이후 지금에 이르기까지 그녀는 넌더리가 나도록 그 사실을 실감했다. 캐티가 번쩍 시선을 들어 올렸다.

"나는 그런 풍조를 바꾸고 싶어. 하지만 지금의 내가 혼자서 목소리를 높여 봐야, 분명 아무것도 안 바뀔 거야. 그러니까… 우선은 연구자로서의 명성을 쟁취하려고 해. 전공하고 싶은 건 이종간(異種間) 커뮤니케이션학(學). 자원으로 소비할 뿐인 일방적인 관계가 아니라, 쌍방향적이고 영속성이 있는 다종족과의 교류 방법을 모색하고 싶어."

소녀의 목표를 들은 세라는 팔짱을 낀 채 생각에 잠겼다.

"이종간 커뮤니케이션학이라. …부끄럽게도 그러한 분야가 있다는 것 자체를 처음 알았어요."

"그럴 거야. 왜냐하면 주류와는 거리가 머니까. 내가 들어갈 수 있는 범위에서 온 도서관을 찾아봐도 이 분야에 관해 적힌 책은 단 세 권밖에 없었어. 지금은 과거 학생의 논문을 뒤지고 있는데… 아마 이쪽도 사정은 비슷할 거야."

캐티는 쓸쓸한 미소를 띤 채 기대감이 담기지 않은 목소리로 말했다. 그러나 이어진 말에는 다시 힘이 실려 있었다.

"하지만 뒤집어 생각하면 아무도 손대지 않은 광맥이라는 뜻이잖아? 열심히 파다 보면 분명 새로운 발견이 있을 거야. …그러니까, 지금은 하루라도 빨리 그 방향으로 경험을 쌓고 싶어. 그 마법생물학 수업과는 다른 형태로, 생물과의 교류를 통해 배움을 깊이 하고 싶다고…!"

힘이 실린 목소리를 통해 올리버는 소녀가 품고 있는 커다란 열의를 엿볼 수 있었다. 캐티 알토는 바네사 올디스가 가르치는 마법생물학과 완전히 다른 방향에서 자신의 길을 찾아, 그것을 입 밖에 낸 것이다.

"까놓고 말해서, 나는 내 재량으로 마법생물을 사육할 수 있는 장소를 갖고 싶어. 그러기 위해 밀리건 선배한테 받은 공방을 이용하고 싶어. 하지만 나 혼자서는 무리라서, 이렇게 너희에게 도움을 구하고 있는 거야. 뜬금없게 들리겠지만…."

갈수록 목소리가 쪼그라들었다. 높은 이상을 내세운 것과는 별개로, 자신에게는 그것을 목표로 할 힘이 없다는 사실이 늘 그녀를 괴롭히고 있었던 것이다.

"자기중심적인 소리만 해서 미안해. …솔직히 말해서 거절하는 게 당연하다고 생각해. 지금 이 시점에 너희에게 공방이 필요할까 싶기는 하니까. 그러니까, 싫으면 싫다고 딱 잘라서 거절해 줘. 그러면 또 다른 방법을…."

"동참하겠소."

말이 채 끝나기도 전에 나나오가 찬성표를 던졌다. 놀라움으로 가득한 시선을 보내 오는 나머지 다섯 명을 향해, 그녀는 망설임 없이 말을 이었다.

"공방인지 뭔지가 어떠한 것인지는 모르오. 하지만 방금 전 이야기는 요컨대, 캐티가 미궁 안에 성 한 채를 짓고 운용하겠다는 것 아니오? 그렇다면 성을 지키는 것은 무인인 소생의 역할이오. 부디 소생을 진영 안에 들여 주시오, **성주님.**"

캐티의 앞에 서서 그렇게 부른 후, 그녀는 상대의 손을 굳게 잡았다. 그 마음을 고무시키듯이.

"자신을 가지시오, 캐티. 귀공의 눈에는 의지의 빛이 있소. 트롤 사건 이후, 그 빛은 날이 갈수록 강해지고 있소. 소생은 언젠가 보고 싶소. …그 빛이 어둠을 밝히는 모습을. 함께할 이유는 그것으로 충분하오."

"…나나오~~"

감격한 캐티가 눈물을 글썽거리며 나나오를 끌어안았다. 그 모습을 본 가이가 쓴웃음을 지었다.

"…이렇게 됐으니 어쩔 수 없지, 나도 동참하겠어. 캐티에게 휘둘리는 건 어제오늘 일도 아니니까. 게다가… 나도 솔직히 말해서, 나만의 화단을 갖고 싶거든."

"가이!"

장신의 소년이 이를 내보이며 씩 웃었다. 생각에 잠겨 침묵한 끝에 눈짓을 주고받은 후, 세라와 올리버가 순서대로 입을 열었다.

"…알겠어요, 저도 동참하죠. 어떤 모양새가 되었건 이 킴벌리에서는 의지를 지닌 사람이 강해지기 마련이에요. 앞으로 나아가려는 친구를 옆에서 지탱하는 것… 그 역시 좋은 친구의 역할일 테고요."

"…나나오가 동참한 시점에서 이렇게 될 건 예상했어. 하지만… 이것만은 분명히 말해 두겠어. 모두의 안전이 최우선이야. 그게 위협을 받는 상황에서는 공방을 포기하는 것도 시야에 둔다. 그 조건이라도 괜찮다면 나도 동참하겠어. 캐티, 어때?"

올리버의 말에 거듭 고개를 끄덕여 보이며 캐티는 남아 있는 또 한 명의 친구에게로 시선을 옮겼다.

"…피트는, 싫어…?"

기대감과 각오가 깃든 소녀의 눈동자가 피트를 바라보았다. 몇 초 동안의 침묵 끝에 그는 요란하게 한숨을 내쉬었다.

"…빠져나갈 구멍은 전부 막아 놓고 무슨 소릴 하는 거야. 지금의 나는 내 몸도 제대로 못 돌보는 상태라고. 올리버와 세라가 동참하겠다면 나도 끼는 수밖에 없잖아."

흥, 하고 콧방귀를 뀌고서 시선을 돌렸다. 그런 그의 몸을 캐티가 와락 끌어안았다.

"…고마워! 다들, 너무 좋아…!"

"우왁…! 야, 야, 끌어안지 마!"

피트는 버둥대며 소녀를 떼쳐 냈다. 그렇게 포옹이 풀리자 캐티가 진지한 얼굴로 말했다.

"…가슴, 꽤 있네. 브래지어 하는 게 좋겠어, 피트."

"이상한 소리 하지 마!"

소년이 두 팔로 가슴을 억누른 채 또다시 올리버의 뒤에 숨었다. 그러한 대화를 흐뭇하게 바라보던 셰라가 문득 신경 쓰였던 바에 관해 말했다.

"그나저나 캐티, 모르는 새에 꽤 많은 생각을 했네요. 연구자로서 명성을 얻고서 개혁에 착수하겠다니, 그런 원대한 계획을 짜고 있을 줄은 몰랐어요. 영락없이 교내 인권파 운동에 참가할 줄만 알았는데."

"아아, 교내 인권파… 응, 둘러보긴 했어. …하지만 내 동료인가 하면, 조금… 아니, 많이 달랐다고나 할까…."

자신이 만나고 온 사람들을 떠올리며 소녀는 훗, 하고 메마른 미소를 지어 보였다.

"…타입이 다른 밀리건 선배가 모여 있는 것 같은 느낌. 이렇게 말하면 알겠어?"

그 이상 상세한 이야기는 아무도 들으려 하지 않았다. 한숨을 돌리고서 올리버가 다시 대화를 주도하기 시작했다.

"결정이 났으니 빨리 행동하는 편이 좋겠지. 우선 다 같이 공방을 확보하기 위해 움직이자. …모레 밤에 결행하는 걸로 하면 될까?"

다섯 명 모두 이의 없이 고개를 끄덕였고, 이렇게 그들의 모험은 결정되었다.

점심시간이 끝나고 오후가 되자 학생들은 연금술 수업을 받기 위해 교실에 모였다. 작업대 위에 교재를 갖춰 놓고 대기하고 있는 그들 중 대부분은 공통적인 의문 한 가지를 가지고 있었다.

"…오늘도 안 오려나, 다리우스 선생님은."

가이가 나직하게 중얼거리자 주변에 있던 동료들이 복잡한 표정을 지었다. 그렇다…. 연금술 교사인 다리우스 그렌빌의 모습이 어느 시기부터 전혀 보이지 않았기 때문이다.

"…정말일까. 미궁에서 행방불명됐다는 소문은."

"…글쎄요. 학생이면 모를까, 교원이 그렇게 되었다고 보기는 어려울 것 같은데…. 올리버, 당신은 어떻게 생각하나요?"

별뜻 없이 세라가 물었다. 소년은 마음에 위장막을 거듭 두르고서 그 질문에 답했다.

"…미궁의 최심부는 교사들조차 완전히 관리하지 못하고 있다고 들었어. 예상치 못한 사고가 겹쳤다면 교원이라도 생각지 못한 실수를 할 가능성이 없다고는 단언할 수 없겠지. 어디까지나 가능성의 이야기지만."

듣는 상대가 위화감을 느끼지 못하도록 평소처럼 객관적인 의견인 듯 말하고자 애썼다. 덕분에 그의 말은 누구의 의심도 사지 않았고, 곧이어 안경 쓴 소년이 대화에 참가했다.

"그 밖에도 수상쩍은 소문은 많아. 교사들 사이에서 내분이 일어났다느니, 이 킴벌리에 원한을 품은 마법사에게 당했다느니."

"피트, 근거 없는 소리는 입에 담지 마세요."

롤 헤어 소녀는 친구의 발언을 나무랐다. 이 킴벌리에서 그러한 가능성을 헤아리자면 끝이 없기는 하다지만, 그런 만큼 섣불리 파고들었다가는 제 명에 못 죽을 수도 있는 것이다.

"으~음, 정말 어떻게 된 일일까?"

문득 **머리 위에서** 목소리가 들려왔다. 학생들이 화들짝 놀라 시선을 위로 들어 보니, 그곳에는 한 남자가 위아래가 뒤집힌 채 천장에 서 있었다. 셰라와 같은 금빛 롤 헤어를 머리 좌우에 늘어뜨린 채.

"…아버님?!"

"백부님!"

두 개의 목소리가 동시에 튀어나왔다. 한쪽은 셰라, 또 한쪽은 떨어진 곳에 있던 콘윌리스였다. 부름을 받은 남자가 반 바퀴 회전해 바닥에 내려서더니 지체 없이 눈앞에 있는 소녀를 두 팔로 끌어안았다.

"그래, 네 파파란다! 이게 얼마만이니, 셰라. 이것 참, 잠깐 안본 새에 또 예뻐졌네!"

셰라는 남자의 열렬한 포옹을 받아들였다. 하지만 5초도 채되지 않아 상대를 밀쳐 냈다.

"공사 구분 좀 하세요! 대체 지금까지 어딜 싸돌아다니신 거죠?!"

"그야 여러 곳이지. 요즘 좀 바빴거든. 쓸쓸하게 해서 미안하구나."

"저보다 먼저 사과할 상대가 있을 텐데요!"

셰라는 엄격한 투로 지적하고서 옆에 있는 친구… 동방의 소녀에게 눈짓을 했다. 그 모습을 본 남자 역시 옷깃을 바로 하고 그녀에게로 몸을 돌렸다.

"그래, 그 말이 맞아. …너와도 반년만이지? 즐겁게 지내고 있니, 나나오?"

"덕분에 잘 지내고 있소. 그쪽도 건강한 듯하여 다행이오, 맥팔렌 공."

빙긋 웃는 남자와 나나오는 친근하게 말을 나누었다. 그 모습을 보니 올리버 일행도 새삼 떠올랐다. 요전에 그녀가 말했던, 머나먼 동방에서 이 학교에 초대를 받기까지의 경위가. 히노쿠니(야마츠)의 전장에서 나나오 히비야의 존재를 발견해 낸 마법

184

사에 관한 이야기가.

"정말이지, 어쩜 그럴 수가 있나요…! 머나먼 동방에서 데려와서는 몇 마디 말만 남기고 방치하다니! 입학한 뒤로 지금까지 나나오가 얼마나 고생을 했는지 아시나요?!"

"그건 조금 신경이 쓰였지만 같은 학년에 네가 있잖니. 뭐, 어떻게든 될 것 같아서."

"딸에게 책임을 모조리 떠넘기는 부모가 어디에 있나요! 당신이란 사람은 매번 그런 식이죠…!"

셰라가 목소리를 높여 설교하기 시작했다. 남자는 익숙하게 그녀를 달래며 나나오를 지그시 쳐다보았다.

"표정이 좋아졌구나, 나나오. 딸 말고도 좋은 만남이 있었나 보군. …너희가 그 좋은 만남이려나?"

문득 주변에 있던 올리버 일행에게 시선을 돌렸다. 그들이 저마다 만나서 반갑다는 인사를 입 밖에 내려던 참에, 남자는 교단을 흘끔 쳐다보며 입을 열었다.

"느긋하게 이야기를 듣고 싶지만 일단 오늘은 수업을 하러 와서 말이지. 다음에 따로 기회를 마련하지. …아아, 미즈 콘월리스. 너도 건강해 보여 다행이구나."

자신을 바라보는 또 한 명의 소녀를 향해 그렇게 말한 후, 남자는 느긋하게 교단을 향해 걸어갔다. 교단에 도착한 그는 학생들의 얼굴을 주욱 훑어보고서 입을 열었다.

"자아, 우선은 자기소개를 해야겠지. 나는 테오도르 맥팔렌. 킴벌리의 비상근 교사다. 담당 교과는 딱히 없어서 이렇게 다른 선생님의 구멍을 메우러 달려오는 일이 많지. 다들 잘 부탁하마."

테오도르가 사근사근하게 인사를 하자, 한 학생이 질문을 던졌다.

"저기요! 그 말은 즉, 앞으로는 맥팔렌 선생님이 연금술 담당 선생님이 될 거란 뜻입니까?"

"아니, 내 역할은 어디까지나 수업 몇 번을 때우는 거야. 교사이기는 해도 나는 학교 밖에서 할 일이 많거든. 그래서 계속 킴벌리에 있을 수는 없어."

"그러면 그 뒤에는 다시 그렌빌 선생님이?"

그 이름을 언급하자 롤 헤어 교사는 가볍게 한숨을 내쉬었다.

"다리우스 군이 살아 돌아온다면 말이지. 다만… 아마도 그의 얼굴을 볼 일은 더 이상 없을 거야."

학생들이 일제히 숨을 죽였다. 방금, 이 교사는 암암리에 내리고 만 것이다. …다리우스 그렌빌이라는 마법사의 사망 선고를.

"미리 말해 두자면 마법사가 행방불명되는 일은 그리 드물지 않아. 하지만… 이 세계에서 오래 살다 보면, 대충 알 수 있거든. **이건 다시 돌아오지 않을 패턴이라는 걸**. 나는 예언자가 아니라, 굳이 말하자면 그냥 감이라 할 수 있지만."

그 말을 들은 순간. 올리버는 등골이 싸늘해졌다. …침착해라. 이 시점에서 꼬리를 잡힐 리가 없다. 그런 실수는 저지르지 않았으니까. 그는 그렇게 자신을 타일렀다.

"뭐, 대신할 인재는 이미 교장선생님이 알아보고 있을 거다. 다리우스 군에게 가르침을 받고 있던 아이, 그러고자 했던 아이에게는 안된 일이지만, 다음 선생님도 굉장한 연금술사이리라는 건 내가 보증하지. 그 사람이 올 때까지는 나로 참아 주어야겠지만."

그렇게 설명하더니 그 이상 다리우스에 관해서는 언급하지 않고, 테오도르는 다음 이야기로 넘어갔다. 무심결에 안도하려다가 올리버는 자신을 엄하게 꾸짖었다. …긴장을 풀지 마. 이 남자는 방심할 수 없는 상대니까.

"그럼, 시작할까. 으음~ 오늘 과제는… '껄껄 버섯의 해독약'? 으~음."

교과서를 편 채 미묘하다는 표정을 짓더니, 테오도르는 몇 초 동안 생각에 잠겨 있었다.

"평범하게 만들어 봐야 재미가 없지. 좋아… 이렇게 하지. 너희가 조합한 약을, 완성된 순서대로 모두 내가 먹어 보기로."

생각지 못한 제안에 학생들은 당황했지만 당사자인 테오도르는 그들의 그런 반응을 보고도 전혀 개의치 않았다.

"그 자리에서 완성도를 평가하겠어. 물론 꼼꼼하게 첨삭까지

해 주면서.

다들 책상 위에 도구는 갖춰져 있겠지? …그럼, 시작!"

손뼉을 쳐서 과제 개시 신호를 주었다. 허둥지둥 작업에 착수하는 학생들을 바라보며 남자는 계속해서 떠들어 댔다.

"그다지 복잡한 조합도 아니니 내 수다를 들으면서도 만들 수 있겠지? 뭐, 들어 보라고, 이번 여행에서도 이런저런 일들이 있었거든. 아, 이 중에 내 『동방탐방록』을 읽어 준 학생은 있으려나?"

테오도르가 그렇게 물은 순간, 교실 한구석에서 금발의 소녀가 손을 번쩍 들었다.

"저는 지금 12권을 차근차근…."

"전권 다 읽었습니다!"

거의 동시에 손을 든 피트의 목소리가 그녀의 말을 가로막았다. 교사의 시선이 깜짝 놀란 콘윌리스를 지나 소년에게 향했다.

"멋지군! 여행 자금은 오로지 책 판매 대금으로 충당하고 있어서 거의 네가 날 먹여 살리고 있는 거라고 볼 수 있지! 이름을 물어도 될까?"

"피트 레스톤입니다!"

"피트 군이라, 좋아, 기억했어! 다음 수업 때는 선물을 가져와 주지!"

그렇게 말하며 피트의 작업대 쪽으로 걸음을 옮겼다. 그가 의욕을 불사르며 약을 조합하는 모습을 바라보면서 테오도르는 이야기를 이어 갔다.

"하지만 그 시리즈는 여행지의 분위기와 기분에 따라 쓴 거란 말이야. 솔직히 말해서 현지의 풍습을 알기 위한 자료로는 그다지 적합하지 않아. 이번 여행에서도 여러 가지 수정할 점을 발견하고 말았지."

롤 헤어 교사가 반성하듯 이마에 손을 짚으며 말했다. 곁에 있던 올리버가 조합하는 손을 멈추지 않고 맞장구를 쳤다.

"수정할 점… 이라면 어떤…?"

"응, 예를 들자면 야마츠의 '소바'라는 음식에 관한 내용이 있지. 3권에서 '지극히 담백한 맛의 차가운 면 요리로, 짭짤하고 차가운 수프와 함께 나온다'고 설명했었는데. 그건 잘못된 정보였어. 수프가 아니라 소스였거든! 심지어 면 위에 끼얹는 게 아니라 면 쪽을 집어서 소스에 찍어 먹는 거야!"

그렇게 말하며 상의의 품 안에 손을 집어넣더니, 테오도르는 가늘고 긴 두 개의 막대를 끄집어냈다. 그러고는 그대로 오른손의 손가락 사이에 그것들을 끼우고는.

"참고로 젓가락은 이렇게 잡는 거야. 어때, 능숙하지? 이걸로 면을 콱 집어서, 이렇게… 단숨에 후루룩 입에 넣는 거야. 이쪽과는 매너가 달라서 소리는 크게 내도 상관없지."

소바를 먹는 동작을 재현해 보였다. 처음으로 이국의 식문화를 접한 가이가 반신반의하며 옆에 있던 소녀에게 얼굴을 가까이 대고서 물었다.

"…정말이야, 나나오?"

"음. 그러고 보니 이곳에 온 뒤로는 소바를 먹은 적이 없구려."

"먹고 싶니? 그래그래, 그럼 다음 선물은 소바로 하도록 하지."

가볍게 그렇게 약속한 후, 남자는 여행 중 겪은 추억담을 계속해서 풀어 나갔다. 부루퉁한 얼굴로 묵묵하게 그것을 듣고 있던 셰라가 이윽고 냄비의 불을 끄고 조합을 멈췄다.

"…완성했어요."

"역시 내 딸이야! 누구보다도 빠르게 끝냈구나!"

테오도르가 완성품이 든 비커를 집어 들더니, 개시하기 전에 선언했던 대로 그것을 벌컥 들이켰다. 직후, 그의 입에서 요란하게 거품이 뿜어져 나왔다.

"…뽀그르륵?!"

"어머, 실례. 포입초(버블그래스)를 너무 많이 넣었네요. 수업과 상관없는 이야기 때문에 손이 미끄러진 모양이에요."

"뽀그르르…! 사, 사랑하는 내 딸아! 이건 아무리 봐도 손이 미끄러져서 넣을 수 있는 양이 아닌데?!"

어찌어찌 거품을 삼키고서 테오도르가 말했다. 직후, 그의 등 뒤에서 다른 목소리가 들려왔다.

"소생도 다 됐소."

"응?! 잠깐만, 나나오! 네가 그렇게 빨리 만들 수 있을 리가⋯."

"좋았어, 두 잔째!"

올리버가 말릴 새도 없이 롤 헤어 교사는 나나오가 조합한 약을 단숨에 들이켜고 말았다. 목에서 꿀꺽 소리가 난 순간, 그의 두 눈에서 눈물이 분수처럼 분출됐다.

"눈이! 눈이이이이! ⋯나나오, 이건 심하잖니! 엉엉 양파(크라이 어니언)의 거품을 전혀 걷어내지 않았어!"

"흐으음? 무언가 잘못된 것이오?"

"다진 후에 소금물로 헹구지 않아서 그래! 공정을 멋대로 생략하지 말라고 그렇게나 말했는데!"

조합 과정의 문제를 지적하며 올리버는 곧장 비커에 가득 차도록 중화제를 조합했다. 그가 내민 그것을 코로 들이켜자, 테오도르의 눈물이 서서히 잦아들기 시작했다.

"후우, 후우⋯ 고맙다, 얘야. 이렇게 엉엉 운 게 몇 년 만인지⋯. 생각보다 지독한걸, 이거. 으음, 앞으로 몇 잔을 더 마셔야 하지?"

"고작 서른여덟 잔이에요."

"나 죽어!"

딸의 지적에 새삼 테오도르가 비명을 질렀다. 그 광경을 노려보며 콘월리스가 또다시 손을 들었다.

"배, 백부님! 저도 다 됐어요!"

"음? 아아, 그래그래."

눈물을 손수건으로 닦던 남자가 그 목소리를 듣더니 그녀에게로 성큼성큼 다가갔다. 긴장해서 몸이 뻣뻣하게 굳은 콘월리스의 앞에서 테오도르는 완성된 약을 벌컥 들이켰다.

"…음, 잘됐구나. 충분히 익은 데다 재료도 전체적으로 공들여서 손질했어. 맛도 상큼한 것이, 가게에서 팔아도 이상하지 않을 정도인걸."

"여, 영광이에요! 저기, 저…."

"A등급을 주마. 앞으로도 열심히 하렴."

짤막한 평가를 입 밖에 내더니 테오도르는 그 이상 말을 나누지 않고 소녀의 앞을 떠났다. 하려던 말은 갈 곳을 잃었고, 콘월리스는 그 자리에 멀거니 서 있었다.

"선생님, 저도 다 됐습니다!"

"오오, 너구나, 피트 군! 이거 기대가 큰걸!"

안경 쓴 소년이 부르자 테오도르는 곧장 대답하며 그리로 걸음을 옮겼다. 혼쭐이 덜 났는지 그가 내민 비커의 내용물을 단번에 비운 그는 몇 초 동안 진지한 얼굴로 맛을 보는가 싶더니, 조금 전과 딴판으로 환한 미소를 지었다.

"오오, 이것도 잘됐구나! 미즈 콘월리스가 만든 것에 뒤지지 않을 정도야! 이 약의 완성도만 보아도 알겠군, 너는 정말 열심히 공부하고 있구나!"

"여, 영광입니다!"

칭찬을 받은 피트가 뺨을 붉혔다. 그러나 그의 눈앞에서 테오도르의 얼굴이 서서히 어두워지기 시작했다.

"…………."

"…서, 선생님?"

이상하다고 생각한 소년이 조심스럽게 말을 걸었다. 남자는 그 자리에서 무릎을 끌어안고 웅크려 앉더니, 옆으로 철퍽 쓰러져 낮은 목소리로 중얼거렸다.

"……힘들어어… 죽고 싶어어…."

"이런, 과잉섭취(오버도스)에 의한 급성 우울증이야! 빨리 대항약을 마시게 해야 해!"

"정말 바보인가요?! 어떤 약이든 과하면 무조건 독이 되는데!"

증상을 확인한 올리버와 셰라가 곧장 대처에 나섰다. 하지만 그런 두 사람에 앞서 장신의 소년이 작업대 위에서 관찰용 껄껄버섯을 집어 들었다.

"약효가 과한 거라면 거꾸로 버섯을 먹으면 되지 않아? 자, 얇게 썬 걸 드세요."

"잠깐, 가이?! 그렇게 무턱대고…!"

캐티가 말릴 새도 없이 가이가 테오도르의 입에 버섯을 가져다 댔다. 시키는 대로 씹어 삼키자, 침울했던 남자의 표정이 순식간에 풀어졌다.

"깔깔깔깔! 하늘에 무지개가 가득하네!"

"아, 이런, 효과가 너무 셌나."

"가이! 넌 감상에 따라 즉흥적으로 행동하는 버릇 좀 어떻게 하도록 해!"

더더욱 증상이 악화된 걸 보고 올리버는 머리를 싸쥐었다. 이후로 수업에 복귀할 때까지 몇 분 동안, 남자의 정신은 천국과 지옥을 요란하게 왕복했다.

그 후, 연금술 수업이 끝나고 다음 과목을 위해 다른 교실로 이동해서도 여섯 명의 사이에서는 조금 전에 있었던 일에 관한 이야기가 끊이질 않았다.

"정말 재밌는 사람이더라, 너네 아버지."

"더 이상 말하지 말아 주세요…. 얼굴에서 불이 날 것 같으니까요."

셰라가 두 손으로 얼굴을 가리며 말했다. 그런 그녀의 모습도 다른 면면들의 눈에는 신선해 보였다.

"매사에 저런 식인걸요. …자유분방하다고 표현하면 그럴싸하게 들리지만, 부모로서도 교육자로서도 책임의식이 결여되어 있다는 점은 부정할 수 없어요. 딸로서 골치가 아플 따름이에요."

하아. 롤 헤어 소녀가 한숨을 내쉬었다. 그 일로 끙끙대는 그녀와는 별개로, 옆에 선 안경 쓴 소년은 마법검 수업을 앞두고 긴장한 얼굴을 하고 있었다.

"…드디어 종합전인가…."

"차분하게 해, 피트. 성급하게 결과를 내려 하지 않아도 돼."

긴장이 풀리도록 올리버가 그러한 말을 건넸다. 평소와 같은 대강당에 모여 정렬해 있는 그들의 앞에 하얀 망토를 걸친 마법검 사범, 가랜드가 모습을 드러냈다.

"시작하지. …저번에 말했던 대로 오늘부터는 주문을 포함한 종합전에 돌입한다. 더불어 지금까지는 경험자와 초심자를 나누었지만 적절하게 합류시키겠다. 실력 차가 있는 상대와 대련하게 되는 경우도 많겠지만, 그만큼 배움의 기회도 늘어난다고 생각해라."

그렇게 운을 뗀 후, 가랜드는 평소처럼 모두의 지팡이검에 불살주문을 걸었다. 이어서 무작위로 고른 3분의 1의 학생들에게 시합을 하도록 지시하고, 나머지는 그걸 견학하게 했다. 이름을 불린 학생들이 차례로 발을 내디뎠다.

"…아."

"흠."

그렇게 피트와 콘월리스가 대전 상대가 되어 마주 섰다. 식당에서 1학년 최강 결정전에 참가 의사를 밝혔을 때의 인상이 강렬했던 탓에 안경 쓴 소년도 이 상대를 기억하고 있었다. 일족 일장의 거리에서 대치한 두 사람을 바라보며 견학조인 가이가 말했다.

"피트의 상대는 네 친척이었지?"

"…네에. 지금의 피트에게는 힘든 싸움이 되겠네요."

그렇게 말하며 세라는 지그시 소년의 시합을 지켜보았다. 옆에 있는 올리버도 그렇게 했다. 그들의 아래서 특훈을 시작한 피트에게 이는 가르침을 실천에 옮겨 볼 첫 번째 기회인 것이다.

"한판을 따내도 멈추지 말고 시간이 될 때까지 계속 싸워라. 그럼… 시작!"

가랜드의 목소리가 시합 개시를 알렸다. 피트가 허둥지둥 지팡이검을 겨누자 올리버가 장외에서 소리쳤다.

"초조해 하지 마, 피트! 우선은 한판을 따내는 걸 목표로 해!"

조금이라도 긴장을 풀게 하기 위한 격려였다. 하지만 그걸 들은 콘월리스의 눈썹이 실룩거렸다.

"우선은 한판? …내가 우습게 보이나 보네."

험악한 표정으로 그렇게 중얼거리며 소녀는 눈앞에 있는 상대에게 지팡이검의 칼날을 겨누었다.

"덤벼, 보통 사람 출신. …수준 차이를 알려 줄게."

콘월리스가 선언했다. 피트는 그 박력에 압도되지 않고자 마음을 고무시키며 중단(中段) 자세로 발을 내디뎠고.

"…컥?!"

덤벼들려던 순간, 그 타이밍을 완전히 예상한 상대의 찌르기가 가슴에 꽂혔다. 충격으로 피트가 뒤로 쓰러졌다. 그 모습을 차가운 눈으로 내려다보며 콘윌리스는 냉랭하게 말했다.

"일어나. 아직 시간 많이 남았어."

재촉을 받은 피트가 이를 악물고 일어났다. 그 사이 자세를 잡고 여유롭게 기다리는 적에게 그는 다시 한번 덤벼들었다.

"하아앗!"

손목을 노린 참격이 교묘한 방어로 빗나간다. 첫 공격을 카운터로 반격했던 조금 전과 달리, 이번에 콘윌리스는 방어에 전념했다. 피트가 연달아 내지르는 공격을 모조리 흘려 내며 그녀는 흥, 하고 콧방귀를 뀌었다.

"…손발의 움직임이 제멋대로야. 초심자라 쳐도 심각하네, 너. 센스라고는 눈곱만큼도 없어."

그렇게 말하더니 그녀는 찌르기를 피하며 상대의 다리를 후렸다. 그 바람에 자세가 무너진 데다 기세를 죽이지 못한 소년이 요란하게 넘어졌다. 울컥해서 일어난 그에게 장외에 있던 가이가 보다 못해 소리쳤다.

"피트, 냉정해지라고! 이건 종합전이야!"

"…윽!"

그 말을 들은 피트가 퍼뜩 정신을 차렸다. 그렇다, 이건 주문을 포함한 종합전인 것이다. 검의 사거리에서 계속 싸울 필요는 없다.

피트는 전투 방침을 바꿔서 일단 거리를 벌렸다. 그 모습을 본 콘월리스가 어이가 없다는 듯이 한숨을 내쉬었다.

"바보 같으니. …주문전이라면 승산이 있을 줄 알았어?"

양측이 거리를 둔 채 대치했다. 짧은 눈싸움 끝에 피트 쪽에서 먼저 공격에 나섰다.

"전광이여 내달려라—토니트루스!"

영창 직후, 전격주문이 발동됐다. 승리하고자 하는 그의 의지를 나타내듯, 한 발에서 그치지 않고 두 발, 세 발 이어졌다. 그러나… 콘월리스는 눈썹 하나 꿈쩍하지 않았다. 최소한의 동작으로 옆으로 이동해 피하고 대항 속성을 두른 지팡이검으로 너무도 여유롭게 전격을 연달아 비껴냈다.

"그걸 조준이라고 한 거야? …**전광이여 내달려라—토니트루스!**"

회피와 동시에 주문을 쏜다. 그것은 무턱대고 날린 공격의 틈새를 누비고 피트의 몸을 가차 없이 꿰뚫었다.

"아…악…!"

"피트!"

충격을 받고 쓰러지는 피트의 모습에 캐티가 소리쳤다. 이번에는 금방 일어나지 못했다. 팔다리가 저릿해서 움직이지 못하고 바닥에 쓰러져 몸부림치는 소년에게 콘월리스가 차가운 목소리로 말했다.

"이제 알겠지? 이게 나와 너의 차이야. 뭐가 '전권 다 읽었습니다'야. 조금 칭찬받은 정도로 우쭐거리지 마!"

분노가 담긴 말이 소녀의 입을 뚫고 나왔다. 장외에서 그 말을 들은 가이가 의아하다는 듯이 눈살을 찌푸렸다.

"……? 저 녀석, 왜 화가 난 거야?"

"모르겠어. 피트와는 제대로 이야기한 적도 없을 텐데….'

"…….'

어리둥절해 하는 캐티의 옆에서 세라는 물끄러미 시합을 계속 지켜보았다. 이윽고 회복한 피트가 간신히 일어났지만 그 뒤의 전개도 이전과 다르지 않았다. 칼과 주문으로 열심히 도전하는 피트를 콘월리스는 차원이 다른 기량으로 가차 없이 때려눕혔다.

"또 당했어…! 더는 못 보겠어! 끝나려면 멀었어?!"

"아니. 기다려, 캐티."

올리버가 입을 열었다. 그는 내버려 두면 시합에 끼어들 것만 같은 곱슬머리 소녀의 어깨를 붙잡아 만류했다.

"본인은 포기하지 않았어. 게다가… 계속 당할 거라는 보장도 없고."

"뭐?"

"미즈 콘월리스는 피트를 얕보고 있어. 그걸 노리는 거야."

물끄러미 시합을 지켜보며 말했다. 그렇다, 그와 세라만은 알아챈 것이다. 속수무책으로 당하고 있는 피트의 눈동자에 아직 집념이 불타오르고 있다는 사실을.

"끈질기기도 하네. 약해 빠진 게…!"

같은 전개가 반복되자 콘월리스가 지긋지긋하다는 듯이 소리쳤다. 자신이 서 있는 그곳이 아직도 주문전의 거리라 생각하고 있는 그녀를 향해, 피트는 온 힘을 다해 바닥을 박차고 달려 나갔다.

"이야아!"

"…윽?!"

소년은 상대가 예상치 못한 타이밍에 질주했다. 콘월리스가 그 즉시 전격주문으로 반격했지만 그것은 피트를 맞히지 못하고 머리 위를 스치고 지나갔다. 돌격과 동시에 **그가 최대한 몸을 앞으로 기울였기 때문이다.**

위험을 감지한 콘월리스가 순간적으로 판단을 내려 후퇴했다. 거의 넘어진 듯한 자세에서 오른손을 짚어 몸을 지탱한 후, 피트는 적을 향해 찌르기를 날렸다.

"윽…." "…큭…!"

콘월리스의 휘둥그레진 눈이 가슴에서 1인치 떨어진 곳에서 멈춘 지팡이검의 끄트머리를 바라보았다. 그것이 분한지 피트의 목소리가 떨렸다. 적의 몸에 아슬아슬하게 미치지 못했다.

"'용기의 찌르기'인가. …방금 건 아까운걸."

올리버가 중얼거렸다. 리제트류 마법검 '용기의 찌르기'. 대담하게 몸을 앞으로 기울여 거리의 예측을 빗나가게 하는 기습이다. 그것을 가르친 본인인 세라도 그의 옆에서 고개를 끄덕이며 말했다.

"네에…. 제아무리 미즈 콘월리스라 해도 이 시점에서 피트가 '경계의 공방'을 시도할 줄은 몰랐을 거예요. 하지만… 파고드는 기세가 아주 조금 부족했네요."

두 사람 역시 분한 마음을 곱씹었다. 어쩔 수 없이 거리를 다시 벌린 피트의 앞에서, 무거운 침묵 끝에 콘월리스가 나직하게 말했다.

"…미셸라한테 배운 잔재주야?"

"……."

질문을 받은 피트가 입을 다물었다. 소녀는 그 침묵을 긍정으로 받아들여 분노를 담아 입가를 일그러뜨렸다.

"…진짜 짜증 나, 너희들…!"

"…시간 됐다. 그쳐!"

그로부터 몇 분 후. 쩌렁쩌렁하게 울린 가랜드의 목소리로 인해 그들의 시합은 끝을 맞이했다.

"…허억… 허억…."

"정말 잘했어, 피트."

올리버는 숨을 헐떡이며 돌아온 소년의 어깨를 두드려 주었다. 피트는 입술을 깨문 채 고개를 푹 숙였다.

"…한판도, 못 따냈어…!"

그 말과 함께 두 눈에서 굵은 눈물이 뚝뚝 흘러내렸다. 올리버는 고개를 끄덕였고, 셰라는 다정한 미소를 보냈다. …그 눈물이야말로 그가 마지막 한순간까지 승부를 포기하지 않았다는 증거이기에.

"좌절할 필요 없어요. 다음 기회가 있을 테니까요."

"그래. …게다가 상대도 강했어."

그렇게 말을 보탠 후, 올리버는 시합장 맞은편으로 시선을 옮겼다. 그곳에서 콘윌리스가 페이라 부른 소년과 나란히 서서 올리버 일행을 빤히 쳐다보며 짜증스럽게 발을 구르고 있었다.

"최강 결정전에 나올 만한걸. …미즈 콘윌리스. 방심할 수 없는 상대야."

눈으로 확인한 실력을 솔직하게 평가했다. 그런 그의 옆에서 셰라는 계속 복잡한 표정을 짓고 있었다.

다다음 날 밤. 저녁 식사를 마친 학생들이 기숙사로 돌아간 후, 올리버를 비롯한 여섯 명은 약속한 대로 교사에 남아 있었다.

"자아, 다들 모였군요."

세라의 신호에 따라 저마다 연마주문을 걸고, 눈앞에 있는 전신거울을 통해 미궁으로 침입했다. 모두가 통로에 내려서자 가이가 주변을 두리번거렸다.

"…가만 생각해 보니 처음이네, 우리 여섯 명이서만 미궁을 탐색하는 건. 살짝 긴장되네."

"괜찮아, 괜찮아! 다 같이 있으면 안 무서워!"

캐티가 밝은 목소리로 장담했다. 그때, 문득 올리버가 끼어들었다.

"기운이 넘치는 데 찬물을 끼얹어서 미안하지만… 솔직히 말해서 미궁 안은 무서운 것으로 가득해. 방향감각 상실로 인한 조난, 마수의 습격, 함정으로 인한 부상, 다른 학생과의 충돌. 위험한 일을 헤아리자면 끝이 없을 정도지."

"윽."

"제1층에서 특히 흔한 것은 첫 번째와 네 번째 경우죠. 얕은 층인 만큼 많은 학생들이 모여 있어요. 저도 이전에 경험했지만, 질 나쁜 상급생에게 붙들리면 일이 성가셔져요."

"우윽."

셰라와 함께 의욕이 넘치는 캐티를 진정시키며 올리버는 미궁 안에서의 행동방침을 입 밖에 냈다.

"선두는 나와 나나오가 맡고 최후미를 셰라가 지키기로 하자. 사이에 있는 세 명은 되도록 흩어지지 말고 삼각형 대형을 유지해 줘. 호들갑스럽게 느껴질지도 모르지만 이렇게 진형을 짜 두면 어디서 공격해 오건 거뜬하게 막아 낼 수 있어."

"알았어. …만일 누가 낙오됐을 때는?"

"무턱대고 돌아다니지 말고 낙오된 장소 근처에 몸을 숨긴 채 기다려. 반드시 찾아내서 합류할 테니까."

피트가 고개를 끄덕인 후, 모든 인원이 올리버가 말한 대로 진형을 구축했다. 그것이 끝나자 나나오가 입을 열었다.

"다들 각오는 된 듯하구려. …그럼, 가 봅시다!"

여섯 명이 통로에 발을 내디뎠다. 그 직후 최후미에 선 셰라가, 앞장서서 가는 동방의 소녀가 짊어진 빗자루를 발견했다.

"나나오, 빗자루를 데려왔군요. 제1층에서는 날 만한 장소가 별로 없을 텐데요…."

"상관없소. 막 알게 된 이 녀석과 우선은 같은 시간을 보내고 싶다고 생각한 결과니 말이오."

나나오가 빙긋 웃으며 빗자루의 자루를 쥐어 보였다. 그녀다운 사고방식이란 생각에 올리버도 미소를 지었다.

한편, 대열의 중간에서 걷던 캐티가 나란히 걷는 안경 쓴 소년을 물끄러미 쳐다보았다.

"…어라? 피트, 오늘은 남자애네."

"어… 어떻게 아는 건데?!"

간파당한 피트가 화들짝 놀라 뒷걸음질 쳤다. 곱슬머리 소녀는 턱에 손을 댄 채 답했다.

"으음, 전체적인 분위기…? 오늘은 차분해 보여서 아마 그렇지 않을까 싶었거든."

끄응, 피트가 신음했다. 양극왕래체질(리버시)로 각성한 그는 셀프 컨트롤을 익힐 때까지 비정기적으로 성별이 뒤바뀌게 되어 있다. 룸메이트인 올리버는 당연히 그가 '오늘은 남자'라는 걸 아침부터 알고 있었다.

"목적지까지의 길 안내는 캐티, 너에게 맡길게. 우선 어디로 가야 해?"

"으음… 우선은 오른쪽으로 똑바로. 그리고 세 번째 분기점에서 왼쪽, 일걸?"

길 안내를 부탁하자 캐티가 가는 길을 설명했다. 여섯 명이 얼마 동안 그 말대로 나아가던 중, 문득 작은 동물의 무리가 그들의 앞을 가로질러 갔다. 동글동글한 몸에 자그마한 팔다리가 달린 동물이었다.

"앗, 구슬쥐 무리다…!"

"어허, 스톱. 동물 관찰은 다음 기회에 하라고."

무리의 뒤를 쫓아가려던 소녀를, 가이가 손을 뻗어서 목덜미를 덥석 잡아 제지했다. 아쉬워하는 캐티를 곁눈질하며 올리버가 해설을 덧붙였다.

"제1층의 마법생물은 작고 겁이 많은 것들이 많아. 하지만 방심하면 뼈아픈 일을 당할 수도 있지. 예를 들어서 이 틈새 같은 곳에는….”

그가 지팡이검을 뽑아 벽의 틈새에 그것을 쑤셔 넣자, 그 즉시 커다란 집게발이 칼날을 물었다. 그대로 지팡이검을 잡아당겨, 안에 터를 잡고 살던 중형견 크기 정도의 갑각류를 끄집어냈다.

"역시 암음해(巖陰蟹·크랙 크랩)의 보금자리였나. 이 녀석의 집게발은 강력해서 실수로라도 손을 넣는 날에는 순식간에 손가락이 달아날 거야. 좁고 어두운 장소는 최대한 주의하도록 해."

"호오… 맛있어 보이는 큰 게로구려.”

"오, 뭘 좀 아네, 나나오. 이건 팔팔한 놈에 소금을 쳐서 삶아 먹으면 끝내준다고.”

"거기, 갑자기 군침 흘리지 마! 올리버도 빨리 돌려보내 줘!”

캐티의 말대로 크랙 크랩을 보금자리로 돌려보낸 후, 여섯 명은 다시 미궁을 걷기 시작했다. 가이가 문득 생각이 난 듯 입을 열었다.

"그러고 보니 킴벌리에는 미궁미식부라는 동아리도 있었지. 여기서 나는 생물을 요리해 먹으며 하염없이 미식을 추구하는 곳이라던데. 살짝 궁금하지 않냐?"

"안 궁금해! 보나마나 견인(코볼트) 소테(sauté)나 트롤 스튜 같은 거나 만들 것 아냐!"

소녀가 눈곱만큼도 관심 없다는 듯이 단언하는 가운데, 옆에서 걷던 피트가 킁킁 냄새를 맡았다.

"…그런 이야기를 해서 그런가? 뭔가 좋은 냄새가 나는 것 같은데."

"아뇨, 저도 느껴져요. …뭔가를 굽는 고소한 냄새네요."

같은 냄새를 맡은 셰라도 의아하다는 듯이 말했다. 그들이 이상하다는 생각을 하며 모퉁이를 돌자, 그곳에 모든 것의 원인이 있었다.

"…으음?" "뭐야, 1학년이냐?"

많은 이들이 일제히 돌아보았다. 통로 사이에 자리한 작은 광장 같은 공간에 십여 명의 학생들이 불을 둘러싸고 앉아 있었다. 인원 중 절반은 1학년이고 나머지 절반이 2~4학년인 듯 보였다. 말없이 지나치기도 좀 그래서 올리버가 조심스럽게 물었다.

"…안녕하십니까. 으음, 이건 대체…."

"미궁미식부, 신입부원 환영 바비큐 파티지! 너희도 낄래?!"

가장 연장자로 보이는 남학생이 일어서서 여섯 명에게 손짓을 했다. 그때, 통로 안쪽에서 또 다른 학생이 달려왔다. 두 손에 검붉은 색을 띤 징그러운 무언가를 든 채.

"선배, 커다란 거머리를 잡았습니다! 이거 먹을 수 있을까요!"

"도전 정신이 넘치는구나, 신입! 좋아, 일단 구워 봐!"

"선배, 큰일 났어요! 뭔가 눈앞이 흐려지기 시작했어요! 역시 좀 전에 먹은 버섯 때문일까요!"

"하하하하! 자, 해독약을 먹어! 그대로 있다간 피 토하고 죽는다!"

위험하게만 들리는 담소를 나누며 미궁미식부 부원들은 바비큐 파티를 계속했다. 올리버가 눈인사를 하며 입을 열었다.

"…실례했습니다. 그럼 좋은 시간 보내십시오."

여섯 명은 잽싸게 광장 구석을 지나 그곳을 뒤로했다. 모퉁이를 돌아 대화 소리가 멀어지고 나서야 캐티가 입을 열었다.

"…역시 괴짜들의 모임이었잖아!"

"뭐 어때서! 매점에서 파는 랜덤 드링크랑 다를 것도 없잖아!"

말다툼을 하는 캐티와 가이를 곁눈질하며 롤 헤어 소녀는 등 뒤를 흘끔 쳐다보았다.

"미궁식(迷宮食)에 관한 호불호는 둘째 치고… 저희에게 자리를 권해 주신 저분은 유명인이에요."

"아아, 역시 그랬나. 저 사람이 소문이 자자한 '생환자(서바이버)' 케빈 워커로군."

올리버가 납득하며 고개를 끄덕였다. 그 말을 들은 가이가 화들짝 놀라 돌아보았다.

"진짜…?! 젠장, 좀 더 이야기를 해 볼 걸 그랬어!"

"응? 뭐야, 그게? 그렇게 대단한 사람이야?"

"그야 그렇죠. 미궁 심층에서 행방불명되고서 반년이 지나 학교 측은 사망했다고 판단. 장례식까지 치른 후에야 생환했다는 일화의 주인공이니까요."

"여기서 반년? 말도 안 돼, 끈질긴 것도 정도껏이어야지…."

"본래는 올해 졸업했어야 했지만 1년 유급했다고 하니, 지금은 6학년이겠지. 무엇을 먹일지 불안하기는 하지만, 바비큐 파티에 참가하는 것도 재미있었을지도 모르겠어."

농담 반, 진담 반으로 올리버는 말했다. 캐티는 격렬하게 고개를 가로저었지만, 세라도 어쩐지 아쉬운 눈치였다.

"확실히 꽤 떠들썩하고 즐거워 보였죠. …바비큐 파티, 라고 하나요, 저건?"

"응? 세라, 너는 해 본 적이 없는 거야?"

"네, 부끄럽게도…. 주방 이외의 곳에서 무언가를 요리해서 먹을 기회 자체가 본가에서는 거의 없었으니까요."

"그건 좀 아깝네, 그럼 다음에 해 보자고. 공방이 있으면 그 정도는 할 수 있잖아?"

"하는 건 괜찮지만 식재료는 정상적인 걸로 가져와. 미궁에서 현지 조달하는 건 절대 금지야."

캐티가 강한 어조로 못을 박았다. 그때, 문득 그들의 걸음이

멈췄다. 눈앞에 이어진 가느다란 외길 통로… 그곳의 바닥과 천
장, 벽 곳곳에 거대한 민달팽이가 기어 다니고 있었기 때문이다.

"우엑, 슬러그의 소굴이잖아! 야, 여긴 피해서 갈 거지?"

"응? 왜? 얘들은 사람을 해치지 않는데?"

곱슬머리 소녀는 어리둥절한 얼굴로 말하더니 냉큼 통로에 들
어섰다. 신발 바닥이 질척한 점액을 밟는 소리가 났다.

"자, 잠깐만 지나갈게~ 미안해~"

통로에 있는 슬러그들을 살며시, 그러면서도 대담하게 밀어내
며 캐티는 성큼성큼 앞으로 나아갔다. 나머지 다섯 명이 넋이 나
가 지켜보는 가운데, 그녀는 눈 깜짝할 새 통로를 지났다.

"자, 길을 냈어! 금방 막힐 테니까 다들 빨리 지나와!"

자신이 답파한 길을 제시하며 소녀가 외쳤다. 그러다 보니 망
설이고 있을 수만은 없게 되어 나머지 다섯 명도 차례로 통로로
몸을 던졌다. 지나는 동안에도 슬러그들은 해를 입히지 않아서,
그들은 캐티가 있는 곳까지 똑바로 나아갈 수 있었다.

"어때, 괜찮았지?"

"…바지에서 비린내가 나게 된 것만 빼면."

점액에 젖은 바지를 내려다보며 가이가 말했다. 캐티는 그 말
을 흘려들으며 통로 바닥을 바라보았다.

"번식기구나, 저 애들. 자세히 보니 새끼도 있어. 이것 좀 봐.
쪼그만 게 귀엽지?!"

"우엌, 손에 올려놓지 마! 그거 빨리 바닥에 돌려놔!"

소녀가 내민 슬러그의 유생을 보고 가이가 뒷걸음질을 쳤다. 그 광경에서 위화감을 느낀 올리버가 입을 열었다.

"…저기, 캐티. 기분 탓일지도 모르겠지만… 이 루트, 1층치고는 유달리 마법생물과 자주 조우하는 것 같은데."

"그, 그래? 어딜 가나 이렇지 않을까?"

순간, 곱슬머리 소녀는 흔들리는 눈으로 대답했다. 그 반응을 보고 눈치를 챈 가이가 눈살을 찌푸렸다.

"…너… 설마, 일부러 그런 루트를 고른 건 아니겠지? 밀리건 선배한테 미궁 안의 생물 분포에 관해 물어봐서…."

"하, 하하하. 그럴 리가~"

뻣뻣하게 대답하며 캐티는 다시 걷기 시작했다. 하지만 동료들의 시선이 자신의 등에 집중되자 그 압박감을 견디지 못하겠는지 이내 나직하게 웅얼거렸다.

"…그치만. 너희도 이왕 올 거면, 오는 길이 북적거리는 편이 즐겁잖아."

"너 이 자식, 역시 고의였구나!"

"……. …뭐, 무사히 도착할 수 있다면 상관은 없지만…."

올리버가 체념 어린 한숨을 내쉬고서 걸음을 떼었다. 그로부터 20분 정도를 더 나아가, 여섯 명은 또다시 외길에 접어들었다. 순간, 캐티가 입을 열었다.

"아, 잠깐만. 여긴 살~짝 위험할지도."

"…야, 잠깐. 구체적으로 어떻게 위험한데?"

불길한 예감을 느낀 가이가 물었다. 곱슬머리 소녀는 그 말에 답하지 않고 짐 속에서 털실뭉치를 꺼내, 그것을 통로 안쪽을 향해 휙 던졌다. 순간… 온갖 각도에서 날아든 바늘이 털실뭉치를 고슴도치로 바꾸어 놓았다.

"…저런 식으로."

"어디가 살짝이야! 섣불리 걸어가면 고슴도치가 되게 생겼구만!"

항의하는 가이를 곁눈질하며 올리버가 통로 안을 신중하게 들여다보았다. 자세히 관찰해 보니 벽, 바닥, 천장 전체에 새끼손가락 굵기의 작은 구멍이 무수히 뚫려 있는 것이 보였다. 조금 전에 털실뭉치를 꿰뚫은 바늘은 모두 거기서 사출된 것이다.

"함정…은 아니군. 활조개의 군생지인가."

"응…. 하지만 바늘 크기가 작아서 인간 정도의 동물은 안 죽어. 살짝 엄청나게 아플지도 모르지만, 그게 다야."

"살짝 엄청 아픈 시점에서 난 싫다고. …여길 어떻게 지나가란 거야."

지극히 당연한 걱정거리를 피트가 입 밖에 냈다. 그러자 캐티는 자신만만하게 앞으로 걸어 나갔다.

"나한테 맡겨. 이 애들은 있지, 특정한 향을 피우면 금방 잠들어 버리거든."

그렇게 말하며 짐 안에서 꺼낸 향로를 바닥에 놓고 화염주문으로 거기에 불을 붙였다. 연기가 피어오르기 시작하자 그녀는 기풍주문을 써서 그 연기를 통로 안쪽으로 보냈다.

"자, 이제 됐어. 이대로 5분 정도만 기다려."

바람주문으로 기류를 조정하며 캐티가 말했다. 그녀가 꼼꼼하게 대책을 준비해 뒀다는 사실에 안심하며 나머지 다섯 명은 때가 되기를 기다렸다. …하지만 몇 분이 지났을 즈음, 문득 나나오가 뒤를 돌아보며 말했다.

"……? 뭔가, 뒤쪽에서 묘한 소리가 다가오고 있는 듯하오만."

동방의 소녀가 자신들이 지나온 통로 안쪽을 물끄러미 쳐다보았다. 그녀를 따라 같은 방향으로 시선을 옮긴 올리버는, 무언가가 고압으로 뿜어져 나오는 소리와 함께 공간이 새하얀 연기로 흐려지는 광경을 발견했다.

"이런… 함정이야."

굳어진 목소리로 올리버가 말했다. 벽 틈새에서 분출된 수증기가 급속도로 다가오고 있다. 통로가 부옇게 보일 정도니, 증기의 온도가 상당히 뜨거우리라는 것은 의심할 여지가 없었다.

"다들 온 힘을 다해 달리세요! 따라잡히면 지독한 일을 겪게 될 거예요!"

위험을 감지한 셰라가 동료들을 재촉했다. 그 말을 들은 캐티가 화들짝 놀라며 말했다.

"뭐?! 자, 잠깐만! 아직 향의 효과가…!"

"망설일 시간이 없어! 어서 가!"

거듭 등을 떠미는 올리버의 말에 여섯 명은 일제히 통로로 들어가 달렸다. 심한 화상을 입을 게 뻔한 증기를 온몸에 쐬고 싶은 게 아니라면 선택의 여지가 없었다. 그대로 30초 정도를 전력질주해서 통로를 지나, 증기의 분출음이 들리지 않게 되고서야 그들은 다리를 멈추고 뒤를 돌아보았다.

"허억~ 허억… 겨, 겨우 무사히 벗어났네. 아~ 무서웠어…."

"…너는, 무사하겠지…."

안도한 캐티의 말이 들려온 직후, 가이가 떨리는 목소리로 말했다. 다섯 명이 화들짝 놀라 그를 바라본 직후.

"…어떻게 책임질래, 이 엉덩이…."

"우왁."

눈에 들어온 광경에 피트가 비명을 흘렸고 나머지 네 명도 일제히 숨을 죽였다. …엉덩이에 수십 개의 바늘이 꽂힌 무참한 모습으로 장신의 소년이 서 있었기 때문이다.

10분 후. 올리버가 모든 바늘을 제거하고서 치유주문을 걸자, 가이의 엉덩이는 완전히 멀쩡해졌다.

"캐티~! 너란 녀석은~!"

"자모해허~! 용허해 뎌~!"

하지만 당연히 이미 겪은 고통까지 없었던 걸로 할 수는 없었고… 가이는 분노를 담아 안내를 맡았던 캐티의 뺨을 두 손으로 꼬집었다. 그것까지 말리려는 생각은 들지 않아서 올리버와 세라는 나란히 한숨을 내쉬었다.

"혼자일 때는 작동하지 않는 함정도 여러 명이 지나면 작동할 수 있다. …가이가 불쌍하기는 하지만 하나 배운 걸로 해 두자."

"그래요. …그나저나 가이가 지난 곳만 향이 먹히지 않았다니, 운도 없네요."

두 사람이 교훈을 가슴에 새기는 동안 처벌 타임을 마친 가이가 캐티를 풀어주었다. 장신의 소년은 허리에 손을 얹고 떡 버티고 서서 콧숨을 내쉬었다.

"후우…. 좋았어~ 이쯤 하고 용서해 주지. 하지만 내 엉덩이를 희생했으니 여기서부터는 제대로 안내해. 알아들었지?!"

"우으, 그럴게…."

얼얼한 뺨 때문에 눈물이 그렁그렁한 눈으로 곱슬머리 소녀가 미궁 안내를 재개했다. 그 뒤를 따르며 올리버가 입을 열었다.

"그나저나 상당히 깊이 들어온 것 같은데. 슬슬 도착할 때가 되지 않았어?"

"으, 응, 조금만 더 가면 돼. 아마 이 언덕을 내려가면…."

손에 든 지도를 들여다보며 자신 없는 투로 캐티가 말했다. 그러더니 통로 중간에 접어든 참에 갑자기 걸음을 멈추고 말을 이었다.

"아, 여기! 정어리…가 아니라 **청어 대가리―캡터 렉!**"

소녀가 외운 주문에 반응해 벽을 구성하는 블록이 차례로 재조립되었다. 몇 초가 지나 완성된 입구로 캐티가 뛰어들자 나머지 다섯 명도 그 뒤를 따랐다.

"다들 수고했어! 자, 들어와! 우리의 비밀기지야!"

드디어 도착했다는 사실에 곱슬머리 소녀가 펄쩍 뛰며 기뻐했다. 그녀가 백장을 휘두르자 천장에 설치되어 있던 광석 램프에 불이 밝혀졌고… 그 아래에 펼쳐진 광경을 본 동료들은 탄성을 질렀다.

"…아아. 좋은걸, 이거."

가장 먼저 올리버가 그렇게 말했다. 바닥의 면적은 폭이 10야드, 안쪽까지의 길이가 15야드 정도. 바닥부터 천장까지의 높이는 3야드 남짓이고 전체적인 넓이는 기숙사 2인실의 두 배 정도되었다. 안쪽에는 화로와 아궁이가 비치되어 있고, 주변에 보이는 찬장에는 마법약 작성에 사용되는 냄비와 솥 같은 도구류가 빼곡하게 늘어서 있다. 또한 문이 좌측 벽에 하나, 우측 벽에 두개 붙어 있었다.

"물건도 꽤 갖춰져 있네. 하지만 여섯 명이 쓰기에는 좀 좁지 않냐?"

"후후후, 그렇게 생각하지? 하지만 걱정할 것 없어."

캐티가 배실배실 웃으며 방 안으로 들어가, 좌측에 있는 문을 열었다. 그러고는 그대로 깜깜한 공간에 발을 들였다.

"메인 방은 이쪽이야. 조명을 켜면⋯."

조금 전과 마찬가지로 천장을 향해 백장을 한 번 휘두르자, 특대 광석 램프에 불이 밝혀져 깜깜한 공간을 환하게 비추었다. 그렇게 하고 나니 그들의 눈앞에는⋯ 놀랍게도 조금 전에 봤던 방의 열 배는 될 듯한 실내가 펼쳐져 있었다. 피트는 어안이 벙벙해져서 높은 천장을 올려다보았다.

"⋯뭐야, 이거. 엄청 넓잖아. 이곳도 우리가 써도 되는 거야?"

"당연하지! 밀리건 선배가 그랬는데, 미궁 1층에 있는 공방치고는 상당히 좋은 축에 속한대!"

캐티가 자랑스럽게 말했다. 공간이 얼마나 넓은지 그 목소리가 웅웅 울렸다. 그 후로 얼마 동안 실내를 돌아다니며 대략적인 체크를 마친 세라가 입을 열었다.

"확실히 그 말에 거짓은 없는 듯하네요. ⋯수도에 화로에 가마까지 완비되어 있는 데다, 모든 것에 정령이 안착되어 있어요. 이 정도면 당장 내일부터라도 공방으로 쓸 수 있겠어요."

"엉덩이에 바늘 찜질을 당한 보람은 있었다는 건가."

쓴웃음을 띤 채 자신의 엉덩이를 문지르며 가이가 소리쳤다.

"좋~았어, 바로 어떻게 공간을 나눌지 이야기해 보자! 내 화단은 어디 두면 될까?"

"너무 서두르지 마, 각자 원하는 게 뭔지 이야기하면서 종이에 적어 보자. 나는 생물 사육, 가이는 식물 생육. 나머지 셋은 여기서 뭘 해 보고 싶어?"

그렇게 말하며 캐티는 짐에서 꺼낸 메모장에 펜을 놀리기 시작했다. 질문을 받은 다섯 명은 얼굴을 마주 보았다. 우선 기본적인 용도를 정해 두자는 생각을 하며 올리버가 입을 열었다.

"…나는 당분간 미궁 탐색의 거점으로 이곳을 사용하려고 해. 그러니 피난처로서의 기능을 충실하게 만들고 싶어. 우선 인원수만큼의 잠자리는 준비하고 싶은데."

"호오, 이곳에 머물겠다는 말이오? 그것 참 가슴 뛰는 이야기구려."

"오, 뭘 좀 아는구나, 나나오. 그런 게 바로 비밀기지지. 나도 오랜만에 가슴이 뜨거워지는걸…. 좋았어, 주변에 함정 같은 걸 설치하자! 역시 기지는 방어가 튼튼해야지!"

"엉덩이를 바늘꽂이로 만드는 걸로?"

"피트, 너 이 자식!"

놀림을 받은 가이가 피트를 붙잡으려 하자 안경 쓴 소년이 그를 피해 뛰기 시작했다. 넓은 실내에서 술래잡기를 하기 시작한 두 사람을 바라보며 셰라가 문득 웃음소리를 흘렸다.

"…후후훗."

"음? 왜 그래, 셰라?"

"아뇨… 뭔가, 이유도 없이 즐거워서요. 신기하네요. 처음이에요, 이런 기분은."

즐거움과 당혹감이 뒤섞인 셰라의 얼굴을 곁눈질하며, 캐티가 나직하게 입을 열었다.

"…이런저런 이야기를 하다 보면 오래 걸릴 테고, 이미 시간도 늦었으니까. 너희가 괜찮다면 오늘은 여기서 자고 갈까 하는데… 어떻게 생각해?"

반대하는 사람은 아무도 없었고. 그렇게 그들은 비밀기지에서 첫 번째 밤을 보내게 되었다.

미궁에서 밤을 보내기로 결정이 나자, 여태 계속 걸어온 탓인지 여섯 명은 어쩐지 배가 고프기 시작했다. 휴대 식량은 모두가 가지고 왔지만, '그걸 비밀기지에서의 첫 식사로 하기에는 너무도 시시하다'는 가이의 의견에 모두가 동의하여, 결과적으로 그들은 거점에서 나와 '장보기'를 하러 가기로 했다.

"…정말 찾을 수 있겠어? 미궁 안에 있다는 가게를."

또다시 올리버와 나나오를 앞세워 출발했을 때와 같은 진형으로 미궁을 걸으며 캐티가 반신반의하는 얼굴로 말했다.

밀리건에게 받은 거점이 그렇듯, 미궁 안에는 비공인 공방이 난립해 있다. 많은 학생들이 긴 시간을 이곳에서 보내기에… 다시 말해 생활의 장이기도 하기에 많은 수요가 발생했고, 필연적으로 그에 응하기 위한 상품이 판매되기 시작했다. 그들이 찾고 있는 것은 바로 그러한 '가게'였다.

"못 찾으면 그때는 미궁미식부 흉내를 내면 그만이지."

"어떻게든 찾아 주겠어!"

마물을 식탁에 늘어놓을 수는 없다는 생각에 캐티는 눈에 불을 켜고 주변을 둘러보았다. 올리버는 쓴웃음을 지었다. 설령 '가게'를 찾는다 해도 그곳에서 판매 중인 상품이 이곳, 미궁의 마법생물에서 비롯된 것일 가능성도 크건만… 아직 그녀는 거기까지 생각이 미치지 못한 모양이다.

"음… 저건."

그대로 얼마 동안 거점 주변을 탐색하다 보니 폭이 넓은 통로 안쪽에 웬 사람이 보였다. 더 가까이 가 보니 바닥에 천을 깔아 놓고 그 위에 여러 물건들을 빽빽하게 늘어놓은 것이 눈에 들어왔다. 일행이 상대의 얼굴을 인식함과 동시에 그 인물도 그들에게 고개를 돌렸다.

"…오~? 어서 오세요~ 신기~해라, 모두 다 1학년인 손님이라니."

독특한 억양으로 말을 걸어왔다. 큰 입이 인상적인 여자 상급생이다. 원형을 알 수 없을 만큼 개조된 교복을 입었지만, 어깨에 걸친 로브의 안쪽 천의 색을 통해 가까스로 3학년이라는 걸 알 수 있었다. 올리버 일행의 얼굴을 차근차근 둘러보더니, 그녀는 계속해서 말을 늘어놓았다.

"벌써부터 밤놀이를 해버릇하면 못써~ 감각이 마비된다고. …아니 뭐, 나도 손님을 골라 가며 장사를 하지는 않지만! 니하하하, 자자, 뭘 구하러 오셨을까?"

설교가 시작될 줄 알았건만, 그런 낌새는 냉큼 걷어치우더니 장사꾼 같은 분위기를 풍겼다. 그녀의 발치에 진열되어 있는 상품을 웅크려 앉아 살펴보며 캐티가 감탄한 투로 입을 열었다.

"굉장해, 정말 미궁 안에서 장사를 하네…. 이거, 상품은 어떻게 마련하고 있는 거예요?"

"그야 뭐~ 밖에서 반입하거나 여기서 만들거나 할 수~밖에. 가려움증 연고만 해도 여기서는 교사의 세 배 가격으로 팔 수 있거든. 그러니 위험을 감수하는 거지."

그렇게 말하며 니하하, 하고 독특한 웃음소리를 냈다. 바닥에 진열된 상품은 마법약이 중심인 듯했지만, 주인장의 등 뒤에 상품을 쌓아 둔 커다란 바구니가 있는 것을 발견하고 올리버가 입을 열었다.

"식재료는 뭐가 있습니까?"

"이것저것 있지. 일단 배만 부르면 OK야? 아니면 레츠 파티?"

"그 중간 정도, 라고나 할까요. 맛있게 먹을 수 있으면 좋겠는데요."

그가 바라는 바를 말하자 학생 주인장은 곧장 뒤로 돌아 등 뒤에 있던 큰 바구니를 뒤지기 시작했다. 그러더니 산더미처럼 쌓인 상품 중에서 채소, 버섯, 고깃덩이 등을 차례로 꺼내, 그것들을 여섯 사람 앞에 턱턱 내려놓았다.

"가져가. 첫 손님이니까 왕창 깎아서, 6인분에 딱 3천 베르크만 받을게."

"어… 이만한 양을요?"

의표를 찔린 올리버의 눈이 동그래졌다. 장소가 장소인 만큼 바가지를 쓸 것도 각오했었지만, 제시된 가격은 지극히 양심적이었다. 당황한 그를 보고 학생 주인장이 빙긋 웃었다.

"1학년 중반인 이 시기부터 이렇게 깊이 들어온 무모함이 마음에 들었거든. 부디 살아남아서 내 단골손님이 되어 줬으면 해서."

다소 뒤숭숭한 표현으로 후배들을 격려했다. 하지만 올리버가 감사 인사를 하려던 찰나, 한발 먼저 말을 이었다.

"뭐, 그렇게 되지 않더라도 내 가게에 신선한 고기가 되어 진열되어 주면 돼. 어느 쪽이 되었건 내가 손해 볼 일은 없거든."

나나오를 제외한 다섯 명의 표정이 일제히 굳어졌다. 주인장은 그런 분위기마저도 웃음으로 날려 버렸다.

"니하하하, 농담농담~! 자, 마실 것도 서비스로 줄게!"

뜻밖에도 손쉽게 식재료를 손에 넣은 여섯 명은 거점으로 돌아와, 그것을 요리하기로 했다.

"…그거, 무슨 고기인 것 같아?"

"아마 양일걸. 근육의 모양으로 미루어 적어도 아인종일 리는 없으니 안심해."

벌건 살코기를 물끄러미 쳐다보며 캐티가 묻자, 옆에서 마찬가지로 버섯류를 체크하던 가이가 그렇게 답했다. 야생의 식재료를 접한 경험이 풍부하다 보니 식재료의 안전 확인은 주로 그가 하게 된 것이다.

"그럼~ 뭘 만들어 볼까. 이만큼 있으면 그럭저럭 진수성찬이 될 텐데."

"어… 가이, 요리할 줄 알아?"

"세련된 요리는 기대하지 말고. 그 대신 맛은 보장할 수 있지만."

장신의 소년이 그렇게 말하며 일어서, 팔을 걷어붙이고 부엌에 섰다. 그러자 옅은 미소를 띤 채 캐티가 그의 옆에 나란히 섰다.

"그 말… 나에 대한 도전으로 봐도 되는 거지?"

"오, 뭐야. 해 보자고? 한판 붙어 볼래?"

재미있다는 투로 답한 가이와 그녀의 시선이 부딪혀 불똥이 튀는가 싶더니 몇 초 후⋯ 두 사람은 방에 비치되어 있던 날붙이를 집어들고 맹렬한 기세로 식재료 손질에 착수했다. 그 모습을 뒤에서 지켜보던 올리버가 쓴웃음을 지으며 말했다.

"⋯우리가 있어 봐야 방해만 될 것 같네. 나나오, 식사 전에 잠시 대련이나 할까?"

"소생 쪽에서 부탁할까 하던 참이었소."

그 즉시 고개를 끄덕여 답하기에 두 사람은 나란히 큰 방 쪽으로 걸어갔다. 그 모습을 본 세라가 남아 있는 안경 쓴 소년에게 말했다.

"그러면 피트, 우리는 복습이라도 하고 있을까요. 오늘 주문학 수업에서 애를 먹고 있는 것 같던데요."

"윽⋯ 아, 알겠어. 부탁할게."

큰 방 중앙에서 마주 선 후, 올리버는 대뜸 물었다.

"자아. ⋯확인부터 하겠어. 그 후 재현에는 성공했어?"

무엇을 두고 한 말인지는 물을 것도 없었다. 나나오는 고개를 가로저어 보였고, 그 답변에 소년은 팔짱을 낀 채 입을 열었다.

"그렇구나. ⋯정말 이상한걸. **그것**은 결코, 우연히 쓸 수 있는 기술이 아니었을 텐데."

"이전에도 물었소만, 올리버가 과대평가한 것은 아니오?"

"아니. 내가 잘못 봤을 수도 있지만, 그랬다면 석사(바실리스크)의 마안은 깰 수 없었어."

올리버가 단호히 말했다. '그것'이란 베라 밀리건과의 싸움에서 나나오가 자아냈던 결정적인 일섬(一閃)… 일곱 번째 마검을 가리키는 것이다.

그녀가 그것을 이루었다는 사실은 아직 동료들에게도 말하지 않은 두 사람만의 비밀이었다. 마법검 수업에서 가랜드도 말했듯, 마검의 사용자는 그 사실을 결코 과시하지 않는다. 그러한 상식에 어두운 나나오가 무심결에 말실수를 하지 않도록, 올리버는 사건 직후부터 그녀를 단단히 타이르고 있었다.

"어찌 되었건… 그 일은 순수하게 네가 기억해 내기를 기다리는 수밖에 없어. 거기에 기대를 걸기로 하고, 지금은 주문 훈련에 힘을 쏟도록 하자."

확인을 마친 후, 올리버는 곧장 다음 주제로 넘어갔다. **그녀의 마검**에 관해서는 아닌 게 아니라 정말로 조언을 할 방법이 없었다. 자아낸 것이 나나오인 이상, 재현할 수 있는 것 또한 그녀뿐이기 때문이다.

타인은 개입할 방법이 없는 차원의 문제는 둘째 치고, 동방의 소녀에게는 한 사람의 마법사가 되기 위해 해치워야 할 기본적인 과제가 산더미처럼 쌓여 있었다. 그중 가장 큰 과제가 바로 주문을 다루는 법을 익히는 것이다. 평소처럼 그것을 가르치려 하는 올리버를 향해 나나오는 쓴웃음을 지어 보였다.

"역시 그쪽을 말한 것이었소. 물론 하기야 하겠소만… 그 전에 살짝만 칼을 맞대지 않겠소?"

"안 돼. 1학년 최강 결정전에 나간 이상, 주문전에 대한 대응도 최소한은 익혀 둬야 해. 그건 네 몸의 안전을 위한 일이기도 하고 마법사로서 이곳에 재적하는 데 필요한 매너라고도 할 수 있어."

"끄응, 듣고 보니 그렇기는 하구려."

올리버가 엄격한 투로 타이르자 나나오도 진지한 얼굴로 고개를 끄덕였다. 딱히 주문 연습을 땡땡이치고 싶은 게 아니라, 그녀는 단지 눈앞에 있는 상대와 칼을 섞고 싶어 근질거리는 것이다. 그 마음을 헤아리며 소년은 미소를 지은 채 허리에서 백장을 뽑았다.

"마법을 흩뜨리지 않고 날릴 수는 있게 되었으니 너무 걱정하진 마. 전투에서 사용 가능한 수준이 되기까지 얼마 남지 않았어. 그 수준이 되어 검술과 융합시키는 단계까지 너를 이끄는 게 선생으로서의 내 역할이라 생각해."

백장을 뽑은 나나오의 표정이 그 말에 문득 어두워졌다.

"그러하면… 그 수준에 달한 다음엔, 더 이상 소생에게 마법을 가르쳐 주지 않을 것이오?"

조금 전과 달리 쓸쓸한 눈빛을 보내 오는 소녀를 향해 올리버
는 고개를 가로저어 보였다.

"지금까지와 마찬가지로 질문을 하면 평범하게 대답할 거야.
하지만… 그때부터의 너와 나는 명실공히 마법사로서 대등한 사
이라 할 수 있겠지. 내 말은 그런 뜻이야."

소년은 말했다. 상대의 눈을 지그시 쳐다보며. 순간, 백장을
쥔 소녀의 손에 힘이 실렸다.

"그것 참… 가슴이 뜨거워지는 이야기구려."

그대로 그들이 한 시간 정도에 걸쳐 주문 연습을 한 참에 셰라
가 부르러 왔다. 두 사람이 지팡이를 거두고 거실로 돌아가 보
니, 그곳에서는 캐티와 가이가 완성된 요리 옆에 떡 버티고 서서
그들을 기다리고 있었다.

"자아, 완성이야! 어때?!"

"마음껏 먹어! 식기 전에 말이야!"

두 사람의 재촉을 받으며 올리버 일행도 차례로 테이블에 앉
았다. 주식인 검은 빵을 제외하고 차려진 요리는 두 개. 한쪽은
큰 냄비에 든 토마토 베이스로 보이는 찜 요리로, 이쪽은 캐티가
만든 것이다. 나머지 한쪽은 구운 고기와 채소에 짙은 갈색을 띤
소스를 끼얹은 걸 큰 접시에 담아낸 것인데, 이쪽이 가이가 만든

요리였다.

"이거⋯ 둘 다 맛있어 보이는걸."

"먹어 보죠. 그럼⋯ 미궁에서 보내는, 우리의 첫 번째 밤에!"

롤 헤어 소녀의 목소리에 맞춰 여섯 명이 발포 사과수(사이다)가 든 잔을 일제히 부딪혔다. 사과를 발효시켜 만드는 술의 일종이지만 알코올은 조금밖에 안 들어 있어서 미궁 안에서는 나이를 불문하고 이것을 즐겼다. 과즙의 달콤함과 자극적인 탄산이 그들의 마른 목을 타고 시원하게 미끄러져 내려갔다.

목을 축이고 나서 곧장 요리로 손을 뻗었다. 캐티와 가이가 진지하게 바라보는 가운데, 나머지 네 명은 두 개의 요리를 각각 입으로 옮겼고⋯ 침묵 속에서 몇 분 정도 맛을 보는 시간을 가진 후에 올리버가 나직하게 말했다.

"⋯양쪽 모두 맛있어. 하지만 그럼에도 굳이 승패를 가르자면⋯."

소년은 고기와 채소가 담긴 큰 접시 쪽으로 시선을 옮겼다. 세라도 고개를 끄덕이며 말을 이었다.

"가이 쪽이 한 수 위네요. 캐티의 요리도 잘 만들어지기는 했지만, 이쪽은 제게 낯선 맛이에요. ⋯저기, 더 먹을 수 있을까요?"

롤 헤어 소녀가 조심스럽게 말하며 가이를 쳐다보았다. 그에 응해 만면에 미소를 띤 채 추가 음식을 퍼 담아 주는 그의 옆에서 곱슬머리 소녀가 놀란 얼굴로 테이블에 두 손을 짚었다.

"져, 졌어…?! 내 야심작이, 저런 조잡한 요리에…!"

"하핫, 뭘 모르는군. 생각을 해 봐. 오랫동안 미궁을 돌아다니다가 도착한 곳에서 먹는 밥이라고. 이 자리의 분위기는 굳이 말하자면 캠프에 가까워. 캠프에는 캠프의 정석이라는 게 있기 마련이고. 이런 데 왔으면 당연히 직화구이를 해야지!"

"크으으으으~~~!"

캐티는 반박하지 못하고 어깨를 파르르 떨었다. 그 모습을 바라보며 올리버도 과연, 하고 납득했다. 아마도 두 요리의 완성도에는 그렇게까지 큰 차이가 없을 거다. 다만 가이 쪽이 이 상황에 어울리는 것을 만들었을 뿐이다. 그것이 그가 말한 '캠프의 정석'인 것이리라.

"엉덩이의 원한은 아직 가시지 않았다고. 식사가 끝나면 이걸로 승부하자. …물론 벌칙을 걸고 말이야!"

가이는 짐에서 카드를 꺼내 테이블에 내려놓았다. 그의 눈동자가, 밤은 이제 시작일 뿐이라고 외치고 있었다.

식사를 마치자마자 일동은 카드 게임을 시작했고, 그렇게 이기고 지기를 반복하다 보니 어느덧 두 시간 남짓이 지나 있었다.

"아~ 자알 놀았다! 오랜만에 실컷 놀았네! 캐티, 고맙다! 비밀기지란 건 참 좋다니깐!"

"그렇게 고마우면 좀 봐주면서 벌칙을 주든가!"

의자에 앉은 채 만족스럽게 기지개를 켜는 가이의 옆에서, 자랑거리인 긴 곱슬머리가 거꾸로 곤추선 채로 캐티가 말했다. 꼴찌를 한 벌칙으로 머리에 마법을 건 결과다. 중력을 완전히 거스른 그 머리 모양은 빗자루를 보는 듯해서, 올리버는 자꾸만 터지려 하는 웃음을 참느라 애를 먹어야만 했다.

"이, 이쯤 했으니 됐어, 원래 상태로 되돌리자. …**본래의 모습으로 돌아가라—아드리디날레.**"

그가 해제주문을 외자 캐티의 머리 모양이 평소처럼 돌아갔다. 곱슬머리 한 다발을 만지작거리며 그녀는 안도의 한숨을 내쉬었다. 한편, 올리버가 회중시계를 꺼내 확인하고서 다시금 입을 열었다.

"시간도 늦었으니 그만 쉬는 게 좋겠어. 잠자리를 준비할까 하는데… 다들 더 하고 싶은 일은 없어?"

모두에게 확인하듯 말하자 몇 초쯤 지나 세라가 조심스럽게 손을 들었다.

"저기, 한 가지 제안이 있는데. …이름을, 붙이지 않겠어요?"

그녀의 말에 나머지 다섯 명이 무슨 뜻일까, 하고 고개를 갸웃했다.

"…이름?" "무슨 이름?"

"이 여섯 명의 모임에요. …이상한 소리처럼 들릴지도 모르겠지만. 저는 지금, 무척 즐겁거든요. 정말로… 믿기지 않을 만큼 즐거워요. 너무 즐거워서, 특별하게 여기고 싶어요. 이 시간, 이 공간, 이 관계… 모든 것에 이름을 붙여 확고한 것으로 만들고 싶어요. …이, 이상한가요?"

롤 헤어 소녀가 자신 없게 주변을 둘러보았다. 평소의 그녀와 다른 그 모습을 팔짱을 낀 채 바라보며 가이가 고개를 가로저었다.

"딱히 이상하진 않아. 지나치게 낭만적이기는 하지만, 그것도 나쁘지 않겠어."

"모임의 이름이라… 생각해 본 적도 없었어. 있지, 피트. 어떤 게 좋을까?"

"왜, 왜 나한테 그래? 갑자기 그런 걸 물어보면, 으음…."

나란히 생각에 잠긴 동료들 앞에서 나나오가 문득 말했다.

"…다들. 칼을 뽑아 주시겠소."

그렇게 말하며 의자에서 일어나더니, 곧이어 허리에서 칼을 뽑았다. 눈짓으로 거듭 재촉을 하기에 나머지 다섯 명도 당황하며 따라서 했다.

"동그랗게 모여서, 각자 똑바로 칼을 내미는 것이오. 그렇게… 서로 포개어지게."

여섯 개의 칼날이 천천히 교차된다. 그 모습을 위에서 내려다보자… 칼날 하나하나가 꽃잎을 이루어, 마치 그들의 중심에 커다란 꽃이 피어난 듯했다.

"이렇게 칼날이 이루는 꽃 모양을, 소생의 고향에서는 검화(劍花)라 불렀소. 무인의 우의(友誼)를 상징하는 모양이오."

"헤에, 동방의…."

"여기에 변하지 않는 우정을 맹세하는 거야?"

"아니. 아무것도 맹세하지 않소."

나나오는 단호하게 고개를 가로저었다. 그 말에 놀란 다섯 명을 향해, 그녀는 미소를 띤 채 말을 보태었다.

"다만 기억하는 것이오. 이곳에서 피어난 꽃의 모양을. …적이 될지 아군이 될지, 내일에는 서로의 위치 관계가 어찌 될지 알 수 없소. 머지않아 누가 살고 누가 죽을지도 알 수 없소. 무인은 미래에 관한 말을 내뱉지 않는 법이오. 할 수 있는 것이라고는 이 순간을 선명하게 새기는 것뿐."

올리버는 그 순간 납득했다. 아마도 그녀의 고향은 전란의 한복판에 있었을 테고… 그렇기에 격렬한 전쟁에 몸을 던진 무인들은 언제 목숨을 잃을지 모르는 자신의 입장상 '미래를 맹세'하는 행위 그 자체를 불성실한 것으로 간주했으리라.

내일 다시 만나자. 그런 사소한 약속조차도 그녀와 그 동료들에게는 너무도 덧없는 것. 분명히 존재하는 것은 지금 현재뿐. 나나오 히비야라는 소녀는 그러한 무상(無常)함 속에서 줄곧 살아온 것이다.

"……."

거기까지 이해하고서 그는 생각했다. 킴벌리라는 마경을 살아가는 자신들 역시 같은 처지일 것이라고.

"지금 이 순간, 우리의 꽃은 분명히 이곳에 피었소. 미래야 어찌 되었건, 이 순간은 결코 변하지 않소. 제아무리 잔혹한 운명이 기다리고 있다 해도, 우리가 이곳에서 맺은 꽃을 흩뜨리는 것만은 결단코 불가능하오."

그렇기에 나나오는 단언하는 것이다, 지금 현재만은 양보하지 않겠다고. 무인의 우의를 상징하는 검화로써, 이곳에 모인 여섯 마법사의 유대를 새기겠다고.

"따라서, **검화단**(劍花團). …우리의 모임을, 소생은 그렇게 이름하였으면 하오."

조용한 목소리로 동방의 소녀는 이야기를 그렇게 매듭지었다. 여섯 명 사이에 침묵이 깔렸다. 그들의 마음에 나나오의 말이 천천히 스며들었다.

"검의 꽃이라. …조금 불온하기는 하지만. 나는 좋은 이름이라고 생각해."

올리버가 가장 먼저 찬성했다. 그를 계기로 한 사람씩 차례로 고개를 끄덕였다.

아무도 이의를 제기하지 않는 것을 확인한 후, 롤 헤어 소녀가 입을 열었다.

"…네에, 좋아요.

지금 이 순간부터 우리는 검화단. 끝없는 시공의 한구석에 피는, 잊히지 않는 한 송이 꽃."

셰라의 엄숙한 목소리를 들으며 그들은 자신들이 이룬 검화를 내려다보았다. 자신들의 유대의 증표로.

"모든 꽃은 지는 것을 두려워하지 않고 흐드러지게 피어요. 우리도 그렇게 존재하도록 해요. 지지 마라, 시들지 말라고 간절히 바랄 게 아니라. 있는 힘껏, 지금 이 순간에 강하고 크게 피어나도록 해요.

그렇게 쌓아 올린 시간이야말로… 분명 영원보다도 자랑스러운 것이 될 테니까요."

롤 헤어 소녀는 확신을 담아 말했다. 또다시 침묵이 깔렸다. 그러고서 그들은 한참을 말없이 있었고… 이윽고 가이가 나직하게 입을 열었다.

"…야, 셰라. 얼굴이 새빨간데?"

"아니, 너도 빨갛거든, 가이?"

"그러는 피트도 새빨개."

"으하하하. 캐티의 뺨은 잘 익은 감 같소."

"너도 못지않아, 나나오…."

"당신도 그래요, 올리버."

정신을 차리고 보니 모두 하나같이 뺨이 붉어져 있었다. 지팡이검을 허리에 다시 꽂으며 올리버가 어흠, 하고 헛기침을 했다.

"…확실히 쉽게 잊을 수 없겠는걸. 이 쑥스러움은."

"셰라… 이제 특별해졌어?"

"네, 더없이…. …이런 경험은 처음이에요. 제 말을 스스로 제어할 수 없게 되다니."

"그게 여행지에서 맞은 늦은 밤의 감성의 무서움이지. 벗어날 수 있는 녀석은 없어."

"…화, 화제를 바꾸자! 왠지 이유도 없이 몸이 근질근질하니까!"

낯간지러움을 견디다 못한 피트가 억지로 화제를 바꾸려 했다. 다른 면면들도 웃으며 고개를 끄덕였고, 그 후부터 잠이 들 때까지 여섯 명은 지겹지도 않은지 계속해서 수다를 떨었다.

제3장

Three on three
3대3

"…으엉?"

정신을 차린 순간, 낯선 석조 천장이 눈에 들어왔다. 밖에서 느끼던 늦가을의 그것과는 또 다른 쌀쌀함을 느끼며 가이는 느릿느릿 몸을 일으켰다.

"좋은 아침, 가이. 잘 잤어? 대단한 침구는 준비하지 못했지만."

"…어엉. 난 의외로 어디서든 잘 자거든."

먼저 일어난 올리버가 잠에 취한 눈을 한 친구에게 말을 걸며 우려 두었던 홍차를 컵에 따라 내밀었다. 그것을 받아 입에 머금으며 가이는 옆에서 아직도 고른 숨소리를 내고 있는 피트의 얼굴을 내려다보았다. 어젯밤엔 그 후, 숫자가 부족한 침구를 거실 바닥에 나란히 깔고 그대로 여섯 명이 섞여 잠들었던 것이다.

"…음? 여자애들이 안 보이는데. 다른 방에 있어?"

"아니, 그 애들은 일찍 일어나서 밖에 나갔어. 돌아올 때가 됐는데."

"밖에? 야야, 괜찮은 거야…?"

불안해진 가이가 일어나 입구로 다가갔다. 그리고 바깥 상황을 살피려고 문을 연 순간, 녹색의 거대한 얼굴이 불쑥 내려왔다.

"우와아아아아아아악?!"

간이 철렁해진 소년이 호들갑스럽게 뒷걸음질을 쳤다. 아인종의 거대한 얼굴 옆에서 캐티의 작은 몸이 빼꼼 나타났다.

"응? 왜 갑자기 큰 소리를 내고 그래, 가이?"

"아, 안 그러게 생겼냐! 문을 열자마자 느닷없이 트롤이 보이다니, 이게 무슨 일이냐고!"

쿵쾅거리는 가슴을 손으로 부여잡은 채 가이가 항의했다. 올리버도 경계하기 위해 자리에서 일어났다. 하지만 문에 버티고 있는 트롤 때문이 아니라… 곱슬머리 소녀에 이어 방에 들어온 상급생, 사안의 마녀 때문이었다.

"…밀리건 선배."

"오랜만이네, 미스터 혼. 뭐, 그렇게 경계하지 말라고. 너희와 적대할 생각은 없어."

그렇게 말하며 밀리건은 친근하게 한 손을 들어 보였다. 하지만 올리버도 그 정도로 경계를 풀지는 않았다. 언제든 지팡이검으로 손을 뻗을 수 있도록 대비하고 있는 그를 보고 마녀는 온화하게 말을 이었다.

"이 방의 원래 주인으로서, 그리고 알토 양의 선배로서 지금의 나는 상응하는 책임을 다하고 있는 것뿐이야. 1학년들끼리 트롤을 이곳까지 데려오려면 고생이 이만저만 아닐 테니까. 조금 도와주러 온 거라고."

"네! 큰 도움이 됐어요, 밀리건 선배!"

캐티가 기운차게 감사 인사를 했다. 정면 입구로 트롤을 들이기는 어렵겠다고 판단한 그녀는 밀리건과 상의해서 다시 방에서 나갔다. 올리버가 문에서 몸을 내밀어 밖을 보니, 이쪽 입구로 부터 다소 떨어진 장소에서 마녀가 주문을 읊고 있었다. 그 자리에 큰 방으로 이어진 뒷문이 열려서 트롤은 그 커다란 몸을 안에 들여놓을 수 있었다.

"공방 하나를 받았다는 이야기를 들었을 때는 꽤나 통이 큰 이야기라고 생각했습니다만… 결국 선배는 어떤 속셈이신 건가요?"

뒤쪽에서 나나오와 나란히 선 채 그 모습을 바라보던 셰라가 의아하다는 듯이 물었다. 밀리건은 씩 웃었다.

"뭐, 알토 양의 장래성을 보고 선행 투자를 한 거야. 나는 이 아이의 재능을 높이 사고 있어. 대성하게 되면 그 부산물이라도 얻고 싶다는… 지극히 단순한 속셈으로 한 일이지."

솔직한 본심인지, 진의를 감추기 위한 구실인지… 현시점에서는 판단하기가 어려웠다. 트롤 수용 작업을 마친 밀리건과 함께 여학생 세 명이 방으로 돌아오자, 그들의 이야기 소리에 잠이 깬 피트가 꾸물꾸물 몸을 일으켰다.

"…시끄러워… 벌써 아침이야…?"

잠에 취한 눈으로 말하며 안경을 찾아 두 손을 더듬는다. 그때, 옆에서 누군가가 그가 찾던 물건을 내밀었다. 물건을 받은 소년이 그것을 장착하고 상대에게 고마움을 표하고자 시선을 돌린 직후… **손바닥에 자리한 이형(異形)의 눈과 눈이 마주쳤다.**

"…우와악?! 소, 손?!"

화들짝 놀란 피트가 엉덩방아를 찧으며 뒷걸음질을 쳤다. 무리도 아니었다. 손목부터 손가락까지만 있는 것이, 다섯 손가락을 발처럼 움직여 바닥을 돌아다니고 있었기 때문이다. 그것은 빠르게 움직여 밀리건 쪽으로 달려갔고, 그녀는 오른손으로 그것을 집어 어깨에 얹었다.

"귀엽지? 문득 생각이 나서 말이야, 미즈 히비야에게 베인 왼손을 유사생명체로 만들어 봤어. 친근감을 담아 밀리핸짱이라고 불러 줘."

나, 밀리건의 핸드(손)이니까, 라고 중얼거리며 마녀는 쿡쿡 웃었다. 올리버는 미간을 찌푸렸다. …분명 마법사라면 한 달 안에 새로운 팔을 돋아나게 할 수 있다. 하지만 베어 낸 손을 이어 붙이는 데는 하루도 걸리지 않는다. 거기에 드는 시간과 노력의 차이를 감수해 가면서까지 자신의 한 손을 사역마로 만드는 감각을 그는 도저히 이해할 수 있을 것 같지가 않았다.

"…나아. 캐티의 옆, 좋다."

그때, 서툰 말소리가 끼어들었다. 큰 방에서 거실로 이어진 문이 열리더니 트롤이 커다란 얼굴을 내밀고 있었다. 캐티가 그리로 달려가 뺨을 쓰다듬었다.

"얘도 이렇게 말하고, 바네사 선생님한테 맡겨 두고 싶지는 않아서 일단 내 사역마로 곁에 두려고. 아, 이름은 마르코야. 제대로 학교 측의 허가도 받아 두었으니 안심해도 돼."

빙긋 웃으며 캐티가 덧붙여 말했다. 그 말에 고개를 끄덕이며 올리버도 트롤에게 다가갔다.

"상당히 차분해진 듯한데. …나를 알아보겠어, 마르코?"

"안다. 올리버. 캐티, 네 이야기, 나한테 자주 한다."

"앗?! 그, 그런 소리 하지 마!"

곱슬머리 소녀가 허둥지둥 소리쳤다. 다른 면면들을 둘러보며 마르코는 말을 이었다.

"가이, 피트, 나나오, 셰라… 모두, 캐티의 동료. 그러니, 내 동료. 아니, 냐?"

한없이 심플한 물음이었다. 그 소박함에 올리버는 미소를 지은 채 고개를 가로저었다.

"아니, 맞아. 잘 부탁할게."

그렇게 말하며 그가 내민 오른손에, 그의 몇 배는 되는 아인종의 손이 포개어졌다. 그 모습을 지켜보던 가이가 팔짱을 낀 채 신음했다.

"트롤이 말을 하니 역시 기분이 이상하네…. 캐티, 네가 데려왔으니 책임지고 돌봐라?"

"말 안 해도 잘 돌봐 줄 거야. 산책도 데려갈 거라고. 겨우 우리에서 나왔는데 방 안에만 있으면 답답할 것 아냐."

"…잠깐 기다려 봐. 너, 트롤을 데리고 미궁 안을 돌아다니려고?"

"호위가 되기도 할 테니 일석이조이기는 하지만… 또 소문이 날 것 같네요."

셰라는 쓴웃음을 지어 보였지만 그녀를 비롯한 동료 중 그 누구도 곱슬머리 소녀를 말리려고 하지는 않았다. 캐티는 허리에 손을 얹은 채 떡 버티고 서서 말했다.

"이제 와서 그런 건 신경 안 써. 자… 다들 가자! 탐색 2일차를 시작해 봐야지!"

"…우왁?!" "뭐야, 트롤?!"

"오~ 크기도 하네." "야, 지나가기 힘들잖아. 저리 비켜~"

그들이 거점을 나서서 탐색을 개시하자, 마주친 학생들은 각양각색의 반응을 보였다. 입학식에서 있었던 사고의 영향인지 대부분의 1학년은 시야에 들어오자마자 우향우해서 도망쳤지만, 상급생들은 태연하게 말을 걸어왔다.

"…예상은 했지만, 상급생들은 하나도 안 놀라네."

"깊은 계층에서는 이보다 커다란 마물과 맞닥뜨리는 경우도 드물지 않을 테니까요."

"거꾸로 말하면 1층에서 트롤은 상당히 강한 부류에 속해. 호위로는 충분하고도 남지만…."

말을 나누는 올리버 일행의 머리 위에서 쿵, 둔탁한 소리가 났다. 고개를 들어 보니 당사자인 마르코의 머리가 튀어나온 천장에 닿아 있었다.

"…통로에 비해 커다란 몸집이 문제지."

"잠깐, 방금 엄청난 소리가 났는데! 괜찮아?!"

"음, 괜찮다. 나, 안 아프다."

마르코가 몸을 숙이며 답했다. 튼튼하기로는 아인종에서도 손에 꼽히는 종이라 이 정도로는 혹 하나 생기지 않을 거다. 올리버는 새삼 이 상대를 날이 서지 않은 칼로 일격에 쓰러뜨린 나나오의 검술이 경이로울 따름이었다.

몇몇 분기점을 지나 10분 정도를 걷자 통로 중간이 볼록 솟아오른 공간이 나왔는데, 그들은 그곳에서 푸른 물이 고인 작은 저수지와 마주쳤다. 수면을 자세히 내려다보니 그 안에는 어느 교실의 광경이 비추어져 있었다. 밀리건이 그곳을 가리키며 입을 열었다.

"이곳이 조금 전의 거점에서 가장 가까운 '출입구'야. 안으로 들어가면 대개 교사 4층에 있는 교실로 나갈 수 있지. 단, 연결 장소가 어긋나는 경우도 있어서 늘 사용할 수 있는 건 아니야. 그 점은 주의하도록 해."

그녀의 설명에 가이가 문득 고개를 갸웃했다.

"…응? 그럼, 처음부터 여기로 왔으면 금방 도착할 수 있었겠네?"

"아니아니. 이 깊이까지 자신의 힘으로 올 수 있어야 한다는 게 그 공방을 양보하는 최소한의 조건이었어. …거듭 말하지만, 이 출입구는 늘 사용할 수 있는 게 아니야. 여차할 때는 자신의 힘으로 탈출할 각오가 필요하다고."

사안의 마녀는 진지한 얼굴로 충고했다. 그 모습은 사고뭉치 후배를 타이르는 평범한 상급생의 그것으로만 보였고, 일전에 격전을 벌였을 때와는 너무도 딴판이어서 올리버는 골치가 아파 왔다. 그러던 그때, 밀리건이 그들의 옆을 지나 걸어온 통로로 혼자 되돌아가기 시작했다.

"그럼 나는 이만 실례하도록 할게. 너희는 계속해서 탐험을 즐기도록 해. 모쪼록 방심은 하지 말고."

그러고는 그 말을 끝으로 모퉁이를 돌아 모습을 감췄다. '출입구'가 기능하고 있다는 것을 확인한 여섯 명은 고갯짓을 하고서 다시 전진하기 시작했다. 직후, 뒤를 따르던 마르코가 쿵, 하고 머리를 천장에 부딪쳤다.

"아아, 또…!"

"보아하니 좁은 통로로는 데리고 갈 수 없겠어. 뭐… 오늘은 큰길을 골라서 탐색하는 걸로 충분하겠지. 개인적으로는 마법약 소재를 채취할 수 있는 포인트를 찾아냈으면 좋겠는데."

"그러한 장소는 아무래도 1층에서 찾기 힘들 거예요. 좀 더 깊이 들어가고 싶기는 하지만….”

말을 나누며 탐색을 계속한다. 좁은 길을 피해 갈림길에서 길을 고르고, 이전처럼 함정에 걸리지 않도록 주의를 기울여 가며 여섯 명은 조금씩 조금씩 미궁의 깊은 곳으로 내려갔다.

“…음… 기다리세요.”

내리막길 통로를 내려가던 중, 문득 전방에서 한줄기 바람이 불어왔다. 거기에 녹음의 냄새가 실려 있다는 사실을 알아챈 셰라가 일동을 정지시켰다.

“…여기보다 앞으로 가면, 곧 2층에 돌입하고 말 거예요. 일단 돌아가죠.”

“아, 그렇구나. …2층은 여기랑 많이 달라?”

“환경도 위험도도 차원이 다르다고 들었어요. 이곳, 1층이 ‘고요한 미로’라고 불리는 데 비해 2층은 통칭 ‘북적이는 숲’… 환경이 보다 넓고 복잡해지는 데다 마법생물의 생태계가 단숨에 확장되어요.”

“숲…? 미궁 안에 숲이 있다고? 여긴 교사 지하잖아?”

“숲은 물론이고 더 깊이 내려가면 **바다**까지 있다고 해요. 이 미궁은 지하라기보다 ‘이계(異界)’라고 표현하는 게 적절할 거예요.”

예상을 뛰어넘은 답변에 안경 쓴 소년의 눈이 휘둥그레졌다. 그들이 그대로 발길을 돌려 다 같이 왔던 통로로 돌아가기 시작한 순간.

"…어딜 가려고, 미셸라."

문득 도발적인 목소리가 들리더니 언덕을 올라가는 여섯 명과 트롤의 진로를 두 명의 인물이 가로막았다. 작은 몸집의 금발 여학생, 그리고 그 옆에 나란히 선 남학생이었다. 두 사람을 올려다보며 셰라가 말했다.

"미즈 콘월리스. 당신들도 들어와 있었나요."

"그냥 들어와 있던 게 아니야, 기다리고 있었던 거지. 너희의 메달을 빼앗기 위해서 말이야."

그렇게 말하며 콘월리스는 날카로운 눈빛을 날려 왔다. 캐티의 뒤에 있던 마르코가 상대의 태도에서 적의를 느끼고 이를 드러냈다.

"크르르르르르르르르!"

통로에 으르렁거리는 소리가 울려 퍼지자 콘월리스는 무의식적으로 경계 자세를 취했다. 마르코가 계속해서 위협을 하자 곱슬머리 소녀가 나서서 다정한 목소리로 달래었다.

"워워, 짖으면 안 돼. 괜찮아~"

그녀가 달래자 트롤의 분노도 서서히 잦아들었다. 그 모습을 본 콘월리스가 눈살을 찌푸렸다.

"…야만스러운 짐승이네. 이 이벤트에서 사역마는 규칙상 금지되어 있었을 텐데."

"실례잖아, 공격하라고 하지 않을 거라고! 이쪽은 느긋하게 산책하고 있었던 것뿐인데 그쪽이 느닷없이 찾아온 거고! 애초에 나는 이벤트에 참가하지 않았거든?!"

어이가 없다는 듯 캐티가 반론했다. 그러자 페이가 가볍게 한숨을 내쉬며 옆에 있던 콘월리스에게 말했다.

"진정해. 저쪽은 그럴 생각이 없다니까."

"나도 알아. 못을 박아 둔 것뿐이야."

뻔뻔하게 콘월리스가 그렇게 말했다. 이야기가 이상한 쪽으로 꼬이기 전에 올리버는 자신의 의사를 밝혀 두기로 했다.

"규칙에 어긋나는 싸움을 할 생각은 추호도 없어. …이곳에서 붙자는 거지?"

"그럴 생각이야. 하지만 한 가지 제안이 있어. …2대2로 싸우자."

자신만만하게 그렇게 말하더니 콘월리스는 옆에 선 남학생의 어깨에 손을 얹었다.

"나는 이 녀석… 페이랑 팀이 되어 싸울게. 그쪽도 알아서 2인 팀을 짜서 덤벼 줘."

"…과연. 그렇게 나왔나요."

상대의 제안에 납득한 듯 고개를 끄덕인 후, 셰라가 동료들에게로 몸을 돌렸다.

"태그전 제안이에요. 올리버, 나나오, 당신들은 어떻게 생각하시나요?"

"재미있겠소이다!"

"아니, 잠깐 기다려. …셰라. 저 두 사람은, 오래 알고 지낸 사이지?"

올리버가 확인을 구하자 롤 헤어 소녀는 고개를 끄덕여 보였다.

"짐작하신 대로 주종(主從)에 가까운 관계예요. 옛날부터 만날 때는 늘 함께 있었죠. 연계의 수준도 높을 거예요."

"상대의 특기 분야라 이거군. 그걸 받아들이는 건 상책이 아닌 듯한데…."

"그렇죠. 하지만… 재미있을 것 같지 않나요? 저 둘이 함께 보낸 세월에, 우리의 반년을 부딪혀 보는 것도."

대담한 미소를 띤 채 셰라가 말하자 올리버는 과연, 하고 쓴웃음을 지었다. 상대가 가장 자신 있어 하는 부분에 도전하는 대담함이 그야말로 그녀다웠다.

"듣고 보니 그러네. …그럼 너와 나나오가 한 팀이 되도록 해. 미즈 콘월리스는 너와 싸우고 싶은 듯하고… 나나오도 흥미진진한 눈치니까."

올리버가 그렇게 말하며 옆으로 시선을 던졌다. 그의 말대로 동방의 소녀는 강적에 대한 기대감으로 눈을 반짝반짝 빛내고 있었다. 지금 당장이라도 시작하고 싶다. 그렇게 말하는 듯한 그

녀의 모습을 제안의 답으로 받아들이며, 셰라는 언덕 위에 자리
한 두 사람에게로 여유롭게 몸을 돌렸다.

"2대2, 받아들이겠어요. 이쪽은 저와 나나오가 나가죠."

그렇게 합의가 이루어지자 콘윌리스가 씩 웃었다. 네 사람이
동시에 지팡이검으로 손을 뻗은 순간.

"송사리의 생각치고는 나쁘지 않군. …나도 끼어 주지."

갑자기 들려온 남자의 목소리에 일동의 이목이 집중되었다.

"3대3. 이편이 더 재미있을 것 같지 않나? 미즈 맥팔렌."

"조셉 올브라이트…?!"

뒤를 돌아본 콘윌리스가 화들짝 놀라 상대의 이름을 불렀다.
자신감과 위압감을 온몸에서 내뿜고 있는 덩치 큰 남학생이 그
곳에 있었다. 올리버의 표정이 더욱 심각해졌다. 넥타이의 색으
로 미루어 같은 1학년이라는 것은 분명하지만 느껴지는 분위기
는 아무리 보아도 같은 또래의 그것이 아니었기 때문이다.

콘윌리스 일행의 맞은편에 자리한 상대의 모습을 물끄러미 바
라보며 롤 헤어 소녀가 입을 열었다.

"…드디어 왔네요. 미스터 올브라이트."

"저쪽도 셰라의 지인이오?"

"아니, 나도 그 성은 알아. 올브라이트… 유명한 일족이야. 무
투파 마법사를 다수 배출한 걸로 유명하지."

그렇게 말하며 올리버는 그 이름이 지닌 여러 뒤숭숭한 일화

를 떠올렸다. 세라가 고개를 끄덕였다.

"게다가 무투파 가계인 탓에 집에서 받아 온 교육이 다른 학생들과는 근본적으로 달라요. 1학년 최강의 필두 후보… 그렇게 말해도 지장이 없는 인물일 거예요."

그녀 역시 명가 출신이기에 그 말에는 무게가 있었다. 한편, 콘월리스도 페이와 나란히 긴장을 늦추지 않고 지팡이검의 자루에 손을 댄 채 뜻밖의 난입자와 마주했다.

"…3대3? 우리와 한 팀이 되겠다고, 당신이?"

"2대2대1이 더 좋았을까? 난투가 취향이라면 나는 그래도 전혀 상관없다만."

올브라이트는 불손하게 말을 내뱉었다. 수적 열세는 자신에게 아무런 의미도 없다는 듯이. 그는 눈살을 찌푸리는 콘월리스에게서 시선을 떼더니 그 맞은편에 있는 두 사람을 바라보았다.

"그쪽은 어떻지? 미즈 맥팔렌과 여자 사무라이. 거기 있는 송사리를 넣으면 너희도 일단은 3인 팀이 될 텐데. 내가 적에게 붙으면 승산이 없다며 꼬리를 말고 도망칠 생각이라면, 그건 그것대로 상관은 없다만."

그렇게 말하며 올리버를 보고 비아냥 섞인 웃음소리를 냈다. 그 말을 들은 세라의 눈빛이 더욱 날카로워졌다.

"…기다리세요. 방금, 누구를 보고 송사리라 했죠?"

"누구라 한들 대답하기 곤란하군. 송사리 따위의 이름을 일일이 외우고 다니지는 않으니. 네 옆에 서 있는 송사리, 라고 말하는 수밖에."

올브라이트는 어깨를 으쓱하며 계속해서 '송사리'라는 호칭을 썼다. 셰라가 정정을 요구하고자 따지려던 순간, 당사자인 올리버가 그녀의 어깨에 손을 얹었다.

"괜찮아, 셰라. …나도 저런 말을 듣고 가만히 있을 생각은 없어."

강한 어조로 말을 내뱉은 것을 계기로 올리버는 싸움을 지켜보는 입장에서 벗어나 그 중심에 발을 들였다. 몇 걸음을 내디뎌 셰라, 나나오와 나란히 선 소년은 상대방 세 명을 날카로운 눈빛으로 쳐다보았다.

"3대3 집단전, 받아들이지. 주문을 포함한 종합전이면 되겠어?"

"누구 마음대로! 우리는 아직 받아들이겠다고…."

"아니, 잠깐만."

옆에 서 있던 페이가 예상치 못한 전개에 당황한 콘월리스에게 말했다. 그는 소녀의 귓가에 입을 갖다 대고 말을 이었다.

"…잘 생각해 봐. 올브라이트의 표적은 사무라이고 네 표적은 미즈 맥팔렌이야. 올브라이트가 사무라이를 상대해 준다면 오히려 잘된 일이야. 이쪽의 승률이 올라가니까."

"흠…."

252

의견을 들은 콘월리스가 생각에 잠겼다. 그 대화에는 관심이 없다는 듯이 올브라이트가 입을 열었다.

"마음대로 결정해라. 하지만 두 가지 규칙을 추가하고 싶군.

우선 불살주문은 절반만. 그리고 승패가 정해지면 살아남은 자가 진 쪽의 메달을 모두 갖는다. 이 조건은 어떠냐?"

생각지 못한 조건 제시에 올리버가 눈살을 찌푸렸다. 그 의도에 대한 설명이 계속되었다.

"상관없겠지? 일찌감치 탈락해 놓고 팀의 승리에 편승해 메달을 얻으려는 파렴치한 놈은 이 자리에 없을 테니. 상을 갖고 싶다면 직접 마지막까지 살아남으면 된다, 그뿐이다."

"…그런 소릴 해 놓고, 싸움 도중에 아군의 뒤를 칠 생각은 아니겠지?"

"그게 신경 쓰인다면 같은 팀에 대한 공격 금지 규칙을 따로 두어도 좋다. 나는 아무래도 상관없거든. …쓸모없는 녀석과 승리를 나누지 않아도 된다면."

콘월리스의 지적에도 올브라이트는 거만하게 콧방귀를 뀌며 답했다. 그러한 태도에서는 팀메이트에 대한 신뢰를 눈곱만큼도 느낄 수 없었다. 굳이 나머지 두 명과 상의할 필요도 없다는 듯이 올리버가 딱딱한 투로 답했다.

"메달 분배에 관한 조건은 각 팀에서 각자 정하기로 하지. 서로 참견할 필요는 없잖아. 중간 과정이 어찌 되었건 우리는 얻은 메달을 하나씩 나눌 생각이야."

"하. 송사리답게 미적지근하군."

한없이 깔보는 듯한 투로 말을 내뱉은 후, 올브라이트는 통로를 내려가기 시작했다.

"뭐, 됐다. 따라와라. 전장까지 안내해 주지."

"안내? 당신이 뭔데 멋대로…."

"이 좁은 통로에서 3대3으로 붙을 생각인가? 닥치고 따라오기나 해라."

걸음을 멈추지 않은 채 반론을 뿌리쳤다. 자신들의 옆을 지나 언덕길 안쪽으로 향하는 그에게 세라가 엄격한 투로 말을 던졌다.

"기다리세요, 미스터 올브라이트. 설마 2층에서 싸울 생각인가요?"

"투기장(콜로세움)까지 가기는 귀찮으니까. 2층이라면 넓은 공간은 얼마든지 있고."

"너무 위험해요! 우리뿐이라면 모를까, 이쪽에는 일행도 있는데!"

"그럼 돌아가게 해라. 여길 어디라고 생각하는 거지? 마법사의 싸움을 편안하게 구경하려는 것 자체가 잘못이다."

그렇게 단언하더니 올브라이트는 위압적인 눈빛을 등 뒤로 날렸다. 한없이 불손한 태도이기는 했지만 내용까지 잘못됐다고 볼 수는 없었다. 짧은 생각 끝에 롤 헤어 소녀는 동료들에게로 몸을 돌렸다.

"이 앞은 위험해요. 캐티, 당신들은 일단 거점으로…."

"안 가." "아니, 가긴 어딜 가." "돌아갈 생각은 없어."

캐티, 가이, 피트가 입을 모아 제안을 뿌리쳤다. 놀라서 눈이 휘둥그레진 셰라의 앞에서 세 사람은 서로 얼굴을 마주 보았다.

"저 녀석이 혼쭐나는 걸 보고 갈 거야. 가이랑 피트도 그렇지?"

"그래. 내 몸 정도는 알아서 지킬 테니 안심하라고."

"미즈 콘월리스와는 내가 싸우고 싶을 정도야. …지금의 나로는 상대가 안 될 건 알지만, 하다못해 관전이라도 하게 해 줘."

"우… 괜찮다. 모두, 나, 지킨다."

그들의 의사표명이 이어지더니 호위를 맡은 트롤이 자신의 역할을 강조했다. 그러한 대화를 나누는 모습을 곁눈질하며 페이가 훗, 하고 미소 지었다.

"…친구가 많네. 저쪽은."

"페이, 시끄러워!"

목소리를 높이는 콘월리스에게 어깨를 으쓱하여 답한 후, 그들은 올브라이트의 뒤를 따라 통로를 내려가기 시작했다. 올리버 일행도 고갯짓을 주고받고 그 뒤를 따랐다.

선두에 올브라이트, 그 뒤에는 콘월리스와 페이, 그리고 그 뒤를 올리버 일행이 따라간다. 서로 미묘한 거리감을 유지한 채 10분 정도를 나아가자, 문득 주변이 확 트인 공간이 나타났다.

"이곳이 2층… 통칭 '북적이는 숲'이다. 나 말고는 모두 처음인가?"

처음으로 발을 디딘 올브라이트가 두 팔을 펼치며 주변을 가리켰다. 단순히 공간이 넓어진 것뿐이 아니라 조금 전까지 있던 곳과는 분위기 자체가 명백하게 달랐다. 석조 바닥이며 벽은 흙과 풀로 된 지면으로 바뀌었고, 그 위에 나무들이 자라나 생명의 기운이 짙게 느껴졌다. 돔 형태의 천장이 지면에서 멀리 떨어져 있는 데다 공간 자체도 넓어서, 1층에서는 느낄 수 없었던 해방감이 그들을 감쌌다.

"1학년 때 이곳까지 들어오는 건 자살행위라고들 하지만… 그런 건 범속(凡俗)한 놈들의 기준이다. 상식을 벗어난 재능에는 해당되지 않지. 너도 그렇게 생각하지, 사무라이?"

나나오를 똑바로 바라본 채 올브라이트가 말했다. 올리버는 눈을 가늘게 떴다. 자신을 송사리라고 부르며 무시하는 한편, 나나오와 셰라에게는 일종의 동족의식을 가지고 있다는 것이 느껴진다. 재능 있는 자와 범속한 자. 인간을 그 둘로 구분하는 것이 이 상대의 가치관이리라.

그때, 그의 페이스에 계속 끌려가기는 싫었는지 콘월리스가 주도권을 되찾기 위해 나섰다.

"이야기를 멋대로 진행시키지 마, 미스터 올브라이트. 이건 우리의 싸움이야. 어쩔 수 없이 당신을 끼워 주기는 했지만, 발목을 잡으면 가만 안 둘 거야."

"멋대로 해라. 사무라이는 내가 상대할 거지만."

그것만은 양보 못 한다는 듯이 단언했다. 싸움에 참가하기로 한 여섯 명이 넓은 공간의 중앙으로 나아가 서로에게 불살주문을 건 순간, 그는 품 안에서 한 닢의 동전을 꺼냈다.

"그럼… 시작이다."

핑, 그것을 손가락으로 튕겼다. 떨어진 위치에서 싸움을 지켜보기로 한 캐티, 가이, 피트가 일제히 숨을 죽였다. 상공으로 떠오른 동전이 낙하하기 시작한 순간, 모두가 지팡이검의 자루로 손을 뻗었고….

"…흡!"

동전의 착지와 동시에 올리버가 땅을 박찼다. 직선거리로 가장 가까운 곳에 있던 페이…를 향해서가 아니라. 그는 대담하게도 그 앞을 가로질러 올브라이트의 눈앞에 섰다.

"흠?"

"말했을 텐데. 그런 말을 듣고 가만히 있을 생각은 없다고."

비스듬히 서서 상대와 대치한 채, 전의를 담아 올리버가 말했다. 누가 이 남자와 칼을 맞댈지… 말은 하지 않았지만 나나오와 세라는 이미 그의 뜻을 알고 있었다.

"네 상대는 나야, 미스터 올브라이트. 이 싸움이 끝난 뒤에는 우선 내 이름을 기억해 줘야겠어."

"…하. 헛소리 마라, 송사리."

마주 선 올브라이트는 오른손을 상단으로 겨누었다. 지팡이검을 높이 들어 칼을 맞대기 전에 뭉개 버리겠다는 압박감을 상대에게 주는 자세. 흔들리지 않는 자신감에 근거한, 그림으로 그린 듯한 '강자의 자세'다.

"…후우우우…."

1학년 최강 후보의 필두와 정면으로 맞서는 올리버의 모습에 약간의 죄책감을 느끼면서 세라 역시 자신의 싸움에 집중했다. 콘월리스와 페이 팀을 정면으로 바라본 채, 그녀는 옆에 선 동방의 소녀에게 말을 걸었다.

"정식으로 함께 싸우는 건 처음이네요, 나나오."

"음. 겸사겸사 세라 공의 검을 볼 수 있겠구려."

"후후… 실망시키지는 않을게요."

그렇게 장담을 한 그녀는 손목을 비틀어 몸 쪽으로 끌어당겨 '전광(電光)'의 자세를 취했다. 찌르기에 주안점을 둔 리제트류의 대명사라 할 수 있는 자세다. 그를 통해 진지하게 싸우려는 그녀의 의지를 느낀 나나오도 양손 대상단 자세를 취했다.

"…저기. 올브라이트 녀석, 어째서인지 혼이랑 싸우고 있는데."

"미안. 혼이 자진해서 갈 줄은 몰랐이."

"너 정말!"

전투 초반부터 예상이 빗나가자 콘월리스가 옆에 있던 페이에게 불평을 했다. 하지만… 그러한 대화와 달리 두 사람의 자세에는 빈틈이 없었다. 한쪽은 셰라와 같은 '전광'의 자세, 또 한쪽은 하단 '지뢰(地雷)'의 자세를 취했다. 같은 리제트류를 쓰는 이라도 사용하는 전법은 크게 다르리라는 것을 예상할 수 있었다.

"너무 불평하지 마, 이미 일어난 일을 어떻게 하겠어. …그래서, 어떻게 싸울까? 올브라이트를 엄호해서 우선은 혼부터 처리할까?"

"…됐어. 원래 예정대로 돌아간 것뿐이잖아.

미셸라는 우리가 쓰러뜨리자. 올브라이트는 내버려 둬. 어차피 호흡을 맞출 생각도 없어 보이니까."

그렇게 마음의 정리를 마친 콘월리스는 눈앞의 싸움에 집중했다. 올브라이트의 전력에 의지할 생각은 애초부터 없었다. 그녀가 믿을 것은 자기 자신과 인생의 절반을 함께 보낸 소년 종자뿐이다.

"가자, 페이. 넌 우선 사무라이를 붙잡아 둬."

"알았어. 저걸 붙잡아 두려면 고생 좀 하겠지만… 뭐, 어떻게든 해 볼게."

가볍게 큰소리를 치고서 페이가 날카로운 눈빛으로 나나오를 바라보았다. 롤 헤어 소녀 역시 자신에게 곧장 전의를 보내 오는 소녀를 향해 한 걸음을 내디뎠다.

"얼마 만이죠, 미즈 콘월리스? 당신과 칼을 맞대는 게…."

"몰라. 너랑은 말도 섞기 싫어."

콘월리스가 딱 잘라 거절 의사를 밝히자, 셰라의 얼굴에 쓸쓸함이 번졌다.

"역시, 단단히 미움을 산 것 같네요. …이유를 물어도 될까요?"

"…이야기해 봐야 넌 이해 못 해."

쌀쌀맞게 말을 끊었다. 셰라도 그 이상은 묻지 않고, 양측이 말없이 거리를 좁혀….

"하아압!"

일족일장의 거리에 돌입한 순간, 콘월리스가 쏜살처럼 뛰쳐나갔다. 칼을 내밀어 찌르기를 흘려보내며 셰라는 입가에 힘 있는 미소를 지어 보였다.

"좋은 찌르기예요. 그럼… 이쪽도 가겠어요!"

그 선언과 함께 불꽃 튀는 찌르기의 응수가 시작되었다. 칼날을 흘려 넘기는 최소한의 동작이 그대로 반격의 찌르기가 되어, 몇 초 동안 열 합을 넘는 찌르기가 오갔다. 화려하고 정교하면서도 놀라울 만큼 호흡이 맞는 공방이다. 양측 모두 한 걸음도 물러서지 않은 채 치열한 공방을 이어 나가자 나나오는 탄성을 질렀다.

"오오, 아름답소…. 이것이 동문 간의 싸움이구려."

"악연으로 엮인 상대거든. 미즈 맥팔렌은 그렇게 생각 안 하겠지만."

한숨 섞인 투로 페이가 말했다. 그는 지금부터 칼을 맞댈 상대를 앞에 두고도 콘월리스처럼 전의를 드러내지 않고 지팡이검의 칼날을 흔들흔들 흔들고 있을 뿐이었다.

"내 쪽은 소개를 안 했었지. …콘월리스의 파수견, 페이 윌록이야.

시작하기에 앞서 사과하겠는데, 이쪽은 즐거운 싸움이 되지 않을 거야. 나나오 히비야."

"흠? 그게 무슨…."

"번쩍이고 터져라―플라르고."

페이는 일방적으로 대화를 중단하더니 땅바닥에 폭렬마법을 쏜 후, 몸을 날려 흙먼지 속으로 모습을 감췄다. 우선 시야를 차단할 속셈인가, 하는 생각에 나나오는 똑바로 칼을 겨눈 채 경계하며 습격에 대비했는데….

"……?"

아무리 기다려도 공격이 오지 않았다. 서서히 흙먼지가 걷히고 시야가 확보된 공간에서 그녀가 본 것은… 가까운 나무숲 안에 들어가 나무들을 사이에 끼고 나나오와 마주 선 페이의 모습이었다.

"이런 뜻이야. 나는 겁쟁이거든. 너랑 정면으로 칼을 맞댈 생각은 눈곱만큼도 없어."

"…과연. 그럼, 술래잡기를 해야겠구려."

적의 스타일을 그렇게 인식한 나나오는 칼을 측면으로 고쳐 쥐고 달려 나갔다.

맹렬한 공세를 퍼붓는 콘월리스와 그를 요격하는 세라, 근접전을 꺼리는 페이를 칼이 닿는 범위에 들이기 위해 쫓는 나나오. 한편… 나머지 한쪽의 전황은 앞서 말한 둘과 크게 달랐다.

"화염이여 일어나라—플람마!"

"빙설이여 몰아쳐라—프리구스."

열파와 냉기가 충돌한다. 균형은 1초도 유지되지 않아, 올브라이트의 빙설이 화염을 뚫고 밀려들었다. 하지만 올리버는 이미 주문을 쏜 위치에 있지 않았다. '눌러앉지 말 것'은 주문전의 기본이다. 그 원칙에 따라 발동과 동시에 사선에서 몸을 피한 것이다.

"후읍…!"

대략 10야드 거리에서 적을 확인한 그는 망설임 없이 땅을 박찼다. 질주 후 세 번째와 네 번째 걸음을 내디디며 영역마법을 행사, 발에 닿은 지면의 각도와 마찰 정도를 순간적으로 변화시킨다. 라노프류 마법검 땅의 품새 '홀리는 바닥(고스트 그라운드)'이다. 주법과 함께 사용해 적이 예상치 못한 궤도로 땅을 질주한다.

"가르고 막아라―클리페우스."

그에 맞서 올브라이트는 망설임 없이 발치의 지면에 주문을 걸었다. 2피트 정도의 낮은 벽이 솟아올라 상대의 앞길을 막았다. 올리버는 '능숙해.'라고 생각했다. '홀리는 바닥(고스트 그라운드)'은 발이 땅에 붙어 있어야 진가를 발휘하는 기술이다. 턱을 넘으려면 '도약'을 할 수밖에 없어서 주행으로 인한 현혹(眩惑) 효과가 크게 감소하고 마는 것이다.

그렇다고 해서 발을 멈추면 상대의 의도대로 될 뿐이다. 올리버는 순간적으로 판단했다. 도약하는 수밖에 없다면 **그 동작 속에서 선택지를 늘리면 된다.**

"하압!"

벽이 코앞으로 다가온 순간, 발을 디딘 지면에 탄성을 최대한 부여한다. 그것을 용수철처럼 이용해 적의 예상을 뛰어넘는 높이까지 단숨에 도약하며 **공중에서 몸 전체를 수직으로 1회전**시킨다.

"흠….."

라노프류 마법검 하늘의 품새 '목을 베는 풍차(윈드밀)'. 적의 머리 위를 통과하며 목을 후리는 기습 중 하나다. 하늘 높이 솟아오른 올리버의 몸이 올브라이트의 시야에서 완전히 사라졌다.

"…흥."

하지만 그것을 **쫓아서 올려다보는** 실수를 범하지 않고 그는 즉시 몸을 숙였다. 종이 한 장 차이로 목에서 비껴난 칼날이 허공을 갈랐다. 직후, 도약을 마친 올리버가 그의 후방에 착지했고.

"전광이여 내달려라―토니트루스!"

지체 없이 올브라이트가 자신의 어깨 너머로 전격주문을 날렸다. 돌아볼 시간도 아깝다는 듯이 착지 직후의 정지 순간을 노리고 날린 그것을, 올리버는 가뿐하게 옆으로 뛰어 회피했다. …'목을 베는 풍차(윈드밀)'와 같은 큰 기술은 기술 자체보다 발동 이후의 자세 회복이 중요하다. 흔들림 없는 착지로부터 곧장 회피 동작으로 연결할 수 있게 될 때까지 수련을 쌓는 것이 이 기술을 실전에서 사용하기 위한 전제 조건인 것이다.

"…흥, 과연."

올리버는 다시 비스듬히 서서 적과 마주했다. 그의 눈앞에서 지팡이검을 상단으로 겨눈 채, 올브라이트가 시시하다는 듯이 콧방귀를 뀌었다.

"역시 범속하군. 시답잖은 재주만 많고 검술에도 주문에도 압도적인 결정타가 될 만한 게 없어. 그런 곡예로 나를 무너뜨리겠다는 거냐?"

"그린 밀은 나를 쓰러뜨리고 나서 하지 그래. 미스터 올브라이트."

말을 되받아치며 올리버는 생각했다. 이 상대는 확실히 강하다. 하지만 지금까지의 공방으로 포석은 충분히 깔아 두었다.

"후웁!"

올브라이트가 발을 내디딤과 동시에 상단에서 지팡이검을 내려쳤고, 그에 맞춰 올리버도 똑바로 돌격했다. 사용한 것은 라노프류 마법검 고등기술 '조우의 순간(인카운터)'… 도신에 마력을 둘러 칼날이 스쳐 지나는 순간, 궤도에 간섭. 상대의 참격만을 미세하게 빗나가게 한다.

하지만 적의 몸을 베었어야 할 참격은 **같은 성질의 간섭**에 의해 틀어졌다.

"…큭!" "하."

순간적으로 올리버는 다시 일족일장의 거리까지 물러났다. 그의 눈앞에서 올브라이트가 조롱 어린 미소를 지어 보였다.

"다양한 기술과 주문으로 상대의 혼을 빼놓은 후, 정면에서 '조우의 순간(인카운터)'을 사용해 벤다. 그게 너의 노림수였겠지."

"……"

침묵을 지켰지만 올리버는 내심 놀라고 있었다. 노림수를 간파당한 것도 모자라 **같은 기술로 반격을 당했다.** 서로 의도치 않앗던 나나오 때와 달리, 이번에는 적에게 작전을 간파당한 것이다. 킴벌리에 입학하고서 처음으로 이러한 일을 경험케 한 상대가 설마 같은 학년의 학생이 될 줄이야.

"시시한 전법이군. 같은 송사리라도 로시가 훨씬 싹수가 있었다. 녀석에게는 녀석만의 전법이 있었으니까. 하지만 너의 검에는 그게 없다. 그저 라노프류 교과서의 연장선상에 서 있을 뿐."

"……."

"불쌍하군. 그 길 끝에 너는 대체 어디에 도달할 수 있을까. 과거의 범속한 놈들과 마찬가지로 뜻을 이루지 못하고 주검이나 되겠지. 주제를 모르는 놈에게 어울리는 죽음이기는 하다만…."

말이 채 끝나기도 전에 올리버가 돌격했다. 올브라이트는 즉시 반격했지만, 그의 눈높이에서 치직, 전광이 번뜩였다. 라노프류 마법검 하늘의 품새 '아찔한 귀광(플래시 위습)'. 순간적인 섬광으로 적의 시야를 차단하여 빈틈을 만드는 기술이다.

"시시하군."

올브라이트는 그것을 일소에 부쳤다. 눈을 깜박이기는커녕 움찔하지도 않았다. 그의 동공은 강한 빛이 비추자 순간적으로 빛의 양을 조절했다. 흔들림 없이 명료한 시야에 올리버가 옆으로 그은 칼이 비추었다. 얼굴을 노린 그것을, 그는 여유롭게 칼로 받아 냈고.

"…흠?!"

받아 낸 지팡이검과 함께 **칼날이 밀려들었다.** 예상치 못한 무거운 참격이 올브라이트를 덮쳐, 막아 내지 못한 칼끝이 뺨을 스쳤다. 라노프류 고등기술 '무거운 깃털(헤비 페더)'. 몸의 체중 이동을 이용해 예상한 것 이상의 무게를 참격에 담아 내는 기술이다. '아찔한 귀광(플래시 위습)'은 미끼에 불과했고, 올리버의 진짜 노림수는 이쪽이었던 것이다.

"교과서가 뺨을 긁었다. 감상을 말해 보시지, 미스터 올브라이트."

"…배짱은 좋구나. **망할 송사리.**"

피가 뺨을 타고 흐르는 걸 느낀 순간, 올브라이트의 얼굴에 무시무시한 미소가 떠올랐다. 그 표정을 보고 올리버는 직감했다. …이 상대와의 싸움은 지금부터가 시작일 것이라고.

"올리버가 한 방 먹었어…!" "좋아! 해치워 버려, 그런 녀석!"

가이, 피트, 캐티, 그리고 트롤은 다소 떨어진 위치에서 세 쌍의 전투를 지켜보고 있었다. 하지만 두 소년이 동료의 전투를 관전하는 데 열중하고 있는 한편, 캐티는 물끄러미 넓은 공간의 천장을 바라보고 있었다.

"……."

"응? 야, 캐티, 왜 그래. 너도 응원하라고. 이번 상대는 강적

같으니까."

"…응. 근데, 여기, 뭔가 신경이 쓰여서…."

곱슬머리 소녀는 그렇게 말하고서 얼마 동안 주위를 두리번거리더니 가이에게 고개를 돌렸다.

"…가이. 좀 도와줄래? 만약을 위해서 말이야."

검술로는 절대로 겨루지 않겠다. 페이 윌록은 전투가 시작되기 전부터 그렇게 결심했었다.

나무들을 장해물로 이용하여 결코 상대가 검의 사거리 안으로 들어오지 못하게끔, 온 힘을 다해 거리를 유지하며 빈틈을 노려서 주문을 날린다. 소극적인 전술이긴 하지만 마법검 실력에서 큰 차이가 나는 자를 상대할 때는 오히려 당연한 방침이었다. 견실한 전술이라 평가해도 지장이 없을 거다.

하지만 전투 개시로부터 불과 1분 만에 페이는 뼈저리게 깨달았다. 견실하다 생각했던 그 전술조차도 상식을 초월한 자를 상대할 때는 탁상공론에 불과하다는 사실을.

"우억…!"

참격이 아슬아슬하게 피부를 스치고 지나간다. 간신히 피했다 싶었더니 칼날이 방향을 틀어 목을 노리고 날아든다. 숨 쉴 새조차 없다. 나나오는 앞을 가로막는 나무숲을 닥치는 대로 베며 1

초도 쉬지 않고 페이를 몰아붙였다.

반격할 기회도 잡지 못한 채, 그는 이윽고 한계를 맞이했다. 나무뿌리에 발뒤꿈치가 걸리는 바람에 다리가 멈췄고, 나나오가 그 빈틈을 놓치지 않고 추가공격을 날린다. 몸통을 노리고 옆으로 후린 일격을, 페이는 도신을 왼손으로 받쳐 가까스로 막아 냈다.

"컥…!"

베이지 않고 막기는 했지만 그 위력까지 죽이지는 못했다. 칼날의 압박감에 밀려 페이의 몸이 떠오른다. 끝까지 휘두른 나나오의 칼에 실린 기세 그대로 그는 나무숲 밖으로 단숨에 날아갔다.

"…큭, 하, 아…!"

아슬아슬하게 자세를 유지한 채 착지한 페이의 입가에 경직된 미소가 떠올랐다. 시간벌이조차 성립되지 않는다. 누가 상상이나 했을까, 이렇게까지 터무니없는 상대가 같은 학년에 있으리라고.

"뭐 하는 거야, 페이!"

셰라와의 전투에서 일단 이탈한 콘월리스가 위기에 빠진 그를 돕고자 앞에 끼어들었다. 등 뒤에서 쫓아오는 셰라에 대한 경계는 파트너에게 맡긴 채, 페이에게 마무리 공격을 하려던 나나오를 찌르기로 견제한다.

순간적인 연계로 간신히 눈싸움을 벌이는 단계로 상황을 되돌린 후, 두 사람은 서로를 등진 채 말을 나누었다.

"…미안. 생각보다 힘들어."

"근성 없기는. 2분 정도는 버티라고."

그렇게 말하기는 했지만 콘윌리스도 그를 크게 나무랄 생각이 없었다. …애초부터 알고 있었기 때문이다. 나나오 히비야가 상식 밖에 있는 상대라는 사실도, 1대1로 셰라를 처치하기는 어려우리라는 것도. 지금까지의 전개는 그저 그것을 확인하기 위한 것이었다.

"내가 저걸 붙잡아 두는 건 무리야. …못 이긴다고, **이대로는**."

"……."

따라서 이다음부터가 두 사람의 진짜 싸움이었다. 조용히 결의를 다지며 둘은 눈짓을 주고받았다.

"…페이. 나를, 이기게 해 줄래?"

조용한 물음이 소년의 귀를 때렸다. 순간, 그의 뇌리에 어느 기억이 되살아났다.

'개인가. 사람과의 싸움으로 부모를 잃고 헤매다가 이런 곳까지 흘러든 모양이군.'

집이 불타고 무리를 잃었다. 미숙한 몸을 이끌고 갈 곳도 없었나.

빗물과 이슬로 목을 축이고, 들짐승을 잡아 배고픔을 달래고. 대체 며칠이나 그렇게 연명했을까.

정신을 차려 보니 끝이 눈앞으로 다가와 있었다. 자신을 겨눈 인간 마법사의 지팡이 끝을, 죽어 가는 해로운 짐승을 내려다보는 그 눈빛을, 그는 지칠 대로 지친 눈으로 마주 보고 있었다. …이제 팔다리에 힘이 들어가지 않는다. 더 이상 저항할 기력도 없다.

'조악한 혼혈은 굳이 키울 가치도 없지. 지금 여기서 편하게 해 주마.'

자기중심적인 자비를 들이밀며 인간 마법사가 일방적으로 죽음을 선고했다. 그는 할 거면 빨리 해 달라고 빌었다. …굶주림도 갈증도 참을 수 있다. 하지만 혼자일 때의 추위만은 참을 수가 없었다. 이렇게나 차가운 세계에서 그는 1초도 더 살고 싶지 않았다.

드디어 끝난다. 그렇게 생각하며 눈을 감으려던 그의 앞을… 문득 웬 사람이 가로막았다.

'잠깐만요, 아버님.'

체념으로 가득하던 그의 마음에 그제야 당혹감이 싹텄다. 인간 소녀다. 열 살도 되지 않아 보이는, 금발을 지닌 앳된 소녀의 등이 보인다. 그런 소녀가 지금, 남자의 지팡이 앞에 서서 그를 감싸고 있다.

'마침 종자가 필요하던 참이었어요. 이 아이는 제가 돌볼게요.'

'바보 같은 소리. 그렇다면 그에 걸맞은 좋은 집안의 아이를 알아봐 주마.'

당혹감이 섞인 남자의 목소리가 들려왔다. 소녀는 고개를 가로저어 보이더니 그대로 그에게로 고개를 돌렸다.

'아니에요, 아버님. …저는, 이 아이가 좋아요.'

소녀가 땅바닥에 무릎을 꿇고 가까이 오더니, 푸른 눈동자로 물끄러미 그를 바라보았다. 순간, 그는 이해했다. 소녀의 이름조차 모르건만, 상대의 눈동자 속에 자리한 그 마음만은 알아볼 수 있었다. 자신과 같은 고독의 색을 띠고 있었기 때문이다.

힘이 들어가지 않는 손을 들어 소녀의 손을 잡았다. …그 순간부터 그는, 혼자가 아니게 되었다.

"…무슨 소릴 하는 거야. 넌 내 주인이잖아, 스."

목에 채워진 목걸이(초커)에 손을 대며 페이 윌록은 그렇게 말했다. …일찍이 소녀가 자신에게 내밀었던 손. 그에 응해 서로의 고독을 달래었던 순간부터 그의 삶의 방식은 정해져 있었다.

"망설이지 마. 그냥 명령해. …이 파수견에게, 적의 목을 물어뜯으라고!"

힘 있는 목소리로 소녀를 재촉한다. 그 말에 힘입어 콘월리스는 오른손에 든 지팡이검을 머리 위로 들어 올렸다.

"만월이여 떠올라라—루나 플레나."

주문을 영창한다. 그와 동시에 그녀들의 머리 위에 빛의 구체가 두둥실 떠올랐다. 창백한 빛은 달의 그것을 연상케 했다. 하늘이 없는 미궁 안에 그렇게 거짓된 달밤이 출현하자.

"…크아아아아아아아아!"

"⋯⋯?!"

절규와도 같은 포효가 주변에 울려 퍼졌다. 이어서 세라의 두 눈이 경악한 듯이 휘둥그레졌다. 페이의 모습이 변하기 시작했다. 안쪽부터 부풀어 오른 근육으로 인해 셔츠가 찢어지고, 체표면에는 검은 털이 빼곡히 돋아났으며 손과 발에는 날카로운 발톱이, 불룩 튀어나온 주둥이 안쪽에는 육식 동물의 이빨이 보인다. 골격 그 자체가 변이, 확장되더니 이윽고 6피트를 넘는 체구가 되었다.

"…세라 공. 저것은."

상대의 변모를 지켜보던 나나오가 물었다. 롤 헤어 소녀는 단 한 단어로 그 질문에 답했다.

"…인랑(웨어울프)…!"

마른침을 삼키는 두 사람의 앞에서 바야흐로 검은 털을 지닌 늑대 인간으로 변모한 페이는 으르렁 소리를 냈다. 몸을 앞으로 기울이고 있는 그의 등에 콘월리스가 올라타, 등에 난 털을 잡아서 몸을 고정했다. 그러자 작은 몸의 대부분이 페이의 몸에 가려졌고, 머리와 오른손에 든 지팡이검만이 어깨 너머로 보이는 상태가 되었다.

"…가자, 페이!"

"우오오오오아아아아아아아아아!!!!"

한 마리의 웨어울프가 주인의 명령에 포효로 응하며 땅을 박차고 달려 나간다. 그 돌격에 맞서기 위해 나나오는 칼을 겨누었고, 셰라 역시 주문 영창을 개시했다.

"하아아아압!"

그 무렵. 거친 파도처럼 밀려드는 연격으로 인해 올리버는 수세에 몰려 있었다.

"큭…!"

승부에 진지하게 임하기로 한 순간부터 올브라이트의 검술의 질이 완전히 바뀌어 버린 것이다. 상대의 수법을 분석하는 놀이는 끝났다는 듯, 마력이 담긴 참격은 막아 내면 손이 저릿해서 도무지 반격할 기회란 것을 찾을 수가 없었다.

이대로 가면 위험하다. 그렇게 생각한 올리버가 과감하게 돌진해 거리를 좁혔다. 코등이싸움의 형국으로 몰고 가자 양측의 움직임이 멈추었고… 그 순간, 올브라이트의 시야에 세라 일행의 싸움이 들어왔다. 변모한 페이의 모습과 그 등에 올라타 주문을 쏘는 소녀의 모습이.

"…흠? 일행에게 인랑의 피가 섞여 있었나. 콘월리스도 생각보다 제법이군."

나직하게 중얼거리고서 올리버에게 시선을 돌린 그는 옅은 미소를 지어 보였다.

"동료를 구하러 가야겠다는 생각은 안 드나? 그걸 나에게서 달아날 구실로 삼아도 상관없다. 부끄러워할 것 없어. 이건 애초부터 팀전이었으니 말이야."

노골적인 도발이었다. 교차된 칼날 너머에서 올리버가 조용히 입을 열었다.

"…필요 없는 걸 구실로 삼을 수는 없지."

"응?"

"나나오와 세라에게는 도움이 필요 없어. 웨어울프의 등장은 예상치 못한 일이지만, 그렇다 해도 저 둘을 꺾기에는 부족해. 그리고… 내가 너에게 등을 돌릴 이유도, 없어."

말하면서 올리버는 지팡이검을 쥔 오른손에 힘을 주어 상대를 밀어냈다.

"지금까지 칼을 섞으며 한 가지 알아챈 게 있어. …너는 말하는 것만큼 자신감이 넘치는 성격이 아니군. 미스터 올브라이트."

"······."

"말이 와서 박히질 않아. 요전에 미스터 앤드루스에게서 느꼈던 자연스러운 자존감이, 너에게서는 이상하게도 느껴지지 않아. 타인을 송사리라 부르며 깔보는 태도도 오만한 듯하면서 어딘가 기계적이야. 이 표현이 정확할지 어떨지는 모르겠지만⋯ **너는 꼭 의무적으로 나를 깔보고 있는 것 같아.** 그렇지 않아?"

"⋯닥쳐."

그 한마디로 대화를 끊더니 올브라이트가 또다시 맹공을 퍼부었다. 반격을 끼워 넣을 새도 없어서 올리버는 밀려드는 연격을 방어하는 데 급급해졌다. 공격과 방어의 비율이 극단적이라 할 정도로 한쪽으로 치우친 그 순간.

"빙설이여 몰아쳐라—프리구스!"

때를 기다리던 올브라이트가 **칼을 내려치며** 주문을 영창했다. 그것을 받아 낸 올리버의 칼이 주욱 밀려남과 동시에 칼날 끝에서 빙결마법이 발동⋯ 두개골까지 얼어붙을 듯한 냉기가 새하얀 눈보라를 이루어 적의 얼굴을 덮쳤다. 그렇게 그가 결판이 났다고 확신한 순간.

"⋯제로 거리 영창. 네 노림수는 그거였군."

"?!"

눈보라 속에서 돌아온 목소리에 눈이 휘둥그레졌다. 조금 전 방어하는 순간, 올리버는 왼손으로 상대의 손목을 잡아 틀어서 발동된 마법의 궤도를 악간 옆으로 빗나가게 했다. 그렇게 해서 직격을 피했고, 결판을 내고자 날린 올브라이트의 마법은 오른쪽 귀를 얼리는 데 그친 것이다.

"이쪽이 수세로 돌아서는 순간을 노려, 검격 사이에 주문을 끼워 넣는다. 정석을 벗어난 극도의 고등기술이지. 나로서는 흉내 낼 수 없지만….."

기술을 분석해 보이며 올리버는 상대의 손목을 잡은 손에 힘을 주었다.

"그걸 유도하기 위해 일부러 수세로 돌아서는 건 가능해. 나 같은 범속한 녀석이라도."

"너…!"

손목을 잡힌 순간, 올브라이트도 순간적으로 상대의 오른쪽 손목을 잡았다. 그렇게 두 사람은 마법검에서 최대 악수 중 하나로 여겨지는 격투전의 양상에 접어들었다.

"검의 사거리보다도 가까운, 마법사가 가장 꺼리는 거리에 들어서고 말았군. …이 거리에서의 공방을, 너는 얼마나 알까?"

올리버가 조용히 묻자, 그의 눈앞에서 올브라이트가 넌더리가 난다는 듯이 입가를 일그러뜨렸다.

"…맞붙어 선 정도로 이겼다고 생각하는 거냐. 송사리….."

이 이상 자신을 얕보게 두지 않겠다고 그의 눈빛이 말하고 있었다. 무게 중심을 확 낮추며 그는 포효했다.

"올브라이트를 얕보지 마라!"

책략에 걸렸다. 덮쳐드는 이빨과 발톱, 주문을 피하며 셰라는 그 사실을 깨달았다.

웨어울프의 튼튼한 육체를 방패 삼아, 그 등에 올라탄 콘윌리스가 마법을 쏜다. 이 시점에서 이미 강력한 전술이라는 것은 틀림없는 사실이다. 사람 한 명을 등에 업은 채로도 웨어울프의 동작은 날카로웠고, 일절주문을 몇 방 맞은 정도로는 쓰러지지 않는 강인함도 지녔다. 마법으로든 검으로든, 이 연계를 무너뜨리기는 쉽지 않을 것이다.

"하아아아아앗!"

동방의 소녀가 맑은 마력에 의해 순백으로 물든 머리카락을 나부끼며 그 위협과 정면으로 맞섰다. 서로 한 발짝도 물러서지 않고 칼날과 발톱을 부딪쳐 불꽃을 튀기고 있다.

그런 그녀와 호흡을 맞춰 싸우며, 셰라는 자책감 속에서 생각했다. 본래는 이 상대도 나나오의 적수가 되지 못했을 것이라고.

웨어울프는 분명 강하다. 하지만 가루다에 비해 전력적으로 우수하다고 볼 수는 없다. 그 가공할 마수조차도 무찌른 나나오의 검술 실력으로 미루어 볼 때, 페이는 진작 땅바닥에 쓰러져 있어야만 했다. 실제로 지금까지의 전투로 **본래는 치명상이 되**

었어야 할 일격이 몇 번이나 페이의 몸에 명중했다.

그럼에도 불구하고 그것들은 모두 다 얕은 상처만 내는 데 그쳤다. 이 부조리함을 발생시킨 원인이 무엇인지도 셰라는 짐작하고 있었다. 전투 전에 서로에게 걸었던 마법… 불살주문이다.

위력을 반으로 줄인 불살주문은 그것을 두른 지팡이검의 살상력에 제한을 건다. 이번 경우에는 '즉사할 수준의 깊은 상처'를 입힐 수 없게 되는 것이다. 물론 그럼에도 살은 베이고 피도 흐른다. 죽음에 이르지는 않더라도 전투 불능 상태가 될 수준의 부상은 입힐 수 있을 터다. **그것이 인간의 몸이라면.**

"우오오오오오오오오오오!!!"

그 부분에 함정이 있었다. 셰라와 나나오의 지팡이검에 걸린 불살주문은 어디까지나 페이의 **인간 상태의 몸**을 기준으로 한 것이다. 변신 후의 그는 몸의 구조가 바뀌어 부상을 당했을 때의 재생능력이 대폭 상승한다. 그 결과… 인간이라면 치명적인 부상을 입을 일격도 지금의 페이에게는 중상을 입히지 못하는 것이다.

"…큭…!"

자신의 실수를 자각하며 셰라가 입술을 깨물었다. 전투를 시작하기 전에 자신이 알아챘어야 했다.

심판이 지켜보는 가운데 이루어지는 교사에서의 결투라면 이런 일은 결코 일어나지 않았을 거다. 불살주문은 애초부터 온전

하게 걸렸을 테고 유효타 판정도 심판의 재량으로 내려졌을 테
니. 아니, 그 이전에 사전 신청이 없었다면 웨어울프로의 변신
그 자체가 허가되지 않았을 거다. 웨어울프 형태의 페이는 주문
영창은커녕 지팡이검조차 잡지 못한다. 불살주문에 관한 것은
둘째 치더라도 마법사의 결투 매너에 비추어 볼 때, 그들의 이것
은 명백한 '반칙 행위'인 것이다.

하지만 그녀들이 지금 있는 곳은 미궁 안. 교사에서는 규칙 위
반으로 여겨지는 행위도 그것을 비난할 자가 없는 이 장소에서
는 어엿한 전술이 된다. 이번 경우만 해도 상급생들은 망설임 없
이 단언할 것이다. **그런 것에 걸린 쪽이 머저리**라고.

"으읏...!"

페이의 손목을 끊고도 남았을 나나오의 일격이 또다시 얕은
상처만 남기고 튕겨 나왔다. 동시에 콘월리스가 등에 탄 채 전격
주문을 날렸지만 세라가 같은 주문으로 거기에 간섭했다. 눈앞
에서 마법이 상쇄되어 불꽃이 튀는 가운데, 동방의 소녀는 뒤로
몸을 날려 가까스로 위기에서 벗어났다.

"어때, 미셸라! 아무것도 못 하겠지?!"

자신들이 우위에 섰음을 확신하며 콘월리스가 의기양양하게
소리쳤다. 흥분으로 목소리가 떨리고 있었다. 그렇다. 지금의 입
장에 서게 될 날을, 그녀는 오래도록 애타게 기다려 왔을 것이다.

"이게 우리야! 분가가 되었건 뭐가 되었건, 나는 더 이상 네

예비가 아니야! 여기서 너를 이기겠어, 널 뛰어넘겠어! 그렇게 하면 분명 백부님은 나를 인정해 주실 거야…!"

가슴속에서 들끓고 있던 열망이 입을 뚫고 튀어나왔다. 그것을 들은 셰라의 표정이 비통하게 일그러지더니.

"…정말 훌륭하군요. 미즈 콘월리스."

상황과 어울리지 않는 칭찬을 입 밖에 냈다. 콘월리스는 의아하다는 생각에 눈살을 찌푸렸다.

"비아냥거리는 게 아니에요. 이 전황을 성립시키기 위해 당신들은 많은 궁리를 했겠죠. 승리를 위해 온갖 수단을 동원한다…. 그러한 열정이라는 면에서 당신들은 저보다 크게 앞서 있었어요. 저 자신의 교만과 오만함이 부끄러울 따름이에요."

반성의 뜻을 담아 그렇게 말했다. 하지만 롤 헤어 소녀는 상대를 지그시 바라보며 이렇게 말을 이었다.

"그 점을 인정하면서 한마디 드리겠어요. **지금 당장 파트너의 변신을 해제시키세요**, 미즈 콘월리스."

진지한 표정으로 내뱉은 그 한마디에 콘월리스의 온몸이 굳어졌다. 그 목소리에 담긴 것이 한탄이나 분노가 아닌, 자신들에 대한 순수한 걱정이었기 때문이다.

"…무슨…."

"모르는 척하지 마세요. …당신이 가장 괴로우면서."

셰라는 조용히 고개를 가로저으며 말하고는 소녀를 향했던 시선을 웨어울프 상태가 된 페이에게로 옮겼다.

"현대의 마법계는 웨어울프라는 종의 인권을 인정하고 있지 않아요. 그럼에도 불구하고 킴벌리의 학생으로 재적하고 있는 걸 보면, 미스터 윌록은 순혈 웨어울프가 아닐 거예요. 인간의 피가 절반 이상 섞인 혼혈… 반인랑이겠죠."

"……."

"사이에서 자식을 갖기에 인간과 웨어울프는 종족적인 상성이 좋지 않아요. 그 때문에 반인랑의 몸에는 몇 가지 결점이 발생해요. 변신 중의 견디기 힘든 격통은 그 대표적인 예죠…."

안타까운 마음에 셰라는 얼굴을 찌푸린 채 지적했다. …그렇다, 그녀는 알고 있었다. 이빨 사이에서 새어 나오는 낮은 으르렁 소리, 귀를 찢을 듯 울려 퍼지는 짐승의 포효. 하지만 거기에 실린 것은 고양된 전의만이 아니었다.

전투로 인한 고양감으로도 지울 수 없을 만큼의 고통도 배어 나오고 있는 것이다. …거짓된 달 아래에서 뼈와 살이 재조직될 때도, 변이된 몸을 움직여 싸울 때에도. 그리고 상처 입은 육체를 급속도로 재생하고 있는 지금도… 그는 계속해서 고문이나 다를 바 없는 격통을 견디고 있다. 그것은 마치 무수히 많은 가시덩굴이 몸속을 기어 다니는 것과 같은 감각이리라.

"그러한 이유로 대다수의 반인랑은 변신을 평생 봉인하고 산다고 들었어요. …지금 이 순간도 미스터 윌록은 터무니없는 고통에 시달리고 있겠죠. 긴장을 풀면 발광해 버릴 정도로. 고작 1학년끼리의 결투에서 파트너에게 그런 고통을 강요하는 게 옳다고 보나요?!"

"······."

적과 아군이라는 관계를 넘어선 셰라의 충고를 들은 순간, 어떠한 감정이 불꽃처럼 치밀어 올라 콘월리스의 시야를 새하얗게 물들였다.

'있잖아, 페이. ···왜 아버님은 나를 칭찬해 주지 않는 걸까.'

과거 몇 번이나 보았던 광경이 눈에 비친다. 미소를 띤 채 어울리는 아버지와 형제자매들. 마치 보이지 않는 벽이라도 있는 것처럼, 소녀는 그걸 멀리 떨어져서 바라보고 있다. 종자 소년과 나란히 그 광경에 끼는 걸 허락받지 못한 채 멀거니 서 있다.

'내가 열심히 하면 할수록, 배운 걸 잘 소화해 낼수록, 아버님은 괴로워하셔. 아무리 노력해도, 아버님은 결코 웃어 주시지 않아···.'

그녀는 그저 아버지가 미소를 지어 주길 바랐다. 다른 형제들처럼 저 손으로 머리를 쓰다듬어 주길 바랐다. ···그래서 칭찬을 받기 위해 노력했다. 형제들 중 그 누구보다 열심히 수련해, 늘 특출한 결과를 내 보였다. 하지만··· 그로써 얻을 수 있었던 것은 처참하게 경직된 아버지의 얼굴뿐이었다.

'역시 피가 이어진 아이가 아니라 그런 걸까. 아무리 착하게 굴어도, 피가 이어진 아이처럼은 될 수 없는 걸까. …사랑받을 수, 없는 걸까.'

그 사실을 알아챌 때까지 너무도 많은 시간이 걸리고 말았다. 오랜 부질없는 세월로 인해 그녀의 마음은 걷잡을 수 없을 만큼 말라비틀어지고 굶주려 있었다. 종자인 소년도 달래 줄 수 없을 만큼.

'그렇다면. 나도 언젠가, 진짜 아버지를 되찾고 말겠어….'

그녀가 소망을 입 밖에 내자, 소년도 고개를 끄덕였다. …그는 그때 거듭 맹세했다. 그날이 올 때까지, 자신은 계속 소녀의 곁에 있겠노라고.

"…뭘, 안다고…."

피를 토하는 심정으로 콘윌리스는 중얼거렸다. …계속 둘이서 걸어왔다. 서로의 체온만을 의지하며 얼어붙을 듯한 추위 속을, 끝없는 설원을 헤매는 듯한 세월을 보내 온 것이다.

그렇게 다다른 이 일전을 두고… 눈앞에 있는 상대는 대체 뭐가 그렇게 잘났기에 '고작 1학년끼리의 결투'라고 지껄이는 걸까.

"…네가… 처음부터 전부 가지고 있던 녀석이, 우리에 대해 뭘 안다고!"

모든 것을 떨쳐내는 듯한 절규와 함께 그녀와 파트너는 상대를 침묵시키기 위해 공격을 재개했다. 셰라는 순간적으로 전의를 유지하지 못하고 소극적으로 대처했다. 페이의 발톱을 피한 직후, 그 순간에 생긴 빈틈을 노려 콘월리스가 화염주문을 날렸고.

"하아앗!"

아슬아슬한 타이밍에 끼어든 나나오가 칼로 화염을 후방으로 비스듬히 흘려보냈다. 그러고는 롤 헤어 소녀를 보호하듯 앞에 서서, 그녀는 나직하게 입을 열었다.

"마음을 쓰는 방법이 잘못되었소, 셰라 공."

"…네?"

"귀공들의 사정은 아무것도 모르오. 허나 소생도 아는 것이 하나 있소. …저자들은 각오를 굳히고 우리와 맞서고 있소. 이 일 전에 자신의 존재를 걸 기세요."

셰라가 숨을 죽였다. 두 적에 관한 배경은 아무것도 알지 못했지만… 그럼에도 질 수 없는 싸움에 임하는 상대의 심정을 나나오만은 처음부터 꿰뚫어 보고 있었던 것이다.

"고통스럽고 괴로우리라는 건, 셰라 공이 지적하지 않아도 알고 있을 것이오. 상대가 그를 각오했다면, 이쪽 역시 전력을 다해 부딪히는 것이 예의요. …그렇지 않소?"

그 말은 어떠한 질책보다도 날카롭게 가슴에 박혔다. 셰라는 정신이 번쩍 들어서 딱 부러지게 답했다.

"아뇨, 맞아요. …당신의 말이 맞아요, 나나오."

그렇게 말하고서 그녀는 자신의 행동을 크게 반성했다. …지금 적으로 대치하고 있는 상대를 일방적으로 배려한 것도 모자라 고통스러울 거라며 항복을 권하다니. 이 얼마나 오만한 짓이란 말인가.

"지나친 참견을 한 걸 사과하죠, 미즈 콘월리스. …그의 변신을 풀라는 말은, 더 이상 하지 않겠어요."

자신이 무례했던 것을 인정하고 사과한다. 하지만 그렇다고 그녀의 배려와 다정함이 사라지는 것은 아니다. 설령 오만하다고 비난을 당한다 해도 양보할 수 없는 것이 있다. 셰라는 말을 이어 그것을 관철했다.

"그 대신 약속하죠. …그 고통을, 결코 오래 가게 하지 않겠어요."

"…큭! 얕보지 마아아아아!"

분노가 정점에 달한 콘월리스에게 호응하듯 페이가 포효했다. 그것을 정면으로 받아 내겠다는 듯이 셰라가 지팡이검을 겨누었고, 나나오도 미소를 띤 채 나란히 섰다.

격투전의 거리에 접어든 지도 어언 3분. 그만한 시간이 지났음에도 양측의 공방은 끝날 기미가 없었다.

"…윽…."

"…크윽…!"

곁에서 보기에 그다지 큰 움직임은 없었다. 하지만 그런 동향과 달리 양측의 표정은 전에 없이 험악했다. 팔을 통한 신경전, 발놀림, 그리고 영역마법… 모든 기술을 총동원한 '자세 무너뜨리기'가 계속되고 있었던 것이다.

마법사가 행하는 격투전에서의 공방은 '어떻게 상대의 자세를 무너뜨려 지팡이검을 쥔 손의 자유를 되찾을 것인가'로 귀결된다. 거기에는 근접전에서의 체술, 중심 제어 기술, 그리고 그 둘과 조합된 영역마법이 모두 동원되었다.

"하앗!"

올브라이트가 페인트를 섞어 던지기 기술을 시도했다. 그러자 올리버는 즉시 바닥에 '발을 묶는 묘석(그레이브 스톤)'을 발동. 발놀림을 방해받은 올브라이트는 거꾸로 자세가 무너질 뻔했다.

"칫…!"

"…후우!"

혀를 차는 소리가 울린다. 양쪽 모두 자세를 무너뜨리지 못한 채, 다시 교착상태에 돌입했다. 올브라이트가 짜증 섞인 투로 말을 내뱉었다.

"…끈질기기 그지없군. 언제까지 이딴 진흙탕 싸움에 어울리게 할 셈이냐."

"투덜대면서도 착실하게 대응하는 너도 만만치 않아."

맞붙은 자세로 비아냥거림을 주고받은 후, 올리버는 말을 이었다.

"순수한 전투 센스로는 너에게 한참 못 미치겠지. 하지만 나도 인내심에는 자신이 있거든. …같이 가 줘야겠어, 진흙탕 밑바닥까지 말이야!"

책략은 완벽하게 통했다. 이어지는 싸움 속에서 콘월리스는 그렇게 확신했다.

불살주문을 이용해 사무라이의 검을 봉인한 책략과 웨어울프의 튼튼한 몸을 최대한 활용한 일방적인 공세. 페이에게 치명상을 입힐 수 없게 된 이상, 적이 취할 수 있는 수단은 그 등에 탄 콘월리스를 노리는 것뿐. 하지만 발이 되어 주고 있는 페이의 움직임은 민첩한 데다 그녀 역시 사방에 주의를 기울이고 있다. 어떤 수단을 사용해도 그녀에게 공격이 닿게 하기는 지극히 어려울 것이다.

"끝내자, 페이!"

"우르으으으으으으으!"

적이 할 수 있는 것은 더 이상 없다. 그렇게 확신하며 콘월리스는 싸움에 종지부를 찍기 위해 파트너를 질주시켰다. 세라와 나나오의 사이로 돌격해 둘을 분단한 후, 즉시 페이를 방향 전환시킨다.

"지금!"

다시 합류할 틈을 주지 않고 두 사람은 세라를 향해 맹렬하게 돌진했다. 나나오에게 후방을 무방비하게 내어 주게 되지만, 그녀의 주문이 실전에서 사용할 수준에 달하지 못했다는 사실은 이미 파악한 뒤다. 거리를 좁힐 때까지 공격을 당할 일은 없다. 그리고… 제아무리 세라가 우수한 마법사라도 자신들의 연계를 혼자서 감당할 수는 없을 거다.

"이걸로 끝이야, 미셀라!"

페이의 어깨 너머에서 지팡이검을 겨누며 콘월리스가 외쳤다. 그 시선 끝에서 육박하는 웨어울프의 몸을 바라본 채, 세라는 조용히 지팡이검을 휘둘렀다.

"퍼져라 전광—토니트루스."

영창을 거쳐 전격마법이 발동되었다. 출력은 놀라울 정도였지만 그조차도 콘월리스에게는 위협이 되지 않는다. 페이의 강인한 육체가 모조리 막아 줄 테니. 그렇게 굳게 믿으며 그녀는 공격에 집중하여 지팡이검을 내밀었고.

"…큭?!"

"크르륵?!"

직후에 예기치 못한 충격이 온몸을 덮쳤다. 팔다리의 감각이
잠시 사라지더니, 페이의 어깨를 붙잡고 있던 손가락에서 힘이
빠졌다. 콘월리스는 하릴없이 땅바닥을 나뒹굴었다. 이를 알아
챈 페이가 곧장 걸음을 멈추고 돌아보았지만.

"안됐지만, 다시 업을 순 없을 거요."

그가 보호해야 할 소녀와의 사이에 동방의 소녀가 끼어들어
당당히 서 있었다. 온몸을 괴롭히는 격통조차도 의식에서 밀려
나, 웨어울프의 눈동자에 초조한 빛이 가득해졌다.

"…큭! 크르러어어어어엉!"

힘으로 뚫고 지나가는 수밖에 없다. 그렇게 각오한 페이가 이
빨과 발톱을 내세워 나나오에게 덤벼들었다. 하지만 그 공격들
은 모조리 소녀가 휘두른 칼에 의해 격추되었다. 그녀가 버티고
서 있는 한, 그는 한 걸음도 전진할 수 없는 것이다.

페이의 상대는 그대로 나나오에게 맡기로 하고, 셰라는 시
선을 또 한 명의 상대에게로 보냈다. 굴러떨어진 땅바닥에서 몸
을 일으킨 콘월리스에게.

"…주문의 이미지를 바꿨어요. 조금 전까지는 관통력을 중시
했지만, 방금 전 것은 전달성을 중시했죠. 말하자면 몸의 표면을
타고 퍼지는 전격을 날린 거예요. 웨어울프에게는 대미지를 입

힐 수 없겠지만 그와 접촉해 있는 당신은 **감전**을 피할 수 없죠."

"…큭…."

"당신이 자세히 관찰만 했다면 주문의 성질이 달라졌다는 걸 간파할 수 있었을 거예요. 대항주문으로 상쇄할 수도 있었을 테고요. …승패를 가르는 단계에 접어들자 마음이 조급해졌군요."

"시, 시, 시…! 시끄러워어어어!"

모든 것을 뿌리치듯이 소녀는 외쳤다. 이렇게 된 이상 어쩔 수 없다. 자신의 힘만으로 셰라를 쓰러뜨려야 한다. 페이와의 연계가 끊겼으니 이제 그 방법밖에 없다. 그녀는 절망할 뻔한 마음을 분노로 고양시켜 다시금 리제트류 '전광'의 자세를 취했다.

"네, 덤비세요."

그 의지를 받아 주겠다는 듯이 셰라가 같은 자세를 취했다. 콘 윌리스가 선수를 쳐서 날린 찌르기를 시작으로 두 사람은 다시금 동문 간의 싸움을 펼쳤다.

"으, 으, 윽…!"

하지만 그 모든 것을 담담하게 흘려내며 셰라는 조금씩 전진했다. 초조한 빛을 띤 소녀의 눈동자에 꿈쩍도 하지 않는 롤 헤어 소녀의 자세가 비쳤다.

"혼자가 되자마자 칼놀림이 흔들리고 있군요. 심정은 이해하지만… 마음의 단련이 부족해요, 스테이시!"

공방 사이에 생겨난 짧은 빈틈. 그것을 날카롭게 포착한 셰라가 승부를 가를 찌르기를 내질렀다.

"핫!"

올브라이트가 자세를 무너뜨려 던지기를 시도하려던 찰나, 오히려 그의 몸이 휘청 흔들렸다.

"…큭?!"

발치에 전개한 '가라앉는 묘토(그레이브 소일)'가, 그가 무게중심을 실은 발을 옭아맸다. 올리버가 카운터로 날린 공격이다. 올브라이트도 곧장 반응해 발을 빼서, 서로의 자세는 또다시 교착상태의 그것으로 돌아갔다.

"후웁…!" "……."

보통 사람과 달리 마법사의 완력은 근육량이 아니라 체내를 순환하는 마력으로 결정된다.

그 점에서 보면 올브라이트가 매우 우세했다. 이는 오로지 육체가 지닌 소양의 차이로, 마법출력의 차이가 그대로 완력의 차이로 이어진다 보아도 지장이 없다. 필연적으로 단순히 힘으로 겨루면 올리버에게는 승산이 없었고, 그 불리함은 격투전에서의 공방에도 여실히 반영되었다.

그럼에도 불구하고 올브라이트는 올리버의 자세를 무너뜨리지 못하고 있다. 그 말인즉, 완력 이외의 요소… 요컨대 기술로 상대가 그를 능가하고 있다는 명백한 증거였다.

"…큭…."

인정하고 싶지 않은 사실과 마주하고 있자, 문득 어떤 말이 올브라이트의 뇌리를 스쳤다. …누구보다도 높이 뛰고 싶다면 우선 누구보다도 우직하게 땅을 디뎌라.

라노프류에 전해지는 격언이다. 대충 번역하자면 이는 '땅의 품새를 중시해라'라는 뜻이다. 지상에서 싸우는 이상, '가라앉는 묘토(그레이브 소일)'나 '발을 묶는 묘석(그레이브 스톤)'은 많은 국면에서 응용할 수 있다. 사용할 상황이 제한적인 큰 기술을 여러 개 익히기보다는 이러한 것들을 상황에 따라 구분해 사용하는 편이 훨씬 효율적인 것이다.

올리버의 전투방식은 그 이념을 따르고 있다. 자신이 유리해지도록 땅을 가공하고, 상대가 불리해지도록 땅을 무너뜨린다. 말로 표현하면 단지 그뿐이다. 하지만 그 기술이 놀라우리만치 능숙하다.

잔재주나 부릴 줄 안다고 생각했던 상대에 대한 인식을, 올브라이트는 이제 뒤집을 수밖에 없었다. 기술의 다양성이 본질이 아니다. 이 상대의 진짜 무서운 점은 자신이 다루는 기술에 대한 이해도가 깊다는 것이다. 화려함과는 거리가 먼 기초를 이 나이대에서는 상상도 할 수 없을 만큼 정밀하게 몸에 익혔다.

"…큭…."

그제야 비로소 올브라이트의 가슴속에 초조함이 샘솟기 시작했다. …정상적인 마법사라면 지금의 상황을 오래 끌려 하지 않을 것이다. 오히려 한시라도 빨리 본래의 거리로 돌아가고 싶다고 생각하는 것이 자연적인 감성이리라. 하지만 이 상대는 자진해서 피아의 거리를 무로 만들었다. 심지어 진흙탕 싸움이 장기화되어도 자신이 있다는 식으로 말하기까지 했다.

끝이 보이지 않는 인내심 싸움 속에서 올브라이트는 등줄기가 오싹해졌다. 생각하고 싶지도 않은 일이지만. 이대로 계속해서 서로의 집중력을 깎아 가며 싸운다면, 자신이 먼저 실수를 저지르지는 않을까?

"…우오오오!"

그런 생각이 떠오르자, 억지로라도 움직이지 않을 수 없었다. 두 손을 앞으로 밀어내는 동작을 페인트 삼아 몸을 날려 온 힘을 다해 후퇴… 바닥에 경사면을 만들어 발을 강하게 디딜 수 있도록 하고, 붙잡힌 오른쪽 손목을 단숨에 뿌리친다. 동시에 적의 손목을 잡은 왼손은 쭉 밀어낸다. 그러자 상대의 자세가 무너져 로브 자락이 눈앞에서 나부꼈다.

승부를 건 작전이 성공해 양측의 거리가 다시 벌어진다. 그 사실에 안도하려던 올브라이트의 명치를, 예상치 못한 강한 충격이 꿰뚫었다.

"…컥?!"

무언가가 강하게 배를 쳤다. 다음 순간, 그 정체를 확인하고 놀란 올브라이트의 눈이 휘둥그레졌다. …발이, 뻗어 있다. 이탈 순간에 나부낀 적의 로브 자락. 사각인 그 안쪽에서 날아든 뒤차기가, 거리가 벌어지는 순간 노렸다는 듯이 그의 명치에 적중해 있었다.

당했다. 올브라이트는 알아챘다. 노린 것이다. 주로 쓰는 손의 자유를 되찾기 위해 오른팔을 끌어당기고, 상대의 자세를 무너뜨리기 위해 왼팔을 떠미는… 그 이탈 순간의 동작으로 발생된 힘의 흐름을, 적은 뒤돌려차기 동작에 역이용한 것이다.

기본 삼대 유파에는 타격기가 극단적으로 적다. 하지만 결코 존재하지 않는 것은 아니다. 그중 하나가 이것, 라노프류 마법검 차기 기술 '숨은 꼬리(히든 테일)'. 로브나 망토가 만들어 내는 사각을 이용해 상대의 명치를 걷어차는 기술이다.

"…빙, 설─프리…!"

양측의 거리가 일직선으로 벌어진다. 즉시 마법을 날리고자 지팡이검을 겨눈 순간, 올브라이트는 경악했다. 숨이 막힌다. 주문이 입밖으로 나오질 않는다.

그냥 배를 얻어맞은 것이 아니기 때문이다. 그가 맞은 명치는 굳이 말하자면 폐의 아래에 자리한 횡격막이 있는 곳으로, 그 기관은 수축과 이완을 반복하며 호흡을 하게 한다. 이 부위를 강하게 맞으면 어떤 마법사가 되었건 인간은 일시적인 호흡곤란 상태에 빠질 수밖에 없다.

"쳐라 바람 망치―임페투스!"

바람이 웅웅거린다. 뒤돌려차기에서 이어지는 일련의 동작 속에서 올리버는 물 흐르듯이 자연스럽게 결판을 내기 위한 주문을 영창했다.

발차기를 맞은 직후라 무너진 자세, 게다가 주문까지 봉인된 올브라이트는 아무것도 할 수 없었다. 순간적으로 머리를 보호하기 위해 두 팔로 감쌌지만, 그조차도 예상한 듯 텅 빈 복부에 바람의 대형 망치가 박혔다. 피를 토해 땅바닥을 붉게 물들이며 그는 똑바로 쓰러졌다.

"진흙탕 밑바닥에서, 먼저 인내심이 바닥났군. …내 승리야, 미스터 올브라이트."

중단 자세를 취한 채 상대를 내려다보며 올리버는 또렷하게 단언했다. 그럼에도 올브라이트는 낯선 이국의 말이라도 들은 듯이 하염없이 멍하게 천장을 올려다보고 있었다.

손을 벗어나 땅에 떨어진 지팡이검이 기나긴 승부가 끝났음을 말해 주고 있었다.

"…어째서….."

깊이 베인 손목에서 흐르는 피를 바라보며 콘월리스가 무릎을 꿇었다. 실이 끊어진 인형처럼 힘없이 주저앉은 채, 그녀는 떨리는 목소리로 중얼거렸다.

"…어째서. 왜, 못 이기는 거야…!"

눈꼬리에서 눈물이 흘러나와 땅바닥에 뚝뚝 떨어진다. 그 광경을 본 순간, 나나오와 싸우고 있던 페이의 눈에서 전의가 사라지기 시작했다.

"…크…르르…."

페이가 팔다리를 축 늘어뜨리자 나나오도 그 이상의 추가공격은 하지 않았다. 그녀의 눈앞에서 몸이 급속도로 줄어들었다. 불과 십여 초 만에 인간의 몸으로 돌아간 페이는 온몸의 상처에서 피를 흘리며 정신없이 우는 소녀에게 비틀비틀 걸어갔다.

"……진정, 해. …우리가, 약했어. 그뿐이야."

옆에 무릎을 꿇고서 소녀의 어깨에 손을 얹는다. 그러더니 페이는 말없이 그 모습을 지켜보는 셰라에게로 살며시 시선을 옮겼다.

"당신들이 이겼어. 끝까지 이래서 미안해, 미즈 맥팔렌."

사과의 말을 들은 셰라는 고개를 가로저어 보였다.

"패하고 흘리는 눈물은 고귀한 거예요, 마음 쓰지 마세요. …하지만 하나만 답해 주세요.

당신들은 저를, 계속 싫어했나요?"

무척 서운한 빛을 띤 물음이었다. 얼마간 그 말을 음미한 후,

페이는 나직하게 입을 열었다.

"당신은 아무 잘못도 없어. 그냥… 너무 눈이 부셨던 거야. 이 녀석한테는."

흐느껴 우는 소녀의 모습을 바라보며 그는 조용히 말하기 시작했다.

"콘월리스는 맥팔렌에서 파생된 여러 분가 중 하나지. 분가로서의 역사도 제법 긴 편이고. 하지만… 지금도 가장 큰 존재의의는 본가의 피가 끊기는 사태에 대비하는 거야. 여차할 때 당신을 대신하는 거지. 다시 말해서 그게, 분가의 존재의의인 셈이야."

"…네. 알고 있어요."

괴로운 얼굴로 셰라는 고개를 끄덕였다. 결코 드문 일은 아니다. 마도의 탐구가 죽음의 위험과 이웃해 있는 이상, 모종의 사고, 혹은 사건으로 인해 핏줄이 끊어지는 사태는 늘 일어날 수 있다. 그러한 경우에 대비해 분가를 두는 것이다. 한 가문이 멸망하더라도 같은 피를 이은 친척이 그 마도를 이어 갈 수 있도록.

"하지만 이 녀석의 경우는 사정이 좀 달라. 이 녀석의 성은 콘월리스지만, 본가인 맥팔렌과 직접적인 혈연관계에 있어. 그건 이 녀석이 당신과 마찬가지로 테오도르 맥팔렌을 아버지로 둔, 사생아이기 때문이야."

페이의 입에서 나온 말에 나나오가 음? 하고 고개를 갸웃했다.

"부군이 맥팔렌 공…? 잠깐 기다리시오. 그 말은 곧, 셰라 공

298

의 동생이라는 뜻 아니오?"

"혈연상으로는 그렇게 돼요. …하지만 마도 가문의 관습 때문에 저는 저 아이를 동생이라 부를 수 없어요. 마찬가지로 아버지가 저 아이를 딸이라고 부를 일도 없겠죠."

매우 딱딱한 목소리로 세라가 말했다. 마도의 명문가에 태어난 적녀(嫡女)가 짊어진 무게가 담겨 있는 듯한 목소리였다.

"우수한 피는 짙게, 그리고 많이 남겨라. 마법사가 된 지 얼마 되지 않은 당신은 이해하기 어렵겠지만, 오래된 마도 가문에는 그러한 원칙이 있어요. …그중 하나가 **우수한 본가 마법사의 피를 분가에도 나눠 주는** 관례죠. 제 아버지는 그에 따라 콘월리스 부인에게 아이를 갖게 했어요."

인간의 섬세한 마음을 도외시한 혈통주의, 그것은 마법사들의 본성 그 자체처럼 보이기도 했다. 그 잔혹함을 떠올리며 페이는 어금니를 꽉 깨물었다.

"당신의 예비라는 의미에서 보자면, 이 녀석은 잘하고 있어. 당신에게는 미치지 못하지만 그건 당신이 지나치게 우수하기 때문이야. 부족하다고 나무랄 일은 아니지.

하지만… 그게 좋지 않았어. 본가의 피에서 물려받은 재능이 지나쳤던 거야. **콘월리스 가의 어느 아이보다도, 이 녀석은 마법사로서 우수해지고 말았어.**"

"…윽."

"이제 알겠지? 이 녀석이 재능을 드러낼 때마다 콘윌리스 가의 아버지가 이 녀석을 보는 눈빛이 바뀌었어. 이 녀석이 내놓는 결과가 계속해서 증명했기 때문이야. …자신의 피는 테오도르 맥팔렌보다 못하다는 걸.

하지만 열 살이 될 때까지 이 녀석 본인은 그 사정을 알지 못했어. 그래서 아버지가 자신을 멀리하는 건 자신의 노력이 부족하기 때문이라고 생각했지. 그 결과… 아버지에게 사랑받기 위한 이 녀석의 노력은 모두, 그 아버지에게서 멀어진다는 결과만을 초래했어."

셰라는 할 말을 잃은 채 멀거니 서 있었다. 소년의 옆얼굴에 씁쓸함과 회한이 번졌다.

"이 녀석이 바란 건 자신의 노력을 인정받는 거였어. 당신보다 재능이 있다는 걸 증명해서 친아버지인 테오도르 맥팔렌에게, 당신을 대신할 딸로 인정받는 거지… ."

"…그건… ."

"그래, 알아. 전혀 가망이 없는 얘기지. 설령 당신을 이긴다 해도 그런 꿈은 실현되지 않을 거야.

하지만 이 녀석에게는 달리 목표로 할 게 없었어. 바보 같은 목표라 해도 어쩔 수 없었다고. 그 꿈을 좇는 게 이 녀석에게는 삶 그 자체였으니까… ."

주먹을 움켜쥔 채 고개를 숙인 페이의 앞에서 콘윌리스는 계속 엉엉 울었다. 문득, 나나오가 몸을 웅크리고 그녀의 얼굴을 물끄러미 들여다보았다.

"……."

"…으…? …뭐, 뭐야아…."

시선을 알아챈 콘월리스가 울음 섞인 목소리로 말했다. 그런 그녀를 향해 동방의 소녀는 딱 부러지게 단언했다.

"안 닮았소."

"…뭐?"

"하나도 안 닮았소. 귀공이 셰라 공을 대신하는 것은 무리요."

"흐걱?!"

통렬한 지적을 받은 콘월리스가 충격에 몸을 뒤로 젖혔다. 셰라는 당황스러운 눈빛으로 친구를 바라보았다.

"나, 나나오…?"

"소생도 난감하오. 만약 셰라 공이 내일 당장 목숨을 잃는다면, 그다음부터는 귀공을 셰라 공으로 여기라는 말이오? 무리요. 가령 귀공이 지닌 마도의 재능이 셰라 공보다 빼어나다 해도 그럴 수는 없소."

나나오는 솔직한 감상을 늘어놓았다. 마법사의 가치관에 물들지 않은 그녀이기에 망설임 없이 그런 말을 할 수 있는 것이다.

"사람은 도구가 아니오. 그 누구도 누군가를 대신할 수 없소. 셰라 공도, 그리고 귀공도, 물론 소생 본인도… 그저 자기 자신으로서 생명을 받아, 지금 이 자리에 있는 것이오."

멍하니 주저앉아 있는 콘윌리스는 상대의 말을 절반도 이해할수 없었다. 하지만 하나는 이해했다. 눈앞에 있는 소녀가 자신에게 성의를 담아 말을 해 주고 있다는 것을.

"그러니 소생은 다른 누구도 아닌 귀공 자신을 알고 싶소. 셰라 공 대신이 아니라, 셰라 공과 정면으로 부딪힌 긍지 높은 검사의 이름을. 그걸로는 부족하겠소?"

다소 떨어진 곳에서 그 말을 들으며 올리버는 부드러운 미소를 지었다.

"…독기가 빠졌어. 나나오가 입을 열면 주변 사람들은 늘 저렇게 되지."

그는 그렇게 말한 후, 지금도 쓰러져 있는 올브라이트에게로 시선을 다시 옮겼다.

"나에게 하나를 주더라도 남은 메달은 있지? 마지막 날인 내일까지 살아남으면 너도 다시 나나오와 싸워 보도록 해. …분명 느끼는 바가 있을 테니까."

답변은 없었다. 이미 움직일 수 있을 정도로는 회복되었을 텐데, 올브라이트는 허공을 물끄러미 쳐다본 채 침묵하고 있었다.

하지만 이윽고 한쪽 손을 로브의 품속으로 집어넣더니 메달을 꺼내 올리버에게 던졌다. 이어서 비틀거리며 일어나는가 싶더니, 올브라이트는 소년에게 등을 돌리고 걸어 나갔다.

"……? 잠깐, 미스터 올브라이트. 그쪽은 미궁 안으로 들어가는 길이야."

충고를 건넸지만 본인은 그걸 무시하고 계속 걸어갔다. 거듭 제지할까 망설였지만 올리버는 결국 그러지 않기로 했다. 혼자 있고 싶은 것일 수도 있기 때문이다. 미궁에도 익숙해 보이니 이 이상 괜한 참견을 할 필요는 없을 거다.

"⋯오라 권속이여─아레스폰데오."

하지만 그런 올리버의 배려를 배신하기라도 하듯. 올브라이트의 입이 나직하게, 어쩐지 불길한 낌새를 띤 주문을 영창했다.

분위기가 바뀌었다. 무언가가 진동하는 듯한 낮은 소리가 넓은 공간을 가득 메웠다. 어딘가 귀에 익은 그것을 알아챈 순간, 올리버는 순간적으로 주변을 둘러보았다.

"⋯이건."

"셋 다, 이쪽으로 와!"

뒤쪽에서 위기감을 띤 캐티의 목소리가 들려왔다. 그와 동시에 올리버도 깨달았다. ⋯날갯짓 소리다. 어쩐지 불안함을 부추기는 그 소리는 커다란 날벌레가 근처를 날아다닐 때 나는 그것이었다. 하지만 근처에 벌레의 모습은 보이지 않는다. 그렇다면⋯.

"이 경계음…! 혹시나 했는데, 역시나 그랬어!

위를 봐! 이곳은 평범한 공터가 아니야! 저건 전부, 꿰뚫는 벌 (스팅 비)의 콜로니라고!"

올브라이트를 제외한 모두가 반사적으로 머리 위를 올려다보았고, 동시에 놀라서 눈이 휘둥그레졌다. 예상한 대로… 인간보다 커다란 크기를 지닌 거대한 벌떼가 천장에 보이는 모든 틈새에서 튀어나오고 있었다.

"큭…!"

"빨리! 이쪽으로 도망쳐!"

정신을 차린 올리버가 몸을 돌려서 달려 나갔다. 캐티가 손짓을 하고 있는 곳에서는 땅에서 자라난 나뭇가지가 얽히고설켜 임시 대피소를 형성하고 있었고, 그녀 본인은 그 중심에서 향로에 불을 붙이고 있었다. 나뭇가지 틈새로 안에 들어가자 독특하고도 자극적인 냄새가 코를 찔렀다. 나나오와 셰라도 곧장 같은 장소로 뛰어 들어왔다.

"허억, 허억…! 캐티, 이건…?!"

"방충향을 피웠어! 당분간은 버틸 거야!"

"내가 가지고 있던 씨앗으로 바리케이드도 만들었어! 숫자가 이렇게 많으면 얼마 못 버티겠지만…!"

성장촉진주문으로 새로운 나뭇가지를 돋아나게 하며 가이가 말했다. 그러던 중, 페이가 콘월리스의 손을 잡아끌고 달려왔다.

"미안, 우리도 잠시 몸을 피하게 해 줘! 도움을 구할 만한 입장은 아니지만…!"

"닥치고 빨리 들어와! 입장이고 나발이고, 그런 소릴 할 때가 아니잖아!"

피트가 소리치며 다짜고짜 두 사람을 바리케이드 안으로 끌어당겼다. 그즈음에는 이미 백 마리 이상의 스팅 비가 그들의 머리 위를 가득 메울 기세로 상공을 점거하고 있었다. 올리버는 조금 전까지 싸우고 있던 상대가 그중 유독 커다란 개체의 등에 타고 있는 것을 발견했다.

"무슨 짓이야, 미스터 올브라이트!"

노골적인 비난의 뜻을 담아 물었다. 얼마쯤 지나, 올브라이트가 지팡이검을 휘둘렀다.

"…예전에 있던 일이다. 집에서 일하던 사용인 중, 보통 사람 일가가 있었지."

낮은 목소리가 상공에서 들려왔다. 확성주문을 사용한 것인지, 그 말은 무수히 많은 날갯짓 소리에도 묻히지 않고 울려 퍼졌다. 험악한 표정으로 올리버를 바라보며, 그는 말을 이었다.

"그들의 외동딸은 나와 같은 나이였다. 내 시중을 들면서 이야기 상대도 되어 주었지. 어릴 적부터 혹독한 수련을 해 온 나에게는 몇 안 되는, 마음을 터놓을 수 있는 상대였다.

언젠가부터 나는 그 녀석과 체스를 두게 되었다. 둘이서 할 수 있는 게임 중에서 가장 취향에 맞았거든. 결과는 나의 연전연승이었다. …하지만 몇 번을 져도 그 녀석은 기죽지 않고 어울려 주었다. 어른들에게 요령을 듣고 조금씩 실력을 키우기도 했지."

조금 전까지와 달리 담담한 목소리에는 적의가 없었다. 하지만 한없이 무미건조했다. 오만함과 불손함으로 된 두꺼운 껍데기가 깨지자, 그 속에서 말라비틀어진 본심이 새어 나왔다.

"그러던 어느 날… 나는 처음으로 체스에서 그 녀석에게 졌다. 내가 평소 두던 수와 녀석의 작전이 딱 맞아떨어진 탓에 속이 시원할 정도로 완벽하게 졌지. 그 녀석은 침대 위에서 펄쩍펄쩍 뛰며 기뻐했고, 나도 그 모습을 보며 기뻐했다. 진 건 분했지만… 타인의 노력이 결실을 맺는 모습을 본 게 처음이었기 때문이지.

…그렇게 마음이 들떠 버린 게, 치명적인 실수였다."

탁해진 눈빛에 자책과 후회의 감정이 배어났다. 그 모습은, 올리버에게 너무도 익숙한 것이었다. 거울을 들여다보고 몇 번이나 마주해 왔기 때문이다. 그렇다, 저것은… 돌이킬 수 없는 실수를 저지른 인간의 얼굴이다.

"들뜬 마음은 다음 날까지 가라앉지 않았고, 나는 아침 식사 자리에서 부모님에게 이렇게 말했다. …사용인의 딸이 처음으로 나를 체스로 이겼다. 굉장히 좋은 작전이었다. 지금까지 한 것 중 제일 재미있었다, 라고.

그 자리에서 격통주문을 세 방 맞았다. 나는 울부짖었다."

"……큭!"

"반나절 동안 벌을 받았다. 창문 하나 없는 어느 지하실에서, 올브라이트 일족으로서의 마음가짐을 철저하게 주입받았다. 잊지 못할 고통과 공포와 함께.

저녁이 되어 겨우 해방된 후, 나는 너덜너덜해진 꼬락서니로 방에 돌아갔다. 몹시도 그 녀석을 만나 이야기하고 싶었다. 평소처럼 하잘것없는 이야기를 나누면, 분명 마음이 편해질 것 같았다.

하지만, 그 녀석은 두 번 다시 내 방에 오지 않았다. …내가 벌을 받는 동안 가족 모두가 **처분**되었기 때문이지."

셰라가 입술을 꼭 깨물었다. 너무도 잘 알고 있기 때문이다. 마법계에서 손꼽히는 무문(武門)에서 태어난 소년의 어깨를 얼마나 터무니없는 중책이 짓누르고 있을지를. 그로 인해 발생할 수많은 부조리함도.

"그때 깨달았다. …나에게는, 어떠한 패배도 용납되지 않는다. 내 승리와 패배는, 애초부터 내 것이 아니다. **올브라이트의 것이다.** 이 몸은 가진 것이 하나도 없어. …패배를 받아들일 권리도, 자신을 꺾은 상대에게 경의를 표할 자유조차도."

그 고백에 올리버 역시 자신의 직감이 옳았음을 깨달았다. 의무인 것이다, 이 소년에게는. 싸움에서 승리하는 것도, 주변 사람들을 송사리라 부르며 깔보고 오만하게 행동하는 것도.

그 이외의 존재방식은 용납되지 않는다. 그 이외의 삶을 그리는 것조차 덧없는 짓이다. 올브라이트라는 가문의 이름이, 혈통의 책무가 그의 존재를 옭아매고 있다. 그것은 마법사의 업(業) 그 자체이기에.

"조금 전의 싸움은 훌륭했다, 올리버 혼. 변명할 여지가 없는 나의 완패다. 하지만… 나는 올브라이트다. 따라서 그 결과도 없었던 것으로 해야만 한다.

지팡이검과 백장을 버리고 지금 당장 투항해라. 다치게 하진 않겠다. 모두에게 망각주문을 걸고, 최근 몇 시간 동안의 기억만 지우고 풀어주지. 하지만… 저항한다면, 이 녀석들에게 명령해 공격하게 될 거다."

소년은 말했다. 협박이라기에는 너무도 무미건조한 목소리로. 그 말을 들은 캐티가 참지 못하고 목소리를 높였다.

"그게 무슨 말도 안 되는 소리야…! 이런 방식으로 진 걸 없었던 일로 만들겠다고?!"

"웃기지 마! 내려오라고, 이 자식아!"

가이가 나란히 소리쳤다. 그러한 비난을 기꺼이 들으며 올브라이트는 공허한 눈으로 올리버를 바라보았다.

"…내가 의무처럼 타인을 깔보고 있다고 했지, 올리버 혼."

"……."

"그 말이 맞다. 앞으로도 계속 나는 똑같이 행동하겠지. 누구에게 지건, 지적을 받건, 모두 다 없었던 일로 하고… 지금까지와 똑같이, 조금도 바뀌지 못한 채 주변 사람들을 송사리라고 하며 깔보겠지."

그러한 말로 자신의 운명을 비관하며, 그는 올리버의 뒤에서 눈물범벅이 된 얼굴을 하고 있는 소녀에게로 시선을 옮겼다.

"얄궂기도 하군, 콘윌리스. 패한 뒤에 울 수 있는 네가… 지금은 진심으로 부러우니 말이야."

그가 그렇게 말한 순간, 저공으로 날아든 벌들이 그의 모습을 가려 버렸다. 천장 근처에 진을 친 올브라이트의 모습은 이제 지상에서 보이지 않는다. 바리케이드 주변을 어지럽게 나는 벌들을 곁눈질하며, 셰라가 험악한 표정으로 동료들에게 고개를 돌렸다.

"방충향은 몇 분 못 버텨요…! 위험한 상황이에요! 올리버, 당신의 의견은 어떻죠?!"

물음을 받은 올리버에게 모두의 시선이 집중되었다. 몇 초 동안의 침묵 후, 그는 주먹을 움켜쥐고 고개를 숙였다.

"…분하지만 항복하는 것도 방법 중 하나야. 올브라이트도 우리에게서 메달과 기억 이외의 것을 빼앗을 생각은 없겠지. 이 많은 스팅 비를 지금의 우리가 처리하는 건 무리야. 모두의 안전을 우선시하자면 항복하는 게 최선의 선택이라고 봐…."

목을 쥐어짜는 듯한 목소리로 소년이 말했다. 셰라는 그 의견에 고개를 끄덕이더니, 이번에는 동방의 소녀에게로 시선을 옮겼다.

"…나나오. 당신은 어떻게 생각하죠?"

모두가 나나오를 바라보자, 그녀는 지금도 똑바로 상공을 바라보고 있었다. 벌들 너머에 있는 상대의 모습을 꿰뚫어 보듯이.

"그게 올리버의 결정이라면 이의는 없소. 다만… 만약 허락된다면. 소생은 저 녀석을 꺾어 주고 싶소."

흔들림 없는 목소리로 소녀는 말했다. '이기고 싶다'도 '지고 싶지 않다'도 아니고, 꺾어 주고 싶다고.

"승리에 집착하며 걸어 나가는 것은 무인의 도리요. 허나… 그 기나긴 여정에서는 패배 또한 더없이 소중한 재산이오. 패배를 받아들이고 자신을 꺾은 상대를 인정하고 존경하는 것…. 그를 통해 사람은 비로소 앞으로 나아갈 수 있소.

저 녀석은 그걸 못 하고 있소. 어디에도 발을 딛지 못하고, 성장하지 못한 어린 마음을 끌어안은 채 같은 장소에 계속 머물러 있을 뿐이오. 그것은… 너무도 가엾은 일이오."

침묵이 깔린다. 한탄도 분노도 아닌 감정을 띤 나나오의 옆얼굴이 그곳에 있었다.

"…나는, 좋아."

이윽고 곱슬머리 소녀가 나직하게 답했다. 떨리는 몸을 억누르기 위해 두 주먹을 꼭 쥐고서.

"나나오도, 올리버도, 세라도 저런 녀석한테 항복하지 말았으면 좋겠어. …막 입학했을 때와는 달라. 지금은 나도 부조리함과 싸울 각오가 되어 있어."

결코 보호를 받기만 하는 입장에 안주하지는 않겠다. 미궁 안에 공유 공방을 두자고 제안했을 때부터 캐티는 자기 자신에게 그렇게 맹세했던 것이다. 그렇게 결의하는 모습을 곁눈질하며, 장신의 소년이 거친 콧숨을 내쉬었다.

"나도 동감이야. 캐티한테 선수를 빼앗겼지만 말이야."

"…가이."

갈등이 배어나는 올리버의 시선에 그는 입가를 치올려 씩 웃으며 답했다.

"있잖아? 이길 방법이. 조금 전의 말투를 보니까 그런 것 같던데. 우리를 배려해서 백기를 들려는 거라면, 난 사양하겠어."

가이는 지적했다. 정말로 승산이 전혀 없는 상황이라면 올리버는 '항복하는 것도 방법 중 하나'라는 표현을 쓰지 않았을 거라고. 정곡을 찔리기는 했지만 소년은 여전히 심각한 얼굴로 고개를 가로저었다.

"…그 마음은 고마워. 하지만 안 돼. 불확실한 도박에 휘말리게 할 수는 없어. 실패하면 어떻게 될지…."

올리버가 다시금 신중론을 입에 담은 순간, 옆에서 누군가가 그의 멱살을 잡았다.

"…야. 보호자 행세도 적당히 해."

"뭐?"

안경 너머에 자리한 눈과 시선이 마주쳤다. 이 자리에서 가장 힘이 없는 입장이었지만 그럼에도 피트는 말했다.

"아직도 모르겠어? 나도, 가이도, 캐티도! 너희 발목이나 잡으려고 여기까지 온 게 아니라고!"

그 말이 가슴에 와 박혀서, 올리버는 얼굴을 확 구겼다.

"…그렇지, 미안해. 피트, 네 말이 맞아."

그렇게 말하며 그는 자신의 행동을 뉘우쳤다. 보호하는 자와 보호를 받는 자. 그 경계선을 자신이 일방적으로 긋고 말았다는 사실을. 이곳까지 함께 온 동료들의 각오를 가볍게 여긴 것을.

이곳에 있는 그 누구도 더 이상 아무것도 모르는 신입생이 아니다. 이곳 킴벌리의 무서움도, 미궁에 들어가는 것의 위험성도 모두가 각각 받아들였기에 지금 이 장소에 있는 것이다. 그러니… 그런 그들이 위험을 무릅쓰고 싸우기를 바란다면.

"…작전을 설명하겠어. 다들 가까이 모여 줘. 거기 있는 두 사람도."

거절할 이유 같은 건 없다. 그렇게 받아들이고 콘월리스와 페이도 끌어들이기로 한 올리버는 상황을 타개할 계책에 관해 말하기 시작했다. 그러고는 머리 위에서 벌들이 압박감을 내뿜으며 밀려드는 가운데 30초 정도 만에 설명을 마쳤다.

"…꽤 요란한 작전이네. 하지만 마음에 들었어. 난 찬성이야."

"나도. 조합은 완전 정확하게 할 테니까 나한테 맡겨…!"

가이와 캐티가 믿음직하게 찬성했고, 나머지 면면들도 차례로 고개를 끄덕였다. 그렇게 결정이 나려던 순간, 롤 헤어 소녀가 입을 열었다.

"…한마디만 해도 될까요, 올리버."

"물론이야. 이의가 있다면 말해 줘."

올리버가 고개를 끄덕이며 돌아보았다. 다른 것도 아니고 마법전의 전술에서 셰라의 의견을 무시할 수 있을 리가 없다. 그가 바라보자 소녀는 가볍게 고개를 가로저어 보였다.

"이의는 없어요. 그걸 토대로 승산을 올리기 위한 제안을 하겠어요.

이번에는… 저도 비장의 카드를 꺼내고자 해요."

그렇게 운을 뗀 후, 그녀는 조용히 말하기 시작했다. 이어지는 내용을 들은 동료들은 놀란 나머지 차례로 눈이 휘둥그레졌다.

한편. 벌떼 너머에 자리한 상공에서는 올브라이트가 가만히 그들의 선택을 기다리고 있었다.

"……이제 곧인가."

나직하게 중얼거린다. 그의 눈 아래, 향로에서 피어오른 방충

향의 연기가 옅어지고 있다. 그것만 없어지면 남은 방어책은 성장촉진주문으로 만든 나무 바리케이드뿐이다. 스팅 비의 무리 앞에서 그것은 종잇장이나 다름없다.

"…흠?!"

하지만 다음 순간, 그의 예상을 뛰어넘은 일이 일어났다. 사라져 가는 연기 대신 새로운 연기가 바리케이드 안에서 피어오르기 시작했다. 처음에는 방충향이 아직 남아 있나 싶었지만 그게 아니었다. 이번 연기의 효과는 그와 정반대… 한층 더 흥분한 벌들이 앞다투어 바리케이드로 몰려가기 시작한 것이다.

"저럴 수가…. **스스로 벌들을 유인하다니.** 자살할 셈인가…?"

"올리버, 아직 멀었냐?! 바리케이드가 한계야!"

"아직이야! 아슬아슬한 순간까지 최대한 끌어들여!"

튕겨 나간 나뭇조각이 후두둑 떨어지는 가운데, 가이가 초조한 목소리로 외치자 올리버는 완고하게 그렇게 답했다. 벌떼에게 공격을 받는 상황에서 거꾸로 벌레를 유인하는 향을 피운다. …무시무시한 짓이라는 건 알고 있지만 이제는 돌이킬 수도 없었다.

"…후우우우…."

모두가 각자 맡은 위치에 선 가운데, 그 중심에 선 롤 헤어 소녀는 심호흡을 기듭하고 있었다. 체내의 마력순환을 조정하여 자궁의 비축마력을 해방. 이전에 피트에게 체험시켜 주었던 것과 같은 공정을 거치자… 이내 소년에게는 일어나지 않았던 변화가 시작되었다.

"셰, 셰라…!"

"어… 으어~!"

캐티와 가이가 자신들이 처한 상황을 잊고 시선을 빼앗겼다. 눈에 띄게 마력이 차오른다. 총량은 다르지만 거기까지는 기본적으로 피트 때와 같았다. 하지만 체내마력의 흐름이 증강되자 소녀의 어느 부분이 결정적으로 변화했다.

귀다. 동료들이 지켜보는 가운데, 곱고 둥그스름했던 셰라의 두 귀가 길고 뾰족한 형태로 바뀌어 갔다. 인간과는 명백하게 다른 신체적 특징이다. 하지만 그것이 의미하는 바는 나나오를 제외한 모두에게 너무도 자명했다.

"…놀랄 것 없어요. 당신들 중 몇은 이 유래에 관해서 들은 바가 있잖아요?"

조용한 목소리로 셰라가 중얼거렸다. …그렇다, 처음 만났을 때부터 올리버도 알고 있었다. 짙은 갈색 피부와 빛이 나는 듯한 금발. 이 조합을 날 때부터 지닌 **인간** 민족은 연합(유니온) 제국 어디에도 존재하지 않는다는 사실을.

소문…이라기보다는 공공연한 비밀처럼 전해지는 이야기가

있다. 바로… **이번 대의 맥팔렌은 엘프를 아내로 들였다**는 것이
다.

종족의 순수성을 중시하는 엘프가 인간과 맺어져 아이를 갖는
일은 지극히 드물다. 한편, 그들이 높은 마법적성을 지니고 있다
는 것은 굳이 말할 필요도 없는 사실이다. 온갖 어려움을 무릅쓰
고 그 피를 받아들이는 데 성공했다면, 그것은 마법사로서 매우
의미 있는 일이라 할 수 있는 것이다.

"가족 이외의 사람에게 보이는 건 이게 처음이에요. 역시 좀
쑥스럽네요."

수줍음을 감추기 위한 미소를 지은 채 소녀가 중얼거렸다. 준
비를 마친 그녀가 눈짓을 하기에 올리버는 소리쳤다.

"…지금이야! 다들 지팡이검을 위로 들어! 셰라, 네 영창을 신
호로 할게!"

"알겠어요."

여덟 자루의 지팡이검이 일제히 하늘을 가리켰다. 바리케이드
의 꼭대기, 벌들의 공격에 노출되어 뜯겨 나가기 직전인 장소를.

"폭풍 속에 퍼지는─마그누스…"

셰라의 영창이 먼저 시작되었다. 거대한 힘의 흐름을 근처에
서 느끼며 다른 면면들은 마른침을 삼켰다.

"사나운 백광(白光)은 하늘을 찢는다─토니트루스!"

""""""전광이여 내달려라─토니트루스!"""""""

일동의 시야가 새하얗게 물든다. 잠시 후 적의 모습조차 제대로 보이지 않는 가운데, 올리버가 한데 묶은 일곱 명 분량의 집속마법이 뻗어 나갔다.

바리케이드가 붕괴하는 순간, 그 안에서 뿜어져 나온 눈부신 전광. 그것이 대부분의 벌떼를 집어삼키는 광경을 상공에서 보고 올브라이트는 놀라 입을 열었다.

"…뭐…?!"

벌들이 잿더미가 되어 땅으로 곤두박질친다. 바리케이드 바로 위에 밀집해 있던 탓에 무리 중 70퍼센트 이상이 전격에 휘말려들었다. 벌레를 유인하는 향은 이를 위한 포석이었음을 알아챈 탓도 있지만, 그 이상으로 올브라이트를 경악케 한 이유가 그의 입을 뚫고 나왔다.

"이절주문…?! 어떻게 1학년인 지금…!"

그가 놀라는 것도 무리는 아니었다. 보통 1학년일 때에는 이절주문을 사용하지 못한다. 강력한 효과에 비례하는 반작용을 미성숙한 몸이 감당할 수가 없기 때문이다. 억지로 사용한다 해도 실패하기 일쑤고, 최악의 경우에는 폭발해 자신의 몸만 상하고 만다. 2학년 후반쯤 되어야 그것을 행사할 수 있는 몸이 갖추어진다… 라는 것이 널리 알려진 상식이었다.

하지만 그것은 어디까지나 인간일 경우의 이야기다. 당연히 엘프에게는 해당되지 않는다.

"…자, 출진이오!"

하지만 멍하니 있을 새도 없었다. 벌들의 통제가 느슨해진 틈에, 반파된 바리케이드 안쪽에서 한 인물이 뛰쳐나온 것이다. 그것을 본 순간, 올브라이트의 표정이 굳어졌다. 빗자루를 탄 동방의 소녀가 그를 향해 똑바로 날아오고 있었기 때문이다.

"버… 벌들아, 떨쳐내라!"

나나오는 순식간에 거리를 좁혔다. 그 돌격을 막기 위해 올브라이트는 살아남은 사역마에게 요격 명령을 내렸다. 그 즉시 근처에 있던 벌들이 소녀에게 덤벼들었지만… 그들의 턱과 침은 번번이 허공만 갈랐다. 나나오가 손에 쥔 빗자루는 공중기동으로 손쉽게 벌들을 뒤에 남겨 두고 날아올랐다.

"전부, 피했다고…?!"

"하아아아아아아앗!"

벌의 요격을 돌파하고 나자 나나오의 앞길을 가로막는 것은 아무것도 없었다. 올브라이트가 주문으로 요격을 시도할 새도 없이, 그가 타고 있던 벌의 몸통이 두 동강 났다.

"…큭… **기세여 줄어라―엘레타다우스!**"

발 디딜 곳이 사라지자 몸이 허공에 내동댕이쳐졌다. 주문으로 낙하 충격을 완화하여 착지한 후, 올브라이트는 곧장 지상에서 지팡이검을 다시 겨누었다. 직후, 상공에 있던 소녀가 그의 눈앞으로 내려왔다. 빗자루에서 내려 땅에 선 그녀는 눈앞에 있는 상대를 가만히 바라보았다.

"이제야 같은 땅에 내려와 주었구려."

"……."

"귀공을 꺾어 드리겠소. …자아, 칼을 드시오."

정면으로 칼을 겨눈 채 나오는 상대를 재촉했다. 한편, 올브라이트는 살아남은 벌을 불러 모으고자 상공을 확인했고… 그 순간, 소녀의 고함이 그를 꾸짖었다.

"위가 아니라 앞을 보시오! 이 결투장에는 귀공과 소생 말고는 아무도 없소!"

"…큭!"

"승패는 우리만의 것! 그 누구도 빼앗을 수 없소! 어떠한 가문의 규율도, 하물며 신불이라 할지라도!"

나오는 거침없이 단언했다. 그 누구도 방해할 수 없는 자신과 상대와의 싸움…. 결투장에는 오로지 그것만이 존재한다고.

일체의 불순물도 없는 맑은 무인의 눈빛. 그것을 정면으로 받자 올브라이트의 안에서 무언가가 박살 났다. 그를 오래도록 옭아맸던 것이 가슴속 깊은 곳에서 소리를 내며 무너지기 시작했다.

"…하, 하하…."

무심결에 웃음이 났다. 무의식적으로 다시 자세를 잡으며 그는 두서없는 생각을 했다. …마지막으로 이렇게나 유쾌한 기분을 느낀 게 언제였더라.

답은 금방 나왔다. …아아, 맞다. 그 녀석과 체스를 두었을 때는 늘 이랬다.

"…간다, 사무라이!"

"오오!"

포효하듯 선언한 후, 양측은 동시에 땅을 박찼다. 일족일장의 거리에서 신경전과 기술이 펼쳐진다. 마력을 띤 두 개의 칼날이 불꽃을 튀기며 부딪친다.

"오오오오오오오오!"

"하아아아아아앗!"

검극(劍戟)이 부딪히는 소리가 울려 퍼진다. 숨이 막히도록 가열한 그것은 어쩐지 즐거워 보이기도 했고.

서로 한 걸음도 물러서지 않고 여덟 합을 겨룬 끝에. 한쪽의 지팡이검이 소리를 내며 땅에 떨어졌다.

"좋은 승부였구려."

마지막 일격을 가한 자세를 유지한 채 동방의 소녀가 그렇게 말했다. 사선 베기에 맞은 몸에 선명한 고통이 느껴졌지만 올브라이트는 그조차도 어쩐지 기분 좋다 생각하며 고개를 끄덕였다.

"…그래."

그렇게 말함과 동시에 온몸에서 힘을 빼고 그는 벌러덩 쓰러졌다.

"좋은 패배다. …이제, 돌아볼 수 있겠어."

만족스러운 기분으로 눈을 감는다. 눈꺼풀 안쪽에 체스판이 보인다. 그것을 사이에 둔 맞은편에서, 그리운 소녀가 미소를 짓고 있었다.

마법사들의 싸움에 결판이 나고 살아남은 벌들도 집으로 돌아가자, 넓은 공간을 가득 메웠던 긴장감도 겨우 옅어졌다.

"어찌어찌 성공했네…. 나 참, 조마조마해서 죽는 줄 알았어."

"무서웠어어…! 나나오, 고마워! 정말 잘했어!"

가이가 요란하게 한숨을 내쉬며 트롤 옆에 주저앉았고, 돌아온 나나오를 캐티가 포옹으로 맞이했다. 그런 그들의 옆에 있던 롤 헤어 소녀의 몸이 휘청, 하고 기울어졌다.

"…윽. 부담이 크네요, 역시."

"이봐, 괜찮은 거야…?!"

부축하기 위해 피트가 허둥지둥 달려갔다. 걱정해서 다가온 동료들을 안심시키려는 듯이 그녀는 가벼운 미소를 지어 보였다.

"네, 걱정할 것 없어요. 이 상태에서 이절주문까지 **가능**하다는 건 시험해 봤으니까요. 갑자기 큰 마력을 운용한 탓에 지금은 몸이 조금 놀란 것뿐이에요."

그렇게 말하며 셰라는 상태를 확인하듯 한쪽 손을 쥐었다 폈다 했다. 그 모습을 가만히 쳐다보던 콘월리스가 나직하게 입을 열었다.

"…봐준, 거야…?"

"네?"

"왜, 그렇잖아. 그건, 나랑 싸울 때도 쓸 수 있었을 텐데. 설마 이절주문을 쓸 수 있을 줄은 몰랐던 데다… 처음부터 그걸 썼다면 우린 아무것도 못 했을 텐데."

토라진 목소리로 소녀가 그렇게 말하며 시선을 돌렸다. 셰라의 얼굴에 쓴웃음이 떠올랐다.

"그렇게 생각해도 어쩔 수 없지만… 1학년끼리의 결투에서 **이절**을 사용할 생각은, 애초부터 없었어요. 타고난 몸의 성능에 의지해 싸워서 승리해 봐야 아무것도 못 얻을 테니까요."

"…친척인데, 오늘까지 몰랐어. 네가 **가변형** 하프 엘프였다니."

어쩐지 쓸쓸한 투로 콘월리스가 투덜댔다. 인간과 엘프의 혼혈… 흔히 말하는 하프 엘프에는 여러 타입이 있는 것으로 알려져 있다. 엘프의 특징을 강하게 이어받은 현재형(顯在型), 얼핏 보면 인간과 구분이 안 되는 잠재형, 그리고 조건에 따라 양쪽의 특징이 드러나는 가변형. 셰라의 경우에는 세 번째에 해당되며, 그 변화를 제어해 내고 있었다.

"게다가… 당신과는 되도록 오랫동안 싸우고 싶었어요. …열두 살 때 이후로, 제대로 교류를 한 건 오랜만이잖아요."

"…뭐…?"

생각지 못한 말에 콘월리스는 눈썹을 움찔 떨었다. 그 얼굴을 바라보며 세라는 그립다는 듯이 말하기 시작했다.

"1년에 한 번 얼굴을 보는 날을, 정말로 기대하고 있었거든요. 당신은 예전부터 성장촉진주문을 응용해서 꽃 장식을 곧잘 만들었고, 늘 우리를 즐겁게 해 주었지요. …봐요, 이것도 당신이 만들어 줬잖아요?"

그렇게 말하며 그녀는 로브 주머니에서 무언가를 꺼냈다. 그것은 낡고 작은 화관(花冠)이었다. 꽃을 꺾어다 엮어서 만든 게 아니라 씨앗 단계에서 마법을 걸어 이 형태로 성장시킨 것이다. 콘월리스의 입이 헤벌어졌다.

"아… 아직도 갖고 있었어, 그런 걸? 굳이 고정 처리까지 해서…."

"추억의 물건이니까요. 그리 쉽게 버릴 리가 없잖아요."

굳어 버린 콘월리스의 앞에서 세라는 화관을 가슴에 꼭 끌어안았다.

"동생이라 부르지는 못해도, 당신은 저에게 떨어져 사는 가족이었어요. …가끔씩밖에 못 만나는 만큼, 이전보다 성장한 당신의 모습을 보는 게 좋았어요. 그래서… 그런 당신에게 부끄럽지 않도록, 지도 저의 성장한 모습을 당신에게 보여 주고자 했었어요."

"……."

"하지만 그런 행동이 당신을 상처 입히고 만 거군요. …미안해요, 알아채 주지 못해서. 당신의 아픔을 헤아려 주지 못해서."

사과의 말을 입 밖에 내며 그녀는 상대의 오른손을 두 손으로 감쌌다. 전해지지 않았던 마음을 거기에 담아, 이번에는 결코 엇갈리지 않도록.

"하지만 이것만은 말하게 해 주세요. …저는 단 한 번도, 당신을 제 예비라고 생각한 적이 없어요."

상대의 눈을 똑바로 바라본 채 그녀가 그렇게 말한 순간… 콘월리스의 두 눈에서 굵은 눈물이 뚝뚝 떨어졌다.

"…우에에에에엥…!"

다시 울음을 터뜨린 소녀의 몸을 세라가 두 팔로 살며시 끌어안았다. 그 광경을 올리버와 올브라이트는 조금 떨어진 곳에서 바라보고 있었다.

"…메달을 가져가는 것만으로는 부족한 모양이로군, 너희는."

"속이 뜨끔해지는 이야기네."

땅바닥에 앉은 채로 올브라이트가 말하자, 그 옆에 선 올리버가 쓴웃음을 띤 채 답했다. 딱히 용건이 있는 것은 아니었지만… 나나오와의 싸움을 경험한 지금의 그와는 어째서인지 말을 나누고 싶었다.

"…언젠가, 다시 붙자. 서로 오늘보다 강해져서."

올리버가 나직한 목소리로 말하자 올브라이트가 입가를 씩 치올렸다.

"하하… 후회하지 마라. 분명 강할 거다, 패배를 알게 된 나는."

"상상하기도 무서운걸. …하지만 그때는 나도 분명 강해져 있을 거야."

지지 않겠다는 듯 반박했다. 2년 후, 혹은 3년 후… 지금과는 비교도 되지 않을 정도의 실력자가 되어 있을 이 상대의 모습은 상상하기 어렵지 않았다. 재결투할 기회가 온다면 이번보다 더한 격전을 각오해야만 할 것이다.

"단련을 게을리하지 마라, 올리버 혼. 난 금방 이름을 잊어버리니까."

"기억하게 해 주겠어. 앞으로도 계속."

그렇게 대화를 마친 후, 올리버는 동료들을 향해 걸어갔다.

"좋아, 철수하자. 다들 치료 안 한 곳은 없지?!"

"이쪽은 방금 다 치료했어! 미안해, 아프게 해서…."

"괜찮다. 나, 튼튼하다. 캐티, 안 다쳤다. 다행이다."

사역마의 치료를 마친 캐티가 후우, 하고 한숨을 내쉬었다. 내부에서의 마법공격으로 바리케이드가 뚫린 후, 마르코는 그 커다란 몸을 방패 삼아 벌들의 습격으로부터 그녀 일행을 보호했던 것이다. 턱과 침이 꽂힌 흔적이 온몸에 남아 있었지만, 워낙 튼튼하다 보니 본인은 그다지 괴로워 보이지 않았다.

"우리도 중간까지 동행하게 해 줘. …자, 가자. 그만 울고."

콘월리스의 손을 잡아끌며 페이가 걷기 시작했다. 그의 요청을 들은 올리버는 잠시 올브라이트에게도 같은 제안을 해야 할까 망설였지만… 본인이 이미 고개를 돌리고 있는 것을 보고 그럴 필요는 없으리라는 걸 깨달았다. 그는 동료들을 이끌고 걸음을 떼었다.

"좋아, 출발하자. 1층으로 돌아가서도 방심하지 말고…."

돌아가는 길에 주의할 점을 말하려던 올리버가 문득 움직임을 멈췄다.

"……? 왜 그래, 올리버. 돌아가려는 것 아니었어?"

"……."

물론 그럴 생각이었다. 넓은 공간의 안쪽에서 정체 모를 무언가의 기척만 느끼지 못했다면.

"…뭐, 지?"

올리버가 주시하는 가운데… 묵직한 땅울림 소리와 함께 그것이 나타났다. 땅을 기는 커다란 몸 전체에 돋아난 붉은 빛의 촉수를 꿈틀거리며.

"뭐…?"

혼자 떨어진 곳에 주저앉아 있던 올브라이트가 가장 먼저 그 위협에 직면했다. 놀라서 눈이 휘둥그레진 채로도 그는 곧장 일어나 지팡이검을 겨누었다. 하지만.

"…으, 억…?!"

주문을 욀 틈도 없이 촉수가 그의 몸을 옭아맸다. 순간적으로 반응해 하나를 베어 내기는 했지만 남은 촉수가 우악스럽게 그를 본체가 있는 쪽으로 끌어당겼다. 목에 들러붙은 촉수가 영창을 봉인하자 아무 저항도 하지 못한 채, 올브라이트의 몸이 살덩이 안에 푹푹 파묻혔다.

"……."

그 광경에 전율하면서도. 생명의 위기가 눈앞에 닥친 이상, 올리버는 냉정하게 분석할 수밖에 없었다.

아마도 기본적인 형상은 여섯 개의 발로 땅을 기는 짐승. 20피트에 가까운 거구지만 온몸을 촘촘히 뒤덮은 촉수 때문에 자세한 모습은 알 수 없다. 일부 촉수는 자유자재로 늘어나고, 길게 늘인 그것은 20야드 이상 떨어진 상대를 포박할 힘과 정확도를 지녔다. 자신이 아는 바로 이 모든 특징과 일치하는 마수는 없다. 가능성이 있다면 여러 마법생물을 혼합한 합성수(키메라)뿐일 거다.

"…맞서지 마, 나나오!"

나나오는 올브라이트를 구해 내고자 칼을 겨누었다. 하지만 올리버는 엄격한 목소리로 그를 제지했다. 처음 보는 마수에게 무작정 접근하는 것은 자살행위에 불과하다는 이유도 있었지만, 그뿐만이 아니었다. 그가 항전하기를 포기할 수밖에 없었던 가장 큰 이유는⋯ 완전히 같은 모습의 마수가 추가로 뒤에서 여러 마리 나타났기 때문이다.

심지어 그것은 갈수록 늘어났다. 눈에 보이는 범위만 해도 네 마리. 그 뒤에도 다섯, 여섯, 일곱⋯.

승산을 계산하는 것은 그 단계에서 끝났다. 모든 망설임을 내팽개치고 올리버는 소리쳤다.

"도망쳐! 다들 뛰어!"

멍하니 있던 몇 명이 그 목소리에 정신을 차렸고, 그렇게 여덟 명과 트롤 한 마리가 일제히 달려 나갔다. 넓은 공간을 빠져나와 1층 통로로 돌아왔지만 마수는 거침없이 쫓아왔다. 외길로 된 오르막 지형이 나오자 셰라가 몸을 틀어 주문을 외웠다.

"폭풍 속에 퍼지는―마그누스, 사나운 백광은 하늘을 찢는다―토니트루스!"

귀를 찢을 듯한 굉음이 울린다. 조금 전 벌떼를 일망타진했던 전격이 도망칠 방도가 없는 지형에서 정체불명의 마수를 덮쳤다. 감전된 온몸이 불타고 탄화된 촉수가 부스스 바닥에 떨어졌다. 하지만⋯ 그럼에도 본체는 멈추지 않았다. 몇 초 동안 걸음이 느려졌을 뿐, 그것은 다시금 사냥감을 쫓아 달리기 시작했다.

"이걸로도 처치할 수 없다니⋯! 번개에 내성이 있어요, 저 마수!"

효과가 미미한 것을 확인한 세라가 이를 갈며 달려 나갔다. 제 아무리 엘프의 피를 이은 그녀라 해도 현시점에서 그만한 위력의 마법을 연발할 수는 없다. 어쩔 수 없이 일절주문으로 전환해 시간을 벌려 해 보았지만.

"…큭?!"

"페이?!"

날카롭게 뻗어온 촉수가 페이의 발목을 옭아맸다. 그 즉시 지팡이검으로 베어 내려 했지만… 그 오른팔에 다른 촉수가 들러붙은 순간, 그는 아무 저항도 할 수 없었다.

"도망쳐, 스…."

도와주려던 콘월리스를 그는 오히려 밀쳐냈다. 그녀의 눈앞에서 촉수에 붙잡힌 파트너의 몸이 통로 안쪽으로 끌려간다. 남겨진 소녀가 반광란 상태가 되어 소리쳤다.

"페이, 페이이! 안 돼애!"

"안 돼요! 당신까지…!"

사로잡힌 페이에게 달려가려는 콘월리스의 손을 세라가 붙잡아 제지했고, 곧이어 나나오가 사이에 끼어들었다.

"실례하겠소!"

울부짖는 소녀를 나나오가 두 손으로 다짜고짜 둘러멨다. 덤벼드는 촉수를 필사적으로 뿌리치며 그들은 기나긴 오르막길을 달렸다.

"허억, 허억…!"

"젠장, 어디까지 쫓아오는 거야!"

"저 몸집으로는 좁은 통로에 들어올 수 없어! 다들, 포기하지 말고 달려!"

그것을 유일한 희망 삼아 영원처럼 길게 느껴지는 몇 분을 도망친 끝에, 그들은 눈에 익은 분기점에 접어들었다. 세 갈래로 나눠진 통로에 도착한 순간, 캐티의 등 뒤에 있던 트롤 마르코가 말없이 가장 폭이 넓은 왼쪽 길로 몸을 던졌다.

"앗…?!"

"가게 둬! 마르코와는 나중에라도 합류할 수 있어!"

곱슬머리 소녀를 그렇게 타이르며 올리버는 마음속으로 마르코에게 사과했다. 그는 알았던 것이다. 자신이 함께 있으면 캐티가 좁은 통로로 도망칠 수 없다는 것을. 그래서 선수를 쳐서 별도행동을 한 거다. 그 사려 깊은 행동에 경의를 표하며 올리버는 남은 동료들과 함께 가장 좁은 통로를 골라 뛰어들었다.

"좋아, 됐어! 여기까지 왔으니…!"

계속 달리며 올리버가 등 뒤를 흘끔 쳐다보았다. 무사히 도망쳤다는 생각에 모두가 안도하던 그 순간.

"…어?"

그의 바로 뒤에서 달리던 안경 쓴 소년의 팔에 붉은색 촉수가 슈르륵 휘감겨 있었다.

"……큭!"

순간적으로 올리버가 왼손을 뻗었다. 앞서가던 동료들이 한 박자 늦게 사태를 알아챘지만, 그와 거의 동시에 촉수가 소년의 몸을 끌어당겼다.

"아….."

"피트ㅇㅇㅇㅇㅇ!"

간발의 차로 뻗은 손가락이 허공을 갈랐다. 통로 끝으로 끌려가는 소년의 몸을, 그 광경을, 올리버는 하릴없이 바라보았다.

"크, 윽…!"

"그만두세요, 올리버!"

세라가 충동적으로 다시 통로로 돌아가려 하는 그의 팔을 잡고 혼신의 힘을 다해 만류했다. 그럼에도 손을 뿌리치고 달려가려 하는 올리버를 향해 그녀는 필사적으로 호소했다.

"구할 수 없어요. 봤잖아요, 그 마수의 힘을. 돌아가면 당신까지 붙잡힐 뿐이에요!"

"하지만…!"

"올리버!"

롤 헤어 소녀가 전에 없이 날이 선 목소리로 소리쳤다. 아래를 향하고 있는 그 얼굴에서 눈물이 뚝뚝 떨어져 바닥을 때렸다.

그것을 본 순간, 올리버는 가까스로 냉정함을 되찾고 부서지도록 어금니를 악 물었다. 뼈저리게 통감하고 말았기 때문이다. 이 상황에서 자신들이 취할 수 있는 최선의 조치는 한시라도 빨리 도움을 구하러 가는 것이라는 사실을.

여섯 명은 거점 근처에 있던 수분(水盆)을 통해 교사로 돌아와, 상급생을 찾아 곧장 복도로 뛰쳐나갔다. 다행히도 그 바람은 금방 이루어졌다.

"…너희인가."

익숙한 남자의 목소리가 귀를 때렸다. 학생총괄인 알빈 고드프리가 카를로스와 그 외 몇 명의 상급생을 이끌고 그곳에 서 있었다. 올리버는 곧장 상황을 전달했다.

"고드프리 총괄, 1층에서 이상하리만치 강대한 마수가 날뛰고 있습니다! 1학년인 피트 레스톤과 그 외 두 명이 끌려갔습니다! 부탁드립니다, 제발 구해 주세요…!"

초조한 마음을 필사적으로 가라앉히며 올리버는 상대가 던질 질문을 예상하여 그 답을 준비했다. 하지만 예상과 달리 고드프리는 반문하지 않았다.

"알고 있다. …너희 동료도 당한 건가."

지극히 차분한 목소리로 남자는 말했다. 그 태도에서 위화감을 느낀 세라가 상대에게 바짝 다가서며 물었다.

"너희 동료도? …고드프리 총괄, 그게 무슨 의미죠?"

확인하는 그녀의 옆에서 올리버는 불길한 예감이 천정부지로 치솟는 걸 느끼고 있었다. 그것을 뒷받침하듯이 카를로스가 입을 열었다.

"너희가 처음이 아니라는 뜻이야. 같은 보고가 벌써 여덟 건… 1, 2학년을 중심으로 열일곱 명 이상이 끌려갔어. …목격된 마수의 모습을 통해 원인도 이미 특정했고."

카를로스가 거기서 말을 끊자, 그를 대신해 고드프리가 결정적인 말을 자아냈다.

"오필리아 살바도리가, 마에 삼켜졌다."

그 말을 들은 모두가 그 자리에 굳어 버렸다. 공기가 얼어붙고 교사 복도에 무거운 침묵이 깔렸다.

"……."

그런 가운데, 올리버만은 어느 기억을 떠올리고 있었다. 어떤 목소리가 선명하게 되살아난다. 하잘것없는 잡담 후, 그 마녀가 입 밖에 냈던 말이.

'모험은 적당히 하고, 교사에서 착실하게 공부나 하고 지내. …앞으로 몇 개월 동안은 더더욱.'

"하급생은 신속히 기숙사로 돌아가라. 이후, 사태가 해결될 때까지 미궁으로의 출입을 금지한다.

학생총괄의 권한으로… 본교는 지금부터 엄중 경계태세에 돌입한다."

고드프리가 입 밖에 낸 말, 그 딱딱한 목소리를 통해 올리버는 다시금 깨달았다. …자신들이 예상한 것보다 사태는 훨씬 심각하다는 것을.

2권 끝

◆작가 후기◆

안녕하세요, 우노 보쿠토입니다. …어떠신가요. 조금은 본교에 익숙해지셨습니까?

1학년생들은 당황하면서도, 벌벌 떨면서도 킴벌리에서 살아갈 방법을 빠르게 익혀 나가고 있습니다. …그것은 동시에 죽음과 이웃한 환경을 받아들이고 있다는 뜻이지요. 마법사로서 가장 기본적인 자세를 확립하고 있다는 뜻이기도 하고요.

이르면 이 시기부터 모험심이 꿈틀대기 시작합니다. …그리고 거기서 발단된 사고가 일어나기도 하죠.

물론 본교에서는 그러한 행동을 나무라지 않습니다. 모든 것은 입학식에서 설명한 바와 같습니다. 마음대로 하고 마음대로 죽는다. 학생들에게는 예외 없이 그럴 권리가 있으니까요.

…그리하여 다음은 1학년 편의 마무리입니다.

미궁의 어둠은 계속해서 깊어집니다. 모쪼록 출발하기 전에 단단히 준비하시길.

신중하게, 용감하게, 현명하게. …그리고 무엇보다도 각오를 다지고 전진해 주십시오.

모험 끝에 그들은 알게 될 겁니다. 마법사로서 살고 죽는다는 것… 그 의미와 결말을.

우노 보쿠토

일곱 개의 마검이 지배한다 [2]

_____

2024년 2월 10일 초판 발행

저자 우노 보쿠토 | **일러스트** 미유키 루리아 | **옮긴이** 정대식
발행인 정동훈 | **편집인** 여영아
편집 팀장 황정아 김은실 | **편집** 노혜림
발행처 (주)학산문화사 | 서울특별시 동작구 상도로 282 학산빌딩
편집부 02.828.8838(전화), 02.816.6471(팩스) | **영업부** 02.828.8986(전화), 02.828.8890(팩스)
홈페이지 www.haksanpub.co.kr | **등록** 1995년 7월 1일 | **등록번호** 제3-632호

_____

NANATSU NO MAKEN GA SHIHAISURU Vol.2
©Bokuto Uno 2019
Edited by 전격문고
First published in japan in 2019 by KADOKAWA CORPORATION, Tokyo.
Korean translation rights arranged with KADOKAWA CORPORATION, Tokyo.
through Korea Copyright Center Inc.

_____

ISBN 979-11-411-2694-0 04830
ISBN 979-11-411-0914-1 (세트)

값 7,000원

라스트 엠브리오 8

타츠노코 타로 지음 | 모모코 일러스트

〈문제아 시리즈〉 완결 이후
언급되지 않았던 3년,
그 추상과 시동을 말하는 제8권!!

제2차 태양주권전쟁 제1회전이 열린 아틀란티스 대륙에서 격투를 뛰어넘은 '문제아들'. 세 명이 모인 평온한 시간은 실로 3년만…. 그동안 각자 보낸 파란의 나날. '호법십이천'에 들어온 의뢰에서 시작된 이자요이 일행과 화교와의 싸움. '노 네임'의 두령이 된 요우가 한 달 이상 행방불명된 사건. '노 네임'에서 독립한 아스카가 '계층지배자'로 임명되는데…?! 서로 마음을 열고 잠시 휴식을 취한 후, 모형정원 바깥세계를 무대로 한 제2회전이 막을 연다!

(주)학산문화사 발행

학전도시 애스터리스크 17

미야자키 유 지음 | 오키우라 일러스트

최고봉의 배틀 엔터테인먼트,
릿카의 영웅들이
지고무상의 대단원을 장식한다!

애스터리스크의 모든 이야기가 여기서 끝난다…! '왕룡성무제' 결승 스테이지의 유리스 vs 오펠리아, '식무제' 스테이지의 아야토 vs 마디아스. 앞과 뒤, 양쪽에서 마지막 승부를 내야 하는 때가 왔다. 금지편 동맹의 음모로 애스터리스크 전역을 혼란으로 몰아넣은 사건들도 클로디아와 학생들의 활약으로 진정되고, 드디어 종국의 순간이 가까워진다. 그리고 모든 것이 끝난 후, 아야토는 유리스를 비롯한 소중한 동료들의 마음에 진지하게 답해야 하는데….

(주)학산문화사 발행